国家社会科学基金重大项目
"中国近代日记文献叙录、整理与研究"
（18ZDA259）阶段性成果

全国高等院校古籍整理研究工作
委员会规划项目（1707）

湖南省湘学研究院重点项目
《〈何绍基日记〉整理与研究》（19XXB01）

国家出版基金项目
NATIONAL PUBLICATION FOUNDATION

何紹基日記 ①

甲午 癸卯

〔清〕何绍基 撰

整理人 毛健 尧育飞

岳麓書社·长沙

何绍基画像

何绍基（1799—1873），清诗人、书法家。字子贞，号东洲，晚号蝯叟，湖南道州（今道县）人。道光进士，官编修、四川学政。通经史、小学。论诗推重苏轼、黄庭坚，为晚清宋诗派代表之一。其诗内容多写个人日常生活或题咏金石书画。工书，得力于颜真卿，参以北魏《张玄墓志》及唐欧阳通、李邕笔法，遒劲峻拔，别具风格。晚年博取《张迁碑》《衡方碑》《石门颂》等汉碑，又开新境。著有《说文段注驳正》《东洲草堂诗集》《东洲草堂文钞》等。后人辑有《何绍基集》。

諸凡交遊茅品鑑篆刻書畫及每日必習字俱雅了

也是見其生活高潔瀟灑且文字簡陳淺顯而典

雅耐人尋味尤為可貴

于貞書法置基於顏柳而上溯大小篆南北碑無不心

摹手追深入堂奧行草尤妙為衣冠者贀早有

宣麓徒五冊日記悉以行州寫出筆意飛動字畫遒

勁有淵讌怒視之勢威鳳祥麟云云尤為難能可貴

若明牕展玩觀其書更味其話蓋亦滑元奠

民國五十年春　渦陽馬若書木軒房序於臺北

何子貞日記序

日記為逐日記錄生活情事之文而生活情事乃至

繁複者盡記之必難免細項冗長摘其要則俵簡

略而失日記之真故不易為也

子貞此五冊日記無上述三失有可貴之處作記時間

部分自道光二十四年迄二十五年部分自道光元年近

咸豐元年先後共計四年一個月零十五日正值子貞

進士官編修時隙外教館赴縣主持考政外餘的閒居

京師所記內容大都與當時名公鉅卿文人墨客

北京护送其父何凌汉及胞弟何绍业灵柩归湘并安葬事，壬寅年东下金陵事。旁及地理、风俗资料颇多。中间何绍基回道县老家，有访碑诸事。并有其与李星沅通信事不少，记载何绍基对鸦片战争信息的关注。

（三）湖南博物院藏何绍基《种竹日记》1册，由陈松长、刘刚整理，于1998年上海书店影印出版。该册日记记自道光二十七年（1847）六月初一日，至道光二十八年（1848）九月二十日止，主要记录何绍基供职国史馆期间，在京城日常生活中的方方面面。

（四）民国年间流入台湾的5册何绍基日记手稿，由台湾"国家图书馆"收藏，世界书局于2012年汇集影印出版，题名为《何绍基手写日记》。台湾书法界元老马寿华先生曾为日记作序文，对何绍基日记评价颇高："正值子贞以进士官编修，时除外放如赴黔主持考政外，余均留居京师，所记内容大都与当时名公巨卿、文人墨客诗酒交游并品鉴金石书画，及每日必习字，俱雅事也。足见其生活高洁潇洒，且文字简练浅显而典雅，耐人寻味，至为可贵。子贞书法置基于颜、柳，而上溯大小篆，南北碑无不心摹手追，深入堂奥，行草之妙，为一代冠，昔贤早有定鉴。此五册日记，悉以行草写出，笔意飞动，字画遒媚，有渴骥怒猊之势，威凤祥麟之姿，尤为难能可贵。若明窗展玩，观其书，更味其语，盖两得之矣。"

这 5 册日记在时间和内容上可与湖南等地图书馆藏何绍基日记相互衔接。分别为道光二十四年（1844）七月二十六日至十二月三十日记：内容为何绍基奉命担任甲辰科贵州省乡试副考官，由京城赶赴黔省主持乡试之事，日记所记与何绍基《使黔草》诗集内容相互契合。道光二十五年（1845）正月初一日至十二月二十九日记：内容为何绍基任职国史馆期间，与在京城的友人、同僚广泛交流、吟诗唱和，游玩琉璃厂肆，鉴赏碑帖字画等日常生活的情形，以及发起校刻《宋元学案》，祭祀顾祠等文化活动，并详细记录了道光皇帝召见何绍基的对话过程。另外还有咸丰九年（1859）五月十四日至十二月三十日记，咸丰十年（1860）正月初一日至二月二十四日记。

（五）上海图书馆藏何绍基咸丰至同治年间部分日记，载于《上海图书馆藏稿钞本日记丛刊》，国家图书馆出版社2017 年影印出版。其中有《蝯翁日记》，是何绍基早年的一册日记，该册记自道光乙未年（1835）六月二十二日，至十一月十五日止。内容主要是何绍基从北京回到湖南长沙参加乡试的经历，多涉及沿途游览名胜古迹、拜访友人、吟诗唱和、鉴赏字画等事。此次是何绍基第六次归湘应试，也是他最后一次参加乡试。民国元年（1912）邓实、缪荃孙将该日记辑入《古学汇刊》，原题名为《何蝯叟日记》，由上海国粹学报社印行。另一部分日记起止时间为道光三十年（1850）三月二十八日至咸丰元年（1851）

闰八月初六日，题名《何道州日记》。主要内容为何绍基从京城报国寺出发，奉送其母灵柩回湖南，葬于长沙望城九子山之事。上海图书馆藏何绍基日记有署名"小松"的收藏者题记，跋文对何绍基书法艺术评价甚高，并且指出何绍基书法用笔深得金石文字精髓，评论精辟中肯。

（六）中国国家图书馆藏何绍基《东洲草堂日记》2册，不分卷。记自咸丰二年（1852）正月初一日，至七月二十五日止。主要记录何绍基寓居武昌，后从武昌乘船过江西、浙江、山东，最后抵达北京寓所，沿途拜会赵静山、王子兰、沈槐卿、吴晴舫、常南陔、魏源、杨石卿等师友以及鉴赏金石书画的经历。

（七）香港近墨堂书法研究基金会收藏何绍基日记手稿2册。该2册起讫时间分别为：道光二十六年（1846）元旦至道光二十七年（1847）五月二十九日；咸丰八年（1858）三月二十三日至咸丰九年（1859）五月十三日。故简称《丙丁日记》《戊己日记》。特别重要的是，这两种日记中，《丙丁日记》上承《何绍基手写日记》中甲辰、乙巳年部分，下接湖南博物院所藏《种竹日记》；而《戊己日记》则下接《何绍基手写日记》中己未、庚申年部分，保证了日记的完整性。为研究何氏的文化境遇及其交游、思想性情、书法，乃至为研究当时的政治、经济及社会生活等提供了第一手珍贵的资料和线索。

以上何绍基日记手稿共计20余册，60余万字。《何绍基日记》的价值主要体现在两个方面，一是书法艺术价值。何绍基是晚清著名书法家，日记文本生动展现了何绍基书法艺术的特征与流变，文本即是优秀的书法作品和珍贵的历史文物。二是文献史料价值。此次对现存何绍基日记进行系统整理，是对大部分何绍基日记的首次披露，新史料的发现与公开，是创新史学研究的重要基础，必将为晚清社会生活史、政治史、科举制度史、学术史等领域的研究提供一份新的珍贵文献史料。

二、何绍基日记从亲历者的角度记录了晚清科举制度的动态运作

何绍基日记保存了大量晚清科举制度方面的纪实史料，这与何绍基本人的经历息息相关。《蝯翁日记》记录了何绍基道光十五年（1835）从京城回长沙参加乡试的过程。《道光十九年日记》记录何绍基担任正考官主持福建乡试的经历，同年其父何凌汉被任命为顺天乡试主考官，父子同时主持京城、地方乡试，一时被传为佳话。《道光二十四年日记》记录何绍基被任命为副考官主持贵州乡试的过程。《使蜀日记》记录何绍基咸丰四年（1854）担任四川学政期间主持各州县文教的经历。《法华小舫日记》《东洲草堂日记》《蝯叟题襟日记》则分别记录了何绍基主讲济南泺源书院、长沙城南书院，主持扬州

目录

1835
道光十五年

1839
道光十九年

1840
道光二十年

1841
道光二十一年

1842
道光二十二年

1843
道光二十三年

第②册

1844
道光二十四年

1845
道光二十五年

1846
道光二十六年

1847
道光二十七年

1848
道光二十八年

1850
道光三十年

第③册

1851

咸丰元年

1852

咸丰二年

1853
咸丰三年

1854
咸丰四年

1858
咸丰八年

第④册

1859
咸丰九年

1860
咸丰十年

1861
咸丰十一年

1862
同治元年

1871
同治十年

葬于白下黄鹄山，则南朝之物，金陵萧之氏之碑外，不图复见此宝也。装池之制，与子藏《信行禅师》薛稷书者一样。据子敬云，俱系长垣县王氏物。诸此两帖外，我又得其郭忠恕青绿山水，有董香光跋者，又所藏有唐人写经、笔笔藏锋。乃四川地方有塔，为雷毁，中藏经本，散布人间者。又唐画应真像，腾踔欲动，木石奇朴，有王孟津跋甚佳，亦王氏物也。又有手卷，是香山、东坡、南宫笔札，俱精，而南宫诗札尤妙。其首句云：「秘笈大开千古到，雪图小挂满堂寒。」子敬又云：去年由汴起身时，乞于杨海梁中丞，将开封府学、陈留县学两处宋二体石经之嵌于壁者，令人起出，视其背面。开封者，陈背面系本朝人刻字，陈留者，背面亦刻二体字。而《周礼》六段，忽得十二段。真艺林佳话，惜尚未见拓本耳。到春海师处，深谈六书、八法之奥。到东卿丈处，晤昆臣，索还大字《麻姑坛记》，是子秘宝也，因面还所借《凤墅帖》四本。汀先生得二本，以为希有，跋尾中东卿乃得八本，岂非古福。

五月十五日（1834年6月21日）早起，到刘子敬大令处，观所藏《化度寺碑》及梁永阳王萧敷并王妃两墓志。《化度》本为精本，程春海师题为宋翻，盖不误。因忆旧年在伍紫垣孝廉处见所购宋拓原本《化度寺碑》，精古异常，信为稀世宝。有王梦楼题跋最多，比徐星伯丈所得覃溪藏本，胜之倍蓰。闻叶东卿丈亦有一本，仅胜星翁此本耳。若刘君此本，又在两本之次。其萧氏两志，则真奇迹。撰人徐勉详书官爵，且系以奉敕撰，已为创例。文章巨丽，约皆千字内外，志墓所罕见者。

要，

河难迁，水手

颇素钱多，因从南路

厅胡君处索一兵护送。晚

同烦躁，不能寐。子敬、子愚两弟，

亦同携仆二人，王德、钟祥也。

五月十七日（6月23日）丑正起身，六十

里，至浑河，河水虽

落，然尚不小。

渡后，五里

至固安尖。

三十五

里至

曲沟

宿。

正大差局寄倪朗峰。晚间，

同饭，熊雨胪、周药轳适来，遂留饭、饮后，从平台看月。

日（6月22日）早起收拾，巳正后起身。堂上下均清吉，即游子之奉也。子毅同陈东之、陈竹伯、熊

河亭送至南星门外「小有余芳」小叙，陈谷堂亦赶来作别。是日行

三十余里，黄村宿，闻前路固

宋人

笔札，萧疏简远，

维绝诣者少，而正自不俗。

到许珊林处，承赠司马迁象，

及烈士要离、汉梁伯鸾石刻，

苏州新出土物也。离寓后，作书，由

父亲到书房

五月十六

道光十四年

程恩泽，字云芬，号春海，精通金石书画。

叶志诜，字东卿，湖北汉阳人。

笈，疑作"箧"。

十五日　（1834年6月21日）　早起，到刘子敬大令处，观所藏《化度寺碑》，及梁永阳王萧敷并王妃两墓志。《化度》未为精本，程春海师题为宋翻，盖不误。因忆旧年在伍紫垣孝廉处见所购宋拓原本《化度寺碑》，精古异常，信为稀世宝，有王梦楼题跋最多，比徐星伯丈所得覃溪藏本，胜之倍蓰。闻叶东卿丈亦有一本，仅胜星翁本耳。若刘君此本，又在两本之次。其萧氏两志，则真奇迹，撰人徐勉详书官爵，且系以奉敕撰，已为创例。文章巨丽，约皆千字内外，志墓所罕见者。葬于白下黄鹄山，则南朝之物，金陵萧氏之碑外，不图复见此宝也。装池之制，与予藏《信行禅师》薛稷书者一样。据子敬云，俱系长垣县王氏物。诸此两帖外，我又得其郭忠恕青绿山水，有董香光跋者。又所藏有唐人写经，笔笔藏锋。乃四川地方有塔，为雷毁，中藏经本，散布人间者。又唐画应真像，踽踽欲动，木石奇朴，有王孟津跋甚佳，亦王氏物也。又有手卷，是香山、东坡、南宫笔札，俱精，而南宫诗札尤妙。其首句云："秘笈大开千古到，雪图小挂满堂寒。"子敬又云：去年由汴起身时，乞于杨海梁中丞，将开封府学、陈留县学两处宋二体石经之嵌于壁者，令人起出，视其背面。开封者，背面系本朝人刻字。陈留者，背面亦刻二体字。而《周礼》六段，忽得十二段。真艺林佳话，惜尚未见拓本耳。到春海师处，深谈六书、八法之奥。到东卿丈处，晤昆臣，索还大字《麻姑坛记》，是予秘宝也。因面还所借《凤墅帖》四本，尚有四本未及见。是跋竹汀先生得二本，以为希有，跋尾中喜载之。而东卿乃得八本，岂非古福。宋人笔札，萧疏简远，遒绝诣者少，而正自不俗。到许珊林处，承赠司马迁象，及烈士要离、汉梁伯鸾石刻，俱苏州新出土物也。离寓后，作书，由正大差局寄倪朗峰。晚间，父亲到书房同饭，熊雨胪、周药舲适来，遂留饮，饮后，从平台看月。

> 《凤墅帖》刻于南宋，因刻成后石片置于凤山书院，故称。

十六日　（6 月 22 日）　早起收拾，巳正后起身。堂上下均清吉，即游子之幸也。子毅同陈东之、陈竹伯、熊河亭送至南星门外"小有余芳"小叙，陈谷堂亦赶来作别。是日行三十余里，黄村宿，闻前路固要，河难过，水手颇索钱多，因从南路厅胡君处索一兵护送。晚间烦躁，不能寐。子敬、子愚两弟，亦同携仆二人，王德、钟祥也。

十七日　（6 月 23 日）　丑正起身，六十里，至浑河，河水虽已落，然尚不小。渡后，五里至固安尖。三十五里至曲沟宿。适遇邻车有至苏州者，复作书与倪朗峰，即托带去。申刻微雨。

《大字麻姑仙坛记》颜真卿（节选），何绍基旧藏本

有唐撫州南
城縣麻姑
山
仙壇記

十八日　（6 月 24 日）子正起身，车夫迷路，四十余里，孔家马头尖，已是辰正矣。雨潦才干，车行荦确。又四十五里，雄县南关外宿，买活鲫鱼，食甚美。到店未初，颇热，似昨日，苍蝇之声如雷，可厌之至。作第一次家书，托唐姓淮安人带去。又与陈东之一札。

十九日　（6 月 25 日）子初二刻起身，月色甚好，过十二连桥，水光清照，真佳境也。行七十里，卯正至任邱尖。又五十里，未正，至二十里铺宿。下半日多绕道，间有泥水，此间大约前两日得大雨也。苍蝇比昨少些。

廿日　（6 月 26 日）子正起身，月已高出矣。行七十里，辰初至臧家桥尖，地有户部税局。又五十里，富庄驿宿，日中甚热，得风稍解。未正多到店，食炙鸽，颇美。饭后，与子敬看赶集，已散矣，看人饮马归。过新起当铺，屋极高壮，尚未毕工也。

何绍祺，字子敬，何绍基三弟，书宗颜真卿，官至道员。

廿一日　（6 月 27 日）子初二刻起身，七十里，漫河尖。又五十里，刘智庙宿，住双合店，即去夏大帮住宿遇庙会处也。自昨日下午后，云阴茂密，今日酉刻后得雨，去夏亦在此遇骤雨，却不碍行。

廿二日　（6 月 28 日）子正多起行，云未开也，二十里，至德州河边，则云开日出矣。摆渡过河，天色已明，又四十里，苦水铺尖，买蜡十五斤。

又六十里，腰站宿，天气甚热，申初二刻到店，洗脚颇快畅。此间自三月二十日（4月28日）透雨后，昨晚才得小雨一番。

廿三日　　（6月29日）子正起行，云气甚黑而无雨，乍露月而旋伏矣。六十里，新店尖，屋窗明媚，差有野趣。五十里，茌平宿。有福建靖江人蔡君同宿，将至其兄兰仪县署也。谈台湾用兵始末，颇悉大意。作家书第二封。

廿四日　　（6月30日）子初二刻行，沙路平坦，六十里，至东昌府东关外打尖不就，遂由石路过闸板，石路新修未毕，乃铺户各认门前分修也。至龙儿湾永泰店尖颇久，四十五里，沙镇宿。行树林田稼中，极有趣。镇后有太公庙，荒废不可理，而庭宇甚豁。比来晚甚热，不可睡。

打尖，旅途中短暂休息或吃饭。

廿五日　　（7月1日）子初二刻行，子敬覆车二次，因车夫睡着也。第二次几伤其足，行路之难如此。五十里，十八里铺尖，莘县地。又六十里，郭滩宿，晚热稍轻。

廿六日　　（7月2日）子初一刻行，云阴大风，车灯屡息，却亦不甚凉也。五十五里，濮州东关外尖。又四十五里，董家口宿，濮州地。到店最早，与子愚同剃头。

何绍京，字子愚，何绍基四弟，以诗词书画及鉴赏名噪一时。

一
〇

廿七日 （7月3日）子初行，五十里，高庄尖。又六十里，东明集宿。住新开同升店，主人刘姓，十八年军功，得六品衔。子三人，一文二武，皆秀才也。出大纸，索书数幅，送家酿酒，晚餐顿饭，却甚草草也，甚热。

廿八日 （7月4日）子初三行，六十里，黄家集尖，路东元升店甚好，素饭颇可食。雨，几不能行，勉强行二十五里，至瓜子营，同行蔡君先到，适兰仪尉杨心甫在此请乡绅，因无店可住，遂闯入，客为雨来者，才四五人。晚间两席，留我同饭，乐得小饱，仍同宿。是日冒雨行，车上衣物俱湿。

廿九日 （7月5日）卯初行，淘汰泥水中，二十余里，至河涯，上船东行，张帆，顺东风，西行抵岸，过堤，兰仪北关外尖，蔡君别去。尖后，行六十五里，泥水甚大，抵陈留县南关店，已昏黑矣。从兰仪借一马引路，马夫，陈留人也。到店后，令牵马，余骑诣学，访刘星槎广文，同看宋二体《周礼》石经。露处在地，将嵌置矣，然在宫墙外，终未良策，但此后两面均可拓矣。归店已二鼓。

刘台斗，字建临，号星槎，江苏宝应人，知名文士。

卅日 （7月6日）卯正行，五十五里，至朱仙镇，路犹昨也。到店后，遂打算舍车，到同心堂药铺，得老板崔姓者，令其子引至官船局写船，归道车夫妥当，即拉车至舟所，卸行李，登舟。时已夜，一夜安眠，且免泥涂之苦。

六月

初一日　　（7月7日）早开船，河小，故舟不甚疾。
　　　　　　樟市、小坡，皆尉氏县地，颇有市声。河行
多从草桥下过，夜未泊，行百数十里。

初二日　　（7月8日）行至莫滩，周家口数里泊，竟
　　　　　　日屡小雨。

初三日　　（7月9日）早，到周家口，船家安桅，买菜，
　　　　　　耽搁一二时。由小河出大河，上水行，拉纤，
至晚才二十余里耳。

初四日　　（7月10日）拉纤行，略有顺风，所过扶沟、
　　　　　　西华两县地。

初五日　　（7月11日）早阻雨，旋复行，暮离郾城
　　　　　　三四里而泊。

初六日　　（7月12日）早，过郾城，城下见铁牛在城

一
二

边，盖厌胜物也。是日直向北行，遇南风颇迅，酉正到北舜渡矣。与子敬到骡行，雇得五骑，遇骤雨，归船。子敬后至，一僧送来，雨竟夜。

初七日 （7月13日）收拾骡背，巳初始行，甚难骑，路亦泥泞，过河两次，午间甚热。八十里，至薛家店，甚草草。慈寿之日，又不与称觞之乐，竟日仅得一餐耳。

初八日 （7月14日）卯初行，昨日人惫甚，今渐好矣。二十五里，过小河，又二十五里，保安驿尖。大路久断行车，弥望皆泥潦，三十里石路，至扳倒井，最崎岖难走，又三十里，至裕州东关宿。店家廖姓，即丁亥与子愚同刘观亭丈、郑六丈在州牧周鉴湖处度岁处也，转瞬七年，三丈俱逝矣。即所携两仆，亦都不存，可叹也。晚间，得月，极佳。

初九日 （7月15日）卯初二刻行，先不得路，后走河涯，甚好。五十里，至赊旗镇，又数里，至河边，又徒步数里，至马头渚，裕州两小河会做一河处也，写得船时，已申正矣。秋船长而狭，而此间已为大船，不能好坐也，骑骡三日，且乐得休息。连日途中吃西瓜甚多。

初十日 （7月16日）舟行，午间极热，又多眠，盖前几日辛苦使然。浅阁处甚多，竟日闻抬船声，晚泊兰台，唐县管。离县二十里，两岸颇热闹，渡船

厌胜，以法术祈祷或诅咒以达到压制对手或魔物的目的。

阁，古同"搁"。

一只，往来如织。子敬上坡买菜，旋买不饦当晚饭，因老板为未刻具点心，遂未备晚餐也，可笑之至。泊处陆路距赊旗七十。

十一日 （7月17日）行至唐县，陆路二十里，子敬上坡买瓜菜等物。旋扬帆顺风行，然浅滩屡见，不能速也。晚泊下屯，距唐县陆路四十五里。是日甚热，午未后，尚不能解。

十二日 （7月18日）行竟日，至石家台泊，新野县地，对岸即襄阳地也。是日热甚，晚间，密云大风，不可得雨，暑氛不解。子愚是今日二十六岁生日，无以为乐，呼杯酒，咬芹菜根数十寸耳。

十三日 （7月19日）行不甚热，以对风，风得入舱也。至大水桥，舟子上坡到家去，少泊即开，雷雨至矣。行至双沟，雨甚，遂泊，至晚，方住点。夜间少凉，月不得畅明。

十四日 （7月20日）天尚阴，早行，过北河口，申酉间到新打洪，舟难前进，以对风无桨也。子敬看船去，暮归，复与子愚同去说定，归来二鼓矣。

十五日 （7月21日）移舟近钓钩边，即昨晚所看也。舟子以前有客未辞却，请少待。迟至未初，知事无就，坐轿往拜樊城张司马，不值。过河到襄阳县，阮大令着差来看船，至晚未得。到襄阳，至周介夫家眷公馆内，见其十岁儿。此间于四月初三日早，大风巨雹，水上舟无一完存者。伤损人数甚多，闻上至郧阳，下至仙桃镇一带皆相似。阮公云：襄阳连年风浪异常，加此风雹，又夏间走沙愈甚，故墙帆较前稀少多矣。襄阳县署甚破漏，更甚于介夫作令时。来差张玉。

墙，应作"樯"。

十六日 （7月22日）敬、愚携差觅船，得襄扁子。饭后过船，待老板至，午后方归，则坚以船不得重载，难于开行为辞，不得已，雇得安化大沙窝，傍暮过船。是日甚热，吴司马来回拜。

十七日 （7月23日）舟人因搭货未能开，予同子敬于午间雇轿往谒隆中武侯像，中有三顾堂，草庐亭。山门甚凉，门前两山，道人说是旗鼓二山也。草庐故迹在寺后，明时，襄藩起三坟占其地，遂移于下，并六角古井，亦埋壁间，有程春海师、吴荷屋丈诗刻，道人合秀说：香火田有二百余亩。隆中在襄阳西二十余里，先数里，有广德寺，地敞而无趣。归来，舆夫丛恿坐小舟，舟行下水甚疾，而余对风首凉，不甚适。归过樊城，至跨鹤楼，已昏黑，匆匆复买得一案四几，回船，起更后矣。

吴荣光，字伯荣，号荷屋，广东佛山人，曾任湖南巡抚，善书画，兼治金石。

十八日 （7月24日）早，坐小舟，欲至米公祠，至文秀堂书坊问知，上有五里余，遂不果往。仍至跨鹤楼，楼高，而不甚便于登览，在樊上为杰阁耳。道士礼仁两兄弟，老籍常德，因嘉庆初年白莲教之难出家者。归船早饭，午刻开船，不半里而泊，因有舟子未来，又似有风报也。襄阳两岸石堤，系郑芝泉太守倡修，修后圮，圮后复修，修后已圮第三次，修好则太守已去世，至今襄民思之，美政甚多。舟又行不十余里，遇浅沙，舟大摇兀不可行，乃返棹，曳纤数里，得泊。大风竟夜。

十九日 （7月25日）早，风未息，舟行谨慎，十余里，至董家湾小泊。见有舟行，复行，风水皆顺，但太大耳。至小河口泊，陆路距樊城六十里，水路九十里。泊后，上坡，街颇长，无甚可买者。晚间风更大，水长至四五尺，一夜不静。

廿日 （7月26日）风未息，舟移泊半里许，晚间风定。

廿一日 （7月27日）早，风少定，舟行甚速，行百五十六里，风大，小泊复行。前舟浅阁，同行俱泊，既而复行，至赤河宿。上坡，无可买者，写得家信，并与周介夫太守书，觅人送去，不可得而罢。是夜，梦在长沙，到一旧识字画铺，出观两研，一甚大，颇好，而价过昂。又出观南园画马小册二本，首册襄南园墓志，后仅一马，前款书为李友均作，后署友钱沣。第二册每页或一马，或二马，共六页。其马皆写意，树石坡坨，笔极生动，爱不能释。醒时，则开船矣。

钱沣，字东注，号南园，云南昆明人，清代书画家。

廿二日 （7月28日）风平水顺，行过石牌、沙阳，至长乐湾泊。约行二百余里。江行始食鱼。

廿三日　（7月29日）无风，行过泽口、岳口，至仙桃镇泊，约得二百数十里。自樊城换船以来，今日为热。

廿四日　（7月30日）行极顺，当约三百里，过蔡店数里，听江洋宿，有风而热，且多蚊，丑刻开船。

廿五日　（7月31日）早，至夏口大王庙茶楼前泊，上坡剃发。早饭后，偕子愚过江，至黄鹤楼，因独行拜讷制军丈，托寄第四封家书。到张翰芳伯丈处讨免单，并书扇，又为画梅。到邵丹溪观察师处，借出京后京报，回至黄鹤楼，看报送还。张又遣使送卷费，回船后，邵师送食物四匣。讷丈遣官送米、腿各物。洪君国桓送糟鱼、火腿，子敬所善也。子敬买物，亦归船矣。晚热，问张丈借观宋拓《争坐位》，知尚在都，未携出也。

制军，总督的别称。此处为湖广总督讷尔经额。

廿六日　（8月1日）天明开船，六十里，至荆口，由小河行三十里，入湖荡，约行四十里，入嘉鱼峡。又三十里泊，因船轻，避却大江，又免得东郭老、牌州两望泊处，他船多系前二三日开行，或由摇头沟取小路，两日乃到者，亦快事也。共约得百五十里，抵大路二百余里。

初八日 （8 月 12 日）昨服一医生发散药，今遂愈。

初九日 （8 月 13 日）张紫垣丈及胡咏芝来，同邀看
同善堂房子，在堂之后，略有水榭，然不便
住也。归来，不能早饭，知病复作。

初十日 （8 月 14 日）病起以后，遂成疟疾，黎月乔
荐一医来，服药一剂。第蓉荐一老者来，服
其药数剂，亦不得愈。子敬亦发疟，每余安静日，则其发
病日，呻吟互答，苦不可耐。余后服杨紫卿药，乃渐轻爽，
然未全愈也。

黎吉云，字月（樾）乔，湖南湘潭人。

杨季鸾，字紫卿，湖南宁远人，清代著名诗人。

廿五日 （8 月 29 日）余病已似痊。因徽馆潮湿空阔，
房值又昂，乃移住天妃宫，辛卯年所住处也，
所种芭蕉二株，一荣一萎矣。是日，子敬仍发病，晚乃安。
闻学院停止补录遗才，余到紫卿处作禀，李摩石兄书之，
至号房报递。则第蓉及唐广文两人，亦因不补录，欲通禀
也，得信，均明日早携笔砚来。

廿六日 （8 月 30 日）补录遗，除兄弟三人外，即第
蓉、芷芗两学博，五人坐官厅中，颇清静，
外间大号，则两书院决科也。五人题是："博我以文"二
句。"天香云外飘"，得"香"字。科目策。子敬文大为
学使岳文峰先生所赏。归来遇雨，余在场中，惧寒甚，仍
病发也。

岳镇南，字文峰，山东利津人，曾任湖南学政。

廿七日　　（8 月 31 日）以后，病仍发，每日一次矣，
　　　　　　较轻于昔也。请江华杨蛟门二兄来视，服药
亦略见效，后因亲往买卷，病复剧。

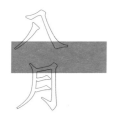

初八日　（9月10日）进头场。先到贡院东杨翁处少憩，入辕门后，病发，风甚。入场时，已头炮，人不复可支，得杨荔农及子敬来收拾一切，吃饭一碗而睡。

初九日　（9月11日）午前遂草毕三文。病发，至头炮始安。想得诗一首。

初十日　（9月12日）写毕出场，而病至矣。

十一日　（9月13日）病少轻，入场时，得李品三兄提篮。早入，又得高小湖送茶吃，甚好，出场大雨。

十四日　（9月16日）得辜君赠药末服之，颇难于口。是日，遂不发病，略愦愦而已。

十六日　（9月18日）出场甚早，病不复来。

十八日　　（9月20日）病复至，服蛟门药，不甚效矣。

廿二日　　（9月24日）服彭星台补药方，是日病止。

廿五日　　（9月27日）严寿日。拜祝后，同子敬出城，往圭塘，乡景殊清，先过雨花亭看桂花，桂两株，甚大，然枝柯采尽矣。圭塘饭后，入城，到浏阳门周家二姊处，知陶子立兄于子刻得子，即往贺。归来，客一席。

初一日　（10月3日）李季眉兄弟邀晚饭，归遂不适。

李星渔，字季眉，
湖南湘阴人。

初二日　（10月4日）病又欲发。

初三日　（10月5日）子刻榜发，子敬得中第六名，
　　　　　弟兄小饮而睡。早起，贺客至，自后无日无客，
无日不作书，而余于未末申初后，无日不发病。子敬则于
八月初六愈后，至十四日复发，至二十五日全愈矣。

初五日　（10月7日）伯父寿辰，晚亦有客。

初八日　（10月10日）早，出城，访王平舫于舟中，
　　　　　昨来约看所藏石田画卷也，冒大雨往，不值。
到贺六丈处拜其太翁寿。是日尧农太母寿，子敬去。是日病止。

沈周，字启南，
号石田，江苏
长洲（今苏州）
人，明代吴门画
派创始人。

十一日　（10月13日）贺柘农丈招饮，同座者欧坦
　　　　　斋丈、彭棣楼编修、徐瓶山与耦耕、丹麓两
丈也。

十六日　（10月18日）子敬送两主考行。

廿四日　（10月26日）上船，是日早起仍作书，早饭后，到各处话别，到船时，天已晚，人亦倦矣。师笙陔送席在船，同座者，张辅垣世叔，及王瀛新同年也。计自七月初四（8月8日）到省，恰好八十日，其不病者，才十几日耳。生三十六年，此为第一次，保身之难，可不畏哉。往来朋旧，绝少新知，其相与谈议者，若贺、欧三丈，张第蓉、刘雨耕、沈栗仲丈、邓湘皋丈、叶星樵、晏筠塘、杨子卿、汤小浯、劳嶰筠，皆犹故态也。于吴荷屋中丞丈处得《白驹谷题字》二种，郑氏云峰山刻字，此为巨甚。黄虎痴纂成《颜鲁公文集补遗》，搜采甚博，近又为中丞纂《筠清馆金石志》。湘皋丈方自辑古文，嘱题其《耦耕》《听雨》各图。胡竹安大令金石碑板亦富，多是黄小松旧物，盖与中丞分得之。蒋伯生明府者，汉画象尤多旧拓精本，若焦城村朱鲔墓等刻，皆余所未睹。王二樵渔，湖州人，藏古专颇富，出示拓本，率为题数句云："我行苔雪上，芒屦几曾停？藓剥城边月，（宋景定修城专）波涵井底星。（二十八宿井专）今宵灯影白，满眼甓痕青，何日鸳湖去？毡樵子细听。"与二樵同住之胡万本号湘琳，即玉谭先生泽汇之子，刻石颇精也。栗翁每数日必见过，好谈书、诗、画、时文，无官气，前曾署道州，得民心。省中善书者，推栗翁。李伊卿广文，则已信笔去矣。阙雯山岚，年七十，画工笔精厉，殆必传也。人有古意，惜未与习耳。杨紫卿病中与往反数诗。小浯许我作好画，未得也，亦苦病。

邓显鹤，字湘皋，湖南新化人，一生致力于湖湘地方文献搜集整理。

黄易，字小松，号秋盦，浙江钱塘（今杭州）人。

汤蟒，字小浯，号浯庵，湖南善化（今长沙）人。

廿五日　　（10 月 27 日）早开船，走横风，不百里泊。

廿六日　　（10 月 28 日）过湘阴。

廿七日　　（10 月 29 日）顺风，过洞庭湖，泊城陵矶，
　　　　　遣张捷回长沙去。

初一日　（11月1日）晚泊处，离武昌三十里。

初二日　（11月2日）早，舟泊夏镇大马头，觅船竟日不得。

初三日　（11月3日）同子敬渡江，谒讷制府丈，留早饭，见《京师题名录》，知陈竹伯中矣。子敬往张翰山丈及邵丹溪师处，余先俟于黄鹤楼，旋同渡江，风大恐甚，至晴川阁下，过铁门关，问道蒋湘帆家，其子十六岁矣。由月湖步堤上到船，晚间即雇定满江红船。

初四日　（11月4日）早起，过载后，同子敬往晤板子巷对过住之洪石甫五兄（国柱），邀同游梅子山，仍饭其家。晚归，赠大墨四梃。

初五日　（11月5日）余渡江访陈执甫，不知住处，展转至申正始得寓处，不值。到蔡黄楼庚兄

古代同龄人之间互相尊称对方为庚兄，自称庚弟。

处，晤陆东为世兄，执甫寻来，两人游刘园，回寓晚饭，黄楼、东为皆至，二更后，同到李丹楼处久谈，归写扇数柄，丑正睡。

初六日　（11月6日）早，余独游洪山，出东门，约有八里，石壁峭上，浮图插空，略有杭州南高峰光景。石色苍润，红叶烂如，归来早饭，已是未初。到黄楼处作大字，又回寓作字。陈韵石舍人约晚饭而甚迟，饭时已子刻。

初七日　（11月7日）到唐角，觅舟不得，坐小艇，望见对岸，我船才开也。即到船，行六七十里，阳逻司泊，属黄冈，有司官。高阜上有庙。

初八日　（11月8日）行百余里，至黄口泊，武昌县管。三人同上西山，山背路甚逼侧难行，行至浓树中始抵庙，庙前后光景极幽。始归，循山门，路好走，过寒溪寺，到江边，坐小艇归船，已上灯矣。山层叠曲，至红树绿云，掩压无数。引路人，皮姓农夫也。

十七日　（11月17日）子敬生日。舟行十里，到获港泊，繁昌县地。早间小醉，晚少吃饭一碗。

十八日　（11月18日）风大，不能行，行五里，至鹊起矶而泊。偕两弟及舟人陟矶，矶上有庙，有塔，塔无顶，盖受风未毕工而止也。及黄公阁，塑黄得功象。

黄得功，号虎山，明末将领，率军在获港与清军激战，兵败自杀。

十九日　　（11月19日）风仍不止，与子敬到荻港庆云楼吃点心，即雇肩舆，行五十里，到繁昌县，访欧若潮大令。伊系十六日生日，县民为寿，送扁、伞，并演剧，是日为第四日，晚间，同席观剧者，有何某、胡心源农部（文柏），二鼓而散。若潮风采如昔，官声尚好，良慰人意。其同县郑三兄品三，号和斋，亦同席。

廿日　　（11月20日）早，与和斋出衙吃点心，遂雇舆出东门，和斋返衙，邀欧世兄辈来追，坚不回去。径行七十里，一更后始到芜湖，住南普济寺，每人宿食日百二十文，颇清爽也。

廿一日　　（11月21日）到江口，看我船未到，过河，由西门外行至宁澜观。观中多下棋人，遂看饱而行。至一书坊，遇子敬，旋遇王德来，知我船昨至澛港，距此十五里耳。晚，借得棋子，与子敬一盘。眠颇冷，饮百益酒，奇劣。

廿二日　　（11月22日）早，子敬到陈兄（名敬之）处，知郑和斋昨由繁昌到伊处，我船亦一早到江口，遂上船，则和斋先在，陈兄、欧世兄又同来。过关后，已未刻，即开行，五十里，至梁山泊。

廿三日　　（11月23日）风颇好，行百数十里，未初即抵南京之上河，与子敬上坡，到街上雇舆，余去清凉山、随园、三山街。清凉山果是佳处；随园亦幽致，惜不得登楼；三山街书坊，未遇佳物。到邢园，已昏黑。邢醴泉（崑）方与谌翁以方围棋，因同晚饭，醴翁出示诗稿，为绰略看一过，作五古题其首。睡至四更时，子敬来，同被宿。则因先到邢园，又至户部街汪家，复出城到莫愁湖上，晚归，饭于某处而回也。

廿四日　（11 月 24 日）早，流目邢园，大局自佳，多颓败矣。桂香草堂有袁简斋题联云："旧地怕重经，记当年丝竹宴诸生，回头似梦；名园难遇主，看此日楼台逢哲匠，着手成春。"款落斗山先生，即醴翁之父也。联乃王梦楼书，极秀逸无比。到制军号房，问魏默深兄，知已回苏州。即出仪凤门，到船已巳时矣。子敬游孝陵，未刻方到。开船行，至老虎颈泊。

袁枚，字子才，号简斋，清代著名诗人、文学家。

廿五日　（11 月 25 日）顺风行，未时便到金山下泊。子敬上坡，寻洪二兄，不值而返。晚间风甚，与子愚谭至丑刻方寝。余曾到大马头、小马头问船，俱一只无有，因镇江口无水，须到丹徒闸，方有到苏船也。

魏源，名远达，字默深，湖南邵阳人，晚清思想家。

廿六日　（11 月 26 日）两弟留镇江换船北行，而余独往苏，洪二兄之仆李姓送我至丹徒闸外，舆行三十余里，方得觅船，船行不十里而夜，竟夜行。东南风，雨不歇。

廿七日　（11 月 27 日）早，过闾城，买食物。暮过常州。竟日雨，晚饭时始住。船竟夜行，晴。

廿八日 （11月28日）晴。走顺风半日，过关后仍阴，抵暮到太子马头。即步至元妙观前，寻倪朗峰，引至姚碧海公馆内住，碧海押运未归也。伊叔陪晚饭，（从楷，号斐堂，行四）。

廿九日 （11月29日）早，剃发，吃点心，出门到玉照堂看帖，无甚佳者。有《瘗鹤铭》轴，尚有"华阳真逸撰"五字，为可宝耳。到青莲室买虚白斋笺，不可得，买信笺。到凤仪堂买扇。即进城到倪朗峰处访问蘧，出观二十九字拓本，尚佳。问蘧馆王月锄处，有花园，略可。遇杨龙石于园中，亦奇事也。龙石得宋拓《大观》残帖极佳，又"六畜蕃息"瓦当拓本甚妙，桂未谷题跋亦有趣。同问蘧、朗峰到汪心农处，心农令孙，号槐堂，出示数物。壁上悬"试砚斋"额，梦楼书也。又联云："思合万类为一己，每以内观当外游。"跋云："姚姬传撰，梦楼书。"又陈曼生丈书联云"丹篆以前无石鼓，黄山之外有樵人"。亦奇恣。偕问蘧看古董店数处，步至沧浪亭而别。拜梁世兄，归饭。李乘时处信物未到，如何如何！

顾况，字逋翁，号华阳真逸，唐代画家、鉴赏家。

卅日 （11月30日）早，到默深兄处，知其在海州，晤其弟行五者。回至元和县，黄兰坡及陈登之、何崧皋处，林少穆中丞丈处。回寓后，即送前件来，余仍出门访李也卿。到刘家花园，光景殊佳，楼台俱趣，惟人少，不得住屋，多空颓矣。壁间石刻极多，皆唐宋人迹。到梁子完处晚饭，同席者，有史世兄昆玉及蓬莱董君。

十一月

初一日　（12月1日）问蘧、龙石同来。有萃古斋送
字画来看，滂喜园送黄荛圃手校《周礼》来，
是去年五元买定而未携去者，今价昂，不可得矣。到玉照
堂看宋拓《大观帖》《潭帖》，均甚妙。明人尺牍四册，
亦佳，内有邹迪光（愚谷）数札，即蔡黄楼处所见作书画
卷子者，黄楼误以为郭迎光也。买得老徐《宋拓十七帖》
及河南书《禅院记》。到龙石处，方为我作牙章，甚好。
回寓后，到中丞丈处晚饭，席间出观米、董、刘各墨妙。
《天马赋》极奇恣。唐荆川草《武当道人拳歌》奇好。晚
归，朗峰携各帖来看，有柯丹邱《竹谱》册，真巨观也。

唐顺之，字应德，号荆川，明代著名学者，抗倭将领。

初二日　（12月2日）早，书帖铺有数人来，竟无佳
品。到元和南坡大令处早饭，晤同乡许公玑，
王问山及何崧皋、桂五爷，皆同席。风甚大，饭后到苏守
汪方川丈处，即出城赴倪兄请席，二更始归。

初三日　（12月3日）出胥门，游穹窿山，过灵岩而
西，山寺深邃，出山门，从右手行，至山巅，

望太湖并各山俱妙，归时已暮，来去约九十里矣。方川丈送席，与姚四丈薄酌后，看早间张楚珍送来《梦楼写词》册子，颇生感叹。

初四日　（12月4日）早，张楚珍同缪氏子来，携《化度》《元次山》两种，皆非至佳物。出门回拜桂五大令，到林丈处观字画卷，留早饭。至南坡处，写对条数件。至子完处。至陈石甫处，出观顾氏《方舆纪要》手改本，信奇物也，安得一副本耶！谭《毛诗》，出观数段，甚精核，惜尚未印成书。又言金诚斋（鹗）讲三礼最好，因驳康成，人多不信，出示其《军制考》，真不朽之业，全书当在阮制军处，问伯申尚书可知。石甫处只两本，现抄副未毕也。归途风颇大，林丈送书帖数种。倪兄携《十七帖》来，有文文肃跋题，为南唐澄心堂本，然未可深信。

文震孟，字文起，号湘南，明代书法家，谥号“文肃”。

初五日　（12月5日）楚珍、朗峰俱来。旋到毛一亭孝廉（端海）处看碑版字画，中有魏鹤山字卷为上品，余多次者，携其《智永》《九成》各种归。陈石甫寻我到一亭处，因同归共饭，饭后，已午后。未正到阊门外李乘时信行，知长沙信件尚未到，好生烦闷。赴梁子善席，未竟而归，颇寒，早起为林丈题石庵书《庐山记》册子。（林少穆丈出示石庵相国书《庐山记》卷子，命作诗书后。何绍基）“忆昨泊浔阳，蹑屩登庐山。中途乃却走，风雨相追奔。（前月游庐山，至东林寺，遇雨而返。）飘飘清夜梦，长绕香炉烟。扁舟捷于鹭，拍浪栖吴门。觥

刘墉，字崇如，号石庵，清代书法家。

觥林丈人，持节抚此民。威惠既摩剒，文字括流源。银烛为我张，酒杯能使温。图史出奇匮，手眼罗球珍。就中书律精，批引劳绳斤。为言当代笔，惟有东武尊。欣然出缇袭，相与参骨筋。横帧若云舒，细字宛珠连。真韵澹逾即，古光深可扪。渊哉书意远，气如敷浅原，颉颃五岳形，吐纳九派川，幽奇閟泉石，暗霭成氤氲。知其心手际，涵抱气化元。适然写此记，意象宛肖焉。心神我已移，面目喜遇真。平生嗜八法，颇亦厌拘牵。安得万里景，归此一腕悬。行观海门潮，更袖岱岳云。登峰欲造巅，溯水当求津。请看汶领游，谆谆果其缘。山阴有法乳，何日许重论？"

初六日　（12月6日）到顾东雅处看碑版，无甚佳者，有文肃曾祖志铭，小字甚精。义门手卷亦好。归饭后，诣一亭处，观其十余件，有梦楼小横册亦妙。归寓，作大字数十件，晚饭后，灯下《尚书》数幅。

王文治，字禹卿，号梦楼，喜用淡墨作字，书法与刘墉齐名。

初七日　（12月7日）张楚珍引看缪氏物，在颜家巷，主人卧云先生，书房树石，颇有趣。碑版无极品，《智永千文》，则朗峰曾携至者，的系宋拓。到汪铁芸处，不值。到问蓬、龙石处，见问蓬所藏《裴岑碑》，原石拓，极佳。龙石亦得一本，而未在此。复至南坡处，不值。归来病寒，不饭。李乘时信行人来。子完送物未收。

初八日　（12月8日）早，着人到信行取物，竟日未出门。问蓬来，楚珍、一亭先后至。朗峰夜至，小酌。是日，人较昨为愈。一亭携示开皇《兰亭》，梦楼跋妙而且多。然《兰亭》余素未究心，无从定高下也。写大字数件。

初九日

（12月9日）早，收拾行李，即出门，到陈芝楣方伯处，适在病假，未晤。到观前回，早饭后启行，顺路至一亭处，买其小字《麻姑记》。谭片时，即行登舟，复等南坡遣送之仆封姓者，久之始至，北风大，开船二鼓后始抵关。姚二世兄、倪朗峰送上船，黄南坡送润笔四包。梁子完前送物未收，兹复遣人候于船。燕莫云："以为堂上旨甘。"因代领，并茶一小篓。芝楣方伯送程仪，未收。

初十日

（12月10日）早，过关，得顺风行。午间，用斑苗方，病愈。至无锡，舟人泊船买米，望惠山，晴烟葱蒨，可爱也，竟日夜行。

十一日

（12月11日）早起，则已过常州四十余里矣。西北风大，纤行颇费力。午刻，至丹阳河，小船多，拥挤可笑。读《倪文正传》，为思陵陈三计，而意归于钞法，卒之糜费数巨万，而钞不行。蒋臣因之得罪。因忆洞庭山友人王亮生，日谈钞法，得《文正集》，见钞币说，大得意，谓己见与古贤合，而岂知彼时未能行耶。未正后，得轿，即起岸行，二十五里，至马林吃饭，乘月行三十五里，至镇江西门外马号，时已二鼓，即到江边觅船，久之始得一小茅船。皓月横江，微风送棹，苍茫四望，不觉江之为大，而船之为小也。鸡鸣后，抵瓜洲泊。

指倪元璐向崇祯皇帝推荐户部司务蒋臣，发行纸币（宝钞）一事。

十二日 （12月12日）早，过由关，甚拥挤。午后，至扬州南关外泊。上坡，至宛虹桥都天庙洪翁问信，知两弟船尚在此，而子敬于昨日起身往苏寻我矣，可笑之至。余回舟，换船，过关，至缺口，会大船，仍移行李入焉。吴丽伯、胡仲安相遇于船头，同子愚到洪处便饭。归船，话至丑初方寝。

十三日 （12月13日）早起，收拾箱中书帖各物。饭后，同子愚到吴丽伯处。余剃头后，同丽伯由丁家湾到文明桥一带看字画古董店，不见佳物。出，教场饮茶，归船，王二兄方与子愚奕也。今日到万安宫邹家访六舟上人，知昨日渡江归矣。无缘一握晤，如何如何！

奕，应作"弈"。

十四日 （12月14日）早饭后，到东关外黄过园太爷处，不值。同子愚、丽白到洪处，即回船，北风大，甚冷。

十五日 （12月15日）早饭后，到丽白处，三人同谒史阁部墓祠，在北门（广储门）外。归，看古董店，至宝晋斋，（教场街）晤项芝房（源），看其碑拓数种，买《石鼓》《道因》《庙堂》三种归。昨日得尤水村画梅，颇有致。

十六日 （12月16日）雨，到丽白处奕。午后回船，适黄个园送程仪，璧。仍到丽白处，小饮归。

璧，即璧还，退回。

项源，字汉泉，一字芝房，所搜集明清书画，以精、奇、新为特色。

十七日 （12月17日）早，金香署（芸）来拜，黄宅代办人也，失足坠河，衣帽沾濡，不及面而去。当即往回看，知已睡矣。晤个园之甥吴次峰，同到庄园一游，屋子颇多，水竹尚少，归。早饭后，闻子敬到都矣。都天庙中受风寒，不能即到船，当服发散药，晚间得汗，余与同宿洪处。子愚亦不甚适。

十八日 （12月18日）子敬好些，子愚亦得汗。洪春谷为子敬用药敷衬耳风。早饭后，与子愚、丽白到项芝房处，残书剩帖，四壁都是，却无佳者。芝房夙好收藏，今为饥迫，销卖殆尽矣。是日，买其旧拓《乙瑛碑》及梦楼十一字联。子愚归船，予与丽白饭于仿郁处。仍与子敬宿洪处。

十九日 （12月19日）早，到船收拾，即到洪处作别，子敬已乘肩舆由它路回船。吴丽白、洪春谷、王寿谷俱到船送行。项芝房同店之吴蕴奇携金涂塔拓卷求售，以六元得之。上有谷人、石君芝、田船山诸老题咏，小有致耳。此塔予旧有拓本，不如此之有造塔年月题字。塔于乾隆末入内府，故此拓本为可珍尔。未刻后开船，四十里，邵伯埭宿，好月。

廿日 （12月20日）五更行，顺风，百二十里，至界首小泊。子愚得药后，复行竟夜。

廿一日　（12 月 21 日）过淮关，先十余里，有盘船者，尚未曾见，诃之而散。申刻，到靖江浦官厅前张家马头泊。余过河，步寻碧霞宫，访许松溪，并晤杨某，出观字画十余件，有石庵册子尚佳。上灯后，坐小车访黄瀛帆舍人于钦差馆，知以艰归，昨十六甫行也。回船宿，子愚渐愈。

廿二日　（12 月 22 日）早，由大街看古董店数处。仍到碧霞宫看物数件，有周天球小蝇头楷，衡山、香光、石田大画卷，梦楼楷书，陈迦陵《滕王阁赋》，俱可。又文信国临崔子玉楷字、祝枝山楷书宫词百，真赝难决矣。午后回船，知子敬上坡未回，即收拾行李，子敬恰归。冒微雨到王家营，徐君琮着役听差，住高家店内郑荣昌车行，子敬发家信。

周天球，字公瑕，号幼海，明代书画家。

廿三日　（12 月 23 日）看车，收拾行李，车每套四钱八分，是共轿车五两。天竟日阴，午间略晴。

廿四日　（12 月 24 日）晴。辰正开车，三里过盐河，三十里，渔沟尖，颇贵。又四十里，至重兴宿，已上灯矣。

廿五日　（12 月 25 日）五十大里，仰化集尖。土人呼阎家集。又五十里，顺河集宿，是日食肉饱。

清代对道员尊称
观察使。

廿六日 （12 月 26 日）五十里，新店尖。四十里，雁头宿。子敬翻车，车帷湿矣。雁头有宝塔村，北有观音庙，不小。早间，始晤绍兴王诒斋（燮元）孝廉，式庵观察丈之子也，晚亦同店住。

廿七日 （12 月 27 日）早，行三十里，过沂河，引辔过。又三十里，官湖尖，尖后八里，船渡沂河，过邳州城外。又过河两次，到伴城宿。计四十里。昨日尖处，见壁上西泠许金桥诗："店鸡膈膊城鸦噪，都与行人说晓赛。"又西泠女士许婉如诗云："阿谁情处忙于我？辘辘车声过板桥。一样晓风残月夜，有人消受在江南。"皆可诵也。晚间点钱，失去钱一捆。

廿八日 （12 月 28 日）马连屯尖，阴平宿。

廿九日 （12 月 29 日）南沙河尖，界河宿，行百六十里。

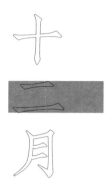

初一日　（12月30日）自昨晚，雪未住，且行，兖
　　　　　州尖。独进南门，出西门，至店，高鲁桥宿，
是日行百四十里。

初二日　（12月31日）行百里，冒雪至东平州尖。
　　　　　尖后，遇朱椒堂漕帅丈，略走谈，巾席萧然，
屏绝供顿，人不知为钦使也。知父亲已赐紫禁城骑马。晚
至旧县宿。合三日共包程一站。

朱为弼，字右甫，
号椒堂，浙江平
湖人，精研金石
之学。

初三日　（1835年1月1日）过东河，河甚迟迟，
　　　　　车多而船一而已，又甚小，他车有坠河者。
河边饮村酒取暖，至桐城驿尖。次遇常南陔侍御之二世兄，
略一话而别，至茌平宿。

初四日　（1月2日）五十五里，新店尖。五十五里，
　　　　　腰站住。

何绍业，字子毅，
何绍基胞弟。

初五日　（1月3日）与子毅弟三十六初度。早行，至苦水铺尖。尖后，至德州，闻河不好过，遣人持帖告李刺史，及到河边，则刺史至矣。亲督修桥，二时许，桥成，乃过。河边遇孙镜塘师，因同宿留智庙。刺史馈有看酒，甚佳。孙师出葫芦中绍兴酒，尤妙。

初六日　（1月4日）七十里，漫河尖。又六十里富庄驿宿。

道光十五年

十一日 （1835 年 4 月 8 日）辰正后，同杨季子出西便门，至白云观，观屋五层，有树根钵，上有纯皇御笔题赞。观为元世祖时建。为邱祖师立，有邱祖殿，山东栖霞人，从奈曼部落为世祖召致者。出门甚宏敞，西北行，至八里庄，入摩诃庵。庵为明太监赵政所立，中有太监墓数堆。庙中松颇殊妙。出庙正西行，望见石景山。至北新安一路，沙石相杂。望西南诸山，如数螺纹。渡浑河桥，即桑干河也。季子云：桑干发源塞外察哈尔山中，为南洋、东洋两河所汇，流至保安州，为桑干，入中国，在房山，北绕京师，西南为芦沟桥河也。过河，西行十五里，过大峪新房，至门头沟县丞衙门，衙门即店也。此地本置巡检，因前十年有一巨案，遂改为县丞，以资弹压。与庞各庄县丞对换，庞各令为巡检矣。丞林君未在家，晤其叔林小逋，弟林蝶栩者。留宿对门店中，晚，留饭。饭前同步上山，看煤窑，一路石径上山，夹路人居，铺户十余里不绝，以至山顶。煤窑约二十处，挖煤者，安油火于头以入，持锹斫取，内或深三四里许，遇有坠石岗崖，人无影响矣。开窑者，皆山西富户，以钱典人采煤，遂终其身，不得脱也。

夜有月，而无处可望，四山黪黑，与季子酣眠。醒时，天明，催肩舆不至，约正辰、巳之交，仍乘车下山，至新房，有随役所识土人焦姓者，携酒榼饮路东南。行正南，又正西行，至石厂，歇车徒步，行荦确。六里，至建坛寺。寺为唐武德五年立，规模极轩敞，松树多而妙，平台长广，大可游憩，有活动松一株，摇旁枝而正干动，无他异也。登后堂高处，望桑干如目前，河南北诸峰，错列雄异。寺门候雇肩舆不得，仍走下，至石厂，复西行三里，至西峰寺。山门闲野，大似虎豹。入寺，寺僧惟二人耳。寺中银杏，宋时物，前十余年，垂荫数亩，今残萎，而树尚峭然。同院有紫荆、木瓜各树。寺后有龙池，水穿寺中出，池右有高台，昔建亭之所，五洞在焉。右有罗睺岭，北为松陀岭，南即马鞍山。明正统间，内侍陶镕重修。碑记两通，今日不复能上山，即息于此。夜，月色甚好，同步中庭，至山门，觉空旷怆戚。复回，听竹里泉声，乃寝。

十三日　（4月10日）早，肩舆雇到，颇迟，行过罗睺岭，回首望浑河左右，剧有形势，过太平庄南村，约十七八里，至潭柘寺。寺以多柘得名。今余枯木一段，擎以木架而已。寺门两松颇大，中亦有古银杏。辛夷花大开。殿阁五层，至最高处，见两边山，不能见旷野，因已入山窝，光景略如济南龙洞矣。寺中水从东北岭上来，由左手行宫环流茂竹间。

入寺院啜茶，下山，由旧路行，大略平直，其峻上者，才数里耳。山谷间间有桃、李花，余皆荒枯无秀润处，乃知东南山水佳处，不在处处作波折，只是随处润致耳。回到石厂，套车行，向东北，焦姓者别去。渡浑河南桥，前日所过者北桥也。由北新安向东南行，未及登车，遂徒步上石景山北，沙石峻漫难行，至顶上，入北天门，跻顶高处，四面空阔，此山斗起，南望浑河，绕缭千里，平原西北，则皆山重岭复，知京师形势雄固，天府之国，到此可一览悉矣。由东天门下山，看石洞。上车行，至北新安，向东南行，至枣林，方餐面，赶入城，已昏黑。便门内，石堆络琭，盖亦山也。

以上为湖南省社科院图书馆藏，
题名《何绍基日记》

廿二日 （1835 年 7 月 17 日）将出都，雇车后，走
别李石吾、陈云心、程春海师。归，收拾行李，
雇轿车一辆到汴梁，京钱六十五千文，价极昂矣。比日即
用及筹备经费事例，捐官出京者纷纷，车少故也。

廿三日 （7 月 18 日）午刻方起行，叩辞大人后，三、
五两弟送行。出南星门，至小有余芳略叙，
张石州同年先在，陈云心兄后至，杨季子、王芷庭亦至，
酒十余行而别。子毅未来，家中不闲也。道中略有泥泞，
三十里到黄村，已将暝矣。店门南首书声甚喧，往睨之，
先生即店主，李姓，名公馥，山东招远县人。案头读《山
东辛卯乡试录》，知山东已得雨，此间雨透，大秋甚好，
麦收仅二分耳。晚间屋顶落土，又蜻蜓飞舞，彻夜不能眠。

> 张穆，字石州，
> 山西平定人，精
> 天算舆地之学。

廿四日 （7 月 19 日）约四鼓起行。沙路又时泥泞，
不能速也。过河，巳刻后尖固安。寄弟一封
家信，交王大令赓递去。六十五里尖，又四十里曲沟宿，
到店约申正。天气不甚热，田事畅茂可喜。

> 弟，古同"第"。

廿五日 （7月20日）起身比昨早些，车夫迷路，到宫家营误绕北行，将至曲沟。余看小日晷、指南针，始觉往返多走三十余里，可笑也。四十五里孔家马头尖，尖次大雨，雨少住即行。雨渐息，途中积水颇大，四十五里雄县南关宿。买鱼不鲜，吃他做甚。

廿六日 （7月21日）天明起身，大路走不得，绕道七十里，任邱尖，又五十里廿里铺宿。尖次，遇叶小舟世兄。晚间，又与陈世兄廷飏同来，亦分发四川者。早尖，遇壬辰出都之车夫郝姓，因寄弟二封家书去。

廿七日 （7月22日）起身早，二十里至河间府，城门久而始开。又五十里成家桥尖，又五十里富庄驲宿。尖后假寐，遇贺藕庚丈北行，未及一晤，后遇董耀骑马来，始悉，甚怅怅也。到店甚早，小轿约同帮行，因马病后至。是日颇热。昨日廿里铺店中见岭南张昼锦云亭壁上书，极有笔妙，素未闻其人也。系大双店。晚甚热。

贺长龄，字藕庚，号西涯，湖南善化（今长沙）人。

廿八日 （7月23日）起行才半夜，七十里漫河尖，六十里刘智庙宿。小轿后至，因作书与王鲁之、周子坚、陶子立。小轿明日即从德州往济南也。作家书弟三封，交济南府入京家人带去。

廿九日 （7月24日）四鼓行，四十里至四女寺，过河。因德州路不好走，故走此也。又二十里苦水铺尖，又六十里腰站宿，双花店穿堂有江南许书侯题壁诗，略可。

卅日　　（7月25日）六十里新店尖。开窗见水，展
　　　　卷怡人，饭餐亦好。因雨来久歇，摘马齿苋
一束，此地人俱不吃，说有毒，亦奇。又五十里茌平宿，
因与前车同住，店甚湫湿，多蝇。细雨竟夜。途中食鲜苹
果、沙果，甚妙。晚饭吃马齿苋，极佳。

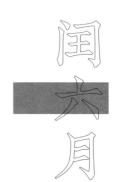

笔帖式为清代各
部院中低级文书
官员，负责抄写、
翻译工作。

初一日　　（7月26日）雨不住点，仍尖店中，开车时约巳午之交矣。行六十里至东昌府珠市宿，店屋闲敞可喜。连日有一人同行，未及与谈，因在荏平将分路，询悉旗下桂三兄龄，系秀楚翘丈之侄，由笔帖式降捐从九，分发贵州，兹将往苏州，打算盘川西去也。六月十五日掣分发签，贵州三十签，只掣出一支，即桂兄也。若于限内到黔，将来补缺不难，亦怪事。

阮元，字伯元，
号芸（云）台，
江苏仪征人，清
代著名学者。

初二日　　（7月27日）同店山西李姓煌二车同行，亦往汴梁者，由城外行，石路新修平坦，三十五里沙镇尖。行潦中行竟日，又三十五里至莘县。又十八里至十八里铺宿。下半日晴，遇水甚多，几至入车箱。早间大雾。昨夜梦陶云巢四兄持其诗稿刻本见示，佳作甚多，中有答友人调（去声）字韵长篇尤妙，末有云台相国题词，款署"灵药院阮"。

初三日　　（7月28日）天明起身，路甚好走，六十里至郭滩尖。又六十里濮州宿，到时已昏黑矣。

作弟四封家书，托丁刺史寄去。"野渠流水马蹄白，村落夕阳牛眼红。"刺史送卷写壁。

初四日　（7月29日）刺史着役送上船，其实已先雇定，与同行者共三车，每车六百大。是日早起，行约七里至河边上船，行约十六七里至新庄套车，卅里至董家口尖，又十八里至临卜集住。竟日行水中，甚当心，车屡有坠于水者。晚食鸡，白煮失味，可恨。

初五日　（7月30日）雇引路人，行三十里至高庄（菏泽）。将至庄，水深，卸行李而渡。尖后又二十里至柳泉集（东平）宿。四围水光，柳色极浓映，可爱。晚云作雨恐行人。与李君同屋宿。行竟日，不过数十里，车行水中，屡须提扶。过一小庄，遇老翁常姓，年七十七，问作何生活，曰："无事做。"见余吃冷水，曰："出门人可吃冷水乎？"

初六日　（7月31日）卅里东明集尖，绕路太多，有一大庙，不知为何。又三十里住三村柳，长垣所豁，距县九十。问王吏部，知已式微。理发。看月，光景剧妙。

初七日　（8月1日）卅里瓜子营尖，是去年杨星甫请客处。予有句云"停车看大雨，飞梦渡黄河"，未成篇也，今忽记起。又廿五里过黄河，李君因吃茶落后。过河后兰阳茶尖，申刻便行，沿堤西去。两边万柳成云，路直如绳。月出后到埇头集宿，又行五十里矣。
李君遂未来。饭后看月，凉甚。

初八日 （8月2日）早行四十里入东门，到开封府。
问知周仲甫住开封营左，即往卸行李居焉。
与仲甫早饭后，剃头。（作家书第五封，交仲甫，说即日
有人便也。）出门，到汤薇堂处，并晤雏山大兄，知有现
成驮轿在关庙内，只须大钱三千文，又收拾须二千五百文。
即属雏山饬工收拾。旋至易屏山师处，方写《感应篇》。
炎天作精楷，亦奇。留吃点心，师以酒相陪，久谈，辞去。
至李静堂年伯处，未遇。仍至薇翁处晚饭，因遍观道署，
较前八年李双圃丈在此任时增饰多矣。前园为假山，有亭，
后园作一阁，甚高。二堂旁左右起两鸽子楼，皆黎云屏丈
缔构者。晚归。

初九日 （8月3日）早访雏山宅晤史鼎卿承墅，陞
臣之兄，讲求金石文字，余前曾见其所著金
石书，虽闻见未确，是有心人也。三人同至孟庙，到会文
堂帖铺，是从前买《信行禅师碑》处，见梦楼书"我肉众
生肉"一首，字剧佳。到文光堂，书甚少陋，因回署。薇
翁烹鸭留饭，饭后小眠，与鼎卿同回周寓。余复谒杨桂山
廉访丈处。归寓，奉陪屏山师、静堂丈、鼎卿兄晚饭，仲
甫请客也。

明清时期，廉访
为"按察使"别
称，主管一省刑
狱诉讼。

初十日 （8月4日）早，独游铁塔。敲僧门，不开，
钟卧地甚巨。还过两湖会馆，即云屏丈前创

息机园址也。丈去官，改为会馆，屋半颓圮矣。地当万柳原，殊有趣。回至雒山，更同诣文庙，到崇圣祠看宋嘉祐二体石经，只余一面，是《礼记》，"其"字篆皆作"箕"，"於"字皆作"乌"，古意可掬。其一面是《尚书》，嵌入墙内，守庙者云已被人磨去刻他碑，故嵌之，然此语未可信。当仍出之以释惑，或与陈留之一石同，未可知也。别雒山归寓，适周三爷家珏、胡香舲来共早餐，是十九出京的，昨日方到此。桂山丈促入署，面后出所藏字画见示。陈伯羊画《渼陂行》并写诗，吴仲圭竹子卷二，周东村山水，沈石田短卷，皆佳。香光卷有一佳者。石庵六幅大楷行书殊为罕见，款署子佩者，桂山丈之太翁也。出署催轿马，仍入晚饭，同席者蔡、蒋、王、邵诸先生，蒋子潇，甲午副榜；邵朴山，辛酉世兄也。子朴三弟淳，四弟滨，幼韩五弟潮，皆得晤。子朴诗笔有超妙气，年十七耳。

董其昌，字玄宰，号香光居士，明末著名书画家。

十一日　（8月5日）仲甫看检验出城去，余写对子十余件、扇九柄。至巳刻，驮轿始至。午初后起身，出南门五十里至朱仙镇，周、胡两君对门住。去年在此下船，光景一瞬耳。是日倾跌一次。夜雨达旦。

十二日　（8月6日）雨住，行三十里骡病不前，休息久之，复行十八里至尉氏西关尖，与周、胡同尖。倾跌三次。尖后四十里直至朱曲，人马平安。可喜。白煮鸡才百卅文，亦有味。两君车后至，夜往谭，冒雨归。雨竟夜。

十三日 （8月7日）早行，仍细雨。十八里过河，盖浯河也，土人谓双西河，过处名古家桥，桥无船有，因雨尖焉。复行二十里至小召，马夫欲住矣。既晴复行，三十五里至许州北关外宿，周、胡两君来同饭，买绍酒一斤，乃土酒耳，勉强可吃。饭后，同看月，久之始别。明晨分路，我向武昌，两君襄阳也。夜未雨。

十四日 （8月8日）早行卅五里大石桥尖，临颍管，又卅五里临颍县西关外宿，路泥不小，行人寥寥。到店，不见日，约未刻耳。为欧坦斋丈书泉山墓表，一千二百余字，去年宿诺也。又到城内看城隍庙，归，晚饭。时复细雨，畅雨达旦，转大。

十五日 （8月9日）早起，屋漏催客起也。不得行，细雨廉纤。午后稍住，写字无气力，如何如何。

都司，正四品绿营武官。

十六日 （8月10日）早行，有广西都司田君同行，渠改轿为骑，余雇人引轿。三十里至王家店尖，后雇马车。十八里至郾城北关外吕家店，卸驮轿后，住汤薇堂广文丈署，则二三兄均不在家。因即作书致薇丈、仲甫并家书一纸付门斗，驮轿即交还汤处。单骑行，汤母送路菜，收香片、皮蛋，着役送至河边。河颇大水，过去已昏黑。即住南头骡店，掌柜张姓，山西凤台县人，极道陶季寿丈好官也。小火计读小说《云英记》，咿唔达旦，亦奇。住处名鲁岸河。夜细雨。

陶章沩，字季寿，湖南宁乡人。

十七日　（8月11日）早无雨。行卅五里至九拱桥，水大难行，扶掖人甚众，行李骡坠水中，衣尽沾湿，年年南走，不免此一困，可笑也。过水，到李庄铺即尖，晒衣未尽干。行十五里将至西平，又渡河，有船还至县南关，则田君先已住此。昨日别后谓将相及于遂平，岂竟到此便会。说前路水大不可行，姑入店，已满。后有书房，有花木之趣。卸襆被，则日出，因曝焉。同店又遇王大令列，云南人，大挑分发广西，略谈一会。

清代规定，三科以上会试不中的举人，挑取其中一等以知县用，二等以教职用，六年举行一次，称大挑。

十八日　（8月12日）早有镖骡四十余行，遂同行，前后五六帮会齐，有百数十骡，绕道行，六十里至遂平，中间无尖处也。尖时未初矣。余不奈乘骡，雇一车行，误走西关，几乎全车坠水，以是扛起迟迟。渡河后，至八里铺已暮，家人久候，遂宿焉。无可食者，且入店。即雷电大作，霆声甚猛，约一时后，雨止日出矣。

十九日　（8月13日）早行，泥水极大，却不碍事，连昨晚共四十五里。至朱毛店尖，尖后绕西行数里，归大路四十五里，确山县北三里店宿。走访王毅庵大令，是己卯冬在山西凤台县署同拜坡公生日者也，后复见于京师，今忽忽十八九年。话及季寿丈昔日风雅，深为怅怅。毅庵年五十九矣，旋即到店回拜，送路菜及晚餐。呼车夫田姓者，板责焉。雇轿每站一千五百大。上半日大晴，下午后阴。县西廿里北泉寺有颜鲁公像，是当日被害处，天晚不能往看矣。范滂亦此地人，荀淑为朗陵令，即此县也。毅庵送甲午分房同门卷，属书团扇而别。

颜鲁公即颜真卿。

廿日　　　（8月14日）坐小轿行，凉甚，几不能耐。
　　　　　五十里信安店尖，确山县管，即尖即行。
四十里明港驿宿，轿之快非骡所及，然路干则然，不可长
恃。与王厚存同店。早间有细雨。

廿一日　　（8月15日）行时四更，四十五里富羊店尖，
　　　　　才巳初耳。又四十五里信阳州住，竟日无雨
而阴，极为凉爽。王厚存赠普洱茶三团。

廿二日　　（8月16日）行廿里天明，又四十里李家寨
　　　　　尖。田、王两君皆住此。余尖后行四十里至
东阿店宿，过武胜关十五里，湖北应山县地也。道中蝗子
甚稠，见村人数十持竹帚去打蝗虫。闻往南前月甚盛，又
关南均未得雨，年景遂与河南迥逊，只隔一关耳。今日石
路高低难走。

廿三日　　（8月17日）仍乘残月行，三十里至广水镇，
　　　　　又卅里至郭店尖，应山县地。又四十里小河
司宿，孝感县地。途中遇蝗虫甚多，田禾存者鲜矣。午后
颇热。路有高低，比昨为善。已睡，闻邻马有进京者，黄
州守使也。起作弟七封家书。夜四鼓大雨一刻，眠中狂喜。

廿四日　　（8月18日）天明始行，因夜雨故也，间有
　　　　　积水矣。四十里泥秋店尖，太无可吃，比前
数里之刘店喧寂迥殊。又四十里杨店宿，尖前见蝗，尖后
更甚，西望几于蔽天，各村鸣钲持帚者殊甚惶惶。

廿五日 （8月19日）行六十里双庙尖，又四十里甚大至摄口宿，尖后飞蝗蔽天，骇人闻见。摄口顿饭甚贵，而有鱼颇可食。庭后见山。

廿六日 （8月20日）天明起身，一里即上船，行十里登陆，又卅里至夏镇，步行寻船，约十里方至大马头，知钓钩帮都在外江，小河水大，不能泊也。与王德渡河，至月堤，雨来疾走，趋晴川阁，未至，见杨泗庙，因避雨焉。入门，一翁询问姓名，即同乡蹇吉甫先生也。不见几廿年，不复相识，欣然道故，喜出望外。雨止，命仆往取行李来。蹇翁即为雇定兜夫，连抬行李共七名，每名一千六百三十三文，到岳州凡五百里。两人衔杯对雨。晚间凉爽袭人，望对岸武昌灯影，昼不能到也。望东南飞蝗如乌云亘数里。

廿七日 （8月21日）收拾行李，忽大风报，武昌黄鹤倏然不见，雨脚巨如梃，江水骤长数尺。午刻雨住，风太大，亦未能行也。今日景尤奇，独游晴川阁，复至龟山顶后，风大不能步立。归与吉甫酌，颇畅。

廿八日 （8月22日）早，收拾行，过江，六十里至京口驿尖。又卅里至上沙湖，住张崇义店，不佳。夜雨。

廿九日 （8月23日）早冒雨行。至老官嘴雨大尖，物极妙，有腊肉。雨住，下船，行六里，因堤岸路崩，绕道太远也。又五十里嘉鱼住，将至县。度山涉水，不为爽快，山色甚好。

初一日 （8月24日）早起，渡涧至十溪头尖，至新堤住，约行九十五里到店，几二更。

初二日 （8月25日）轿夫不前，雇夫不就，王德率两挑搭船行，四十五里罗山尖，又三十里白□矶宿，肩舆过杨陵矶，山极峭厉。过山后十五里极大。王德船路亦迟迟，后余数刻方到店也。店绝清洁，又得佳酒，读《陆贾传》，快绝。王德仍由船路来。

初三日 （8月26日）早行二十余里至荆河脑边，江由城陵矶绕道走冷水铺，约三十余里至岳州，进东门，到汪家已未刻矣。汪亲母于前数日携老满归来，将于冬月完昏也。蔼卿丈留午饭，子均兄留销夜。殊困矣。

城陵矶，矶名。在洞庭湖与长江汇合处。

初四日 （8月27日）丈又留住一日，为子均辈作书竟日。天热，不曾出去一步。两先生一向南湖三兄，一李五兄，早晚同席。

初五日 （8 月 28 日）坐兜子起行，出城坐船，到郭镇市。晚至青墙住，甚早。兜夫怕热，不肯行矣。

初六日 （8 月 29 日）早行，百余里至□□店不佳。对门何家祠堂，有父亲探花匾。

初七日 （8 月 30 日）早行。六十里至湘阴，约未刻矣。与王德看得乌江子，即开行。遇顺风行七十里而泊。

初八日 （8 月 31 日）无顺风，拉纤，六十里至长沙，已申酉间矣。到浙绍馆，无空屋，闻天妃宫有屋，令仆携行李去。余到第蓉处，值其庆寿，有客二席，即晚饭焉。又至莘皆处，一话，归寺。倦困，而夜不能眠。

初九日 （9 月 1 日）早饭后出门，至得吾、蔗丈处，第蓉处拜其严寿，过尹臣处，至李亲母处，刘廿丈雨耕处吃点心。到清泰街张六叔处，归。到陶十二嫂处、贺八丈处。师笙陔未遇。出南门，到陈尧农处。归饭后出去寻湘皋丈未值。遇云渠丈及谭兄，又到紫卿处，遇李子完，同坐看月。二鼓初始归。夜热，不能睡。

初十日 （9 月 2 日）未出门，邓七兄、九兄来。晚话紫卿处。

陈本钦，字尧农，湖南长沙人，主讲城南书院，学期经世。

十一日　（9月3日）张六叔来。作弟八封书，交尧
农处。

十二日　（9月4日）因天不雨，闭南门城，禁屠，
闻今年如此者屡矣。筠潭、子卿、志完晚来。

十三日　（9月5日）早饭后，偕筠潭走南门街到湘
皋处，时已移居贡院街也。丈留饭，因到张
六爷及刘宅，看湘丈古文。晚归。

十四日　（9月6日）移屋到旧住处，芭蕉高二丈余，
辛卯秋手植者也。李二兄、刘荻舲、陈五峰、
罗艺甫来。晚饭艺甫处。

十五日　（9月7日）到贺丹麓丈处借书。到星陔处
不值，星陔来亦不值。看月，到紫卿处。闻
石梧放广东学差。

贺桂龄，字丹麓，
湖南善化（今长
沙）人，贺长龄
之弟。

十六日　（9月8日）得闰月廿三日家书第三封。到
李宅道喜。谒吴荷屋丈不值。到长沙令陈服
杅处。夜雨。

十七日　（9月9日）大雨。服杅来，冒雨去。

十八日　（9月10日）雨住，步出。至筠潭处，不能
入，门口泥深也。到紫卿处吃炒米、油茶，

饱甚。昨夜庙中失衣物。

蒋立镛,字序东,号笙陔,今湖北天门人。清代能臣,善书法。

十九日 （9月11日）同张辅垣丈晤师笙陔。到各处。

晚荪石来,同至子卿处,因上城看江帆而归。荪石别去,到子卿处话。至二鼓归。午间,唐应云处便饭,食羊肉甚美。李西台来,不遇。

廿日 （9月12日）早到李宅,遇张六叔,共饭。

同到蒋维扬处,路遇洪六兄、黄三兄,甚喜。归。又出,到师家,至陶家,归。胡湘琳、周彦昭来话。周十三爷来,陈柏心来,未遇。廖捕厅晚来,带扬名去。

廿一日 （9月13日）早仲宾三叔来寓。昨晚陶云巢

之子世桢着人来索借银,今早付廿金去。午间谒吴中丞丈,到陈柏心、王太守、彭丈处。借观吴丈翁氏响拓《定武兰亭》,旧拓《皇甫碑》《石鼓文》,董临《麻姑》《女史箴》。然不如《东坡帖》二本为最妙,帖杂刻坡自书诗文,奇恣各出,不知是何刻本。

廿二日 （9月14日）张六丈邀同出游,到辜峒处。

星陔处,师笙陔来。周彦昭、李西台、劳嶰筠、杨子卿来。道州仰祖五爷诸君来。

廿三日 （9月15日）胡蕴之竹林及罗五、张三场应

来。为同寓书扁字数番。与笙陔到皇仓街。晚饭后到雨耕叔林丈处。

廿四日　　（9 月 16 日）雨。得吾处晚饭。发弟九封书，
　　　　　　交周十三爷。

廿五日　　（9 月 17 日）

廿六日　　（9 月 18 日）录科。

廿七日　　（9 月 19 日）

廿八日　　（9 月 20 日）三叔补录科。发弟十封书，交
　　　　　　应云。王锦亭太守送席。唐应云、胡荪石、
徐半帆同饭。甚热。

廿九日　　（9 月 21 日）发十一封书，送抚署。

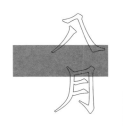

初一日　　（9 月 22 日）舅爷来。得吾处午面，仲安晚饭。

初二日　　（9 月 23 日）

初三日　　（9 月 24 日）买卷子。

初四日　　（9 月 25 日）早到同德堂，为汪大伯借银归。
　　　　　写字极多。同陈四到张家看南园字。晚归，
作十二封书，明日交听芝也。

初五日　　（9 月 26 日）交家信与听芝，会三百金交汪
　　　　　大伯。晚复附一信，内有子立家书。

初六日　　（9 月 27 日）到周二舅爷处，遇小雨归。过
　　　　　鸿亭丈。得吾处进谷。

初七日　　（9 月 28 日）到雨耕、叔林、少梧处。归过
　　　　　得吾处，岱青、汪丈、湘皋丈来话。夜雨。

庭、胡雪门、沈栗翁、虎痴也。谈颇洽。

廿八日　　（10 月 19 日）

廿九日　　（10 月 20 日）出门，饭得吾处。

卅日　　　（10 月 21 日）荷屋招饮又一村，出玉杯、
　　　　　　玛瑙碗劝客，余几醉矣。以玉杯饷焉。是日
写家书弟十三封，是廿日所写，今又补数纸耳。前日得家　　　　弟，古同"第"。
书，堂上下均平安，惟陈东之病，殆不可救。今日作书，
泪堕不可止也。晚看荷丈所藏宋椠苏诗施顾合注本，作七
古一篇。

凌玉垣，字获舟
（洲），湖南善
化（今长沙）人，
曾任工部主事，
有诗名。

初一日　（10 月 22 日）寄家信并洋□五个，交折差，
　　　　　闻十八日可到也。

初二日　（10 月 23 日）凌获洲入署，省城中少年穷
　　　　　经之士也，复谨默少言，语深可爱敬。申刻，
荷丈自携《定武兰亭》出示，海内弟三本，是荣芑本也。
果是奇宝。

初三日　（10 月 24 日）午后出抚署，距廿六日午后
　　　　　整七日，为看金石字画约四百余件。其碑帖
类《兰亭》，自枕秘本外，尚有八十余种，大约人间本亦
具在是矣。《李怀仁碑》《梁鉴碑》《曲阜隶碑》《受禅
尊号碑》《宋广平碑》《绛帖》《全鼎帖》一本，《阁帖》
二本，皆至精品。画有范华原、郭河阳各妙迹，《南唐按
乐图》、王叔明《葛仙移家图》《伏生授经图》《秋山行
旅图》，倪云林山水，俱妙甚。明书画家如文、董、唐以
下不具论。

余为作诗十余首，题跋约三十余事，为题《衡岳开云图》
《补梅图》《浮山观瀑图》，皆中丞小照也。《浮山诗》
廿五首，余为小字画于轴，因附鄙句。王二樵属题专拓轴
及唐人写经册子、《栗园学诗图》，皆诗也。邓湘皋丈《松
堂读书图》，罗研生出示周忠介公书《寒月篇》扇面，系
为人介觞之作也。中丞丈苦留在署候榜，而余岳游之愿甚
果，不能留矣。因题董翁论书卷子，叙及雅谊，有"回忆
深灯古纸，剧评疾跋，何仅三宿之恋耶"云云。书竟，不
禁怃然。出署后到湘丈处晤辛阶、七星、秋耘共话，写对
数付。旋至张宅。晡饭后即上船，开行约卅余里而泊。

初四日　　（10 月 25 日）行约近百里泊，过湘潭。

初五日　　（10 月 26 日）伯父寿辰，年七十二，须发
　　　　　　未白也。行近百里泊。微雨。

初六日　　（10 月 27 日）行过朱亭，仍湘潭地也。

初七日　　（10 月 28 日）行至头炮，到衡山县，上坡
　　　　　　到署，刘稚泉大令下乡验看，晤其大郎德纪，
留饭，住书房。谭湘芷家元馆焉。本约五更起身，雨不住，
凡再起，与湘芷谈至五鼓后睡。

初八日　　（10 月 29 日）早雨不住，且大。早饭后与
　　　　　　黄天池云鹏同行，三十里至岳庙，莫矣。竟
日雨。

初九日 （10月30日）早冒雨上南岳，三十里登祝
融峰，真大气象，惟云海一白无际，目不见
十步外，为可怅也。回至上封寺饭，饭后下山。至岳庙，
催轿夫即行，至署时上灯后矣。稚泉于昨午回署，因得畅
谈。灯下见题名录，余无名焉，殊不闷闷。与稚泉及二客
畅饮而罢。

初十日 （10月31日）起，不甚爽快，山上受风凉也。
辰巳之交，稚泉携一题名录来，余名在弟一，
知昨录系伪刻。初七日夜梦见题名录，余名弟一，父亲适
从外来，邀客同话，余因同诸客行至一处，满地石阑干，
数十百曲折，说是陈榕门相国旧迹，殊不可解。今科初八
发榜，正梦时也。同榜中熟人极少，张年伯璞昭，辛酉优
贡，今始获中。孙少梧之子鼎臣才十余岁，中矣。稚泉留
午饭，后雇夫轿，行十里而天黑。秉烛行廿里至解头铺住。
风雨不息，泥泞甚大。

陈宏谋，字汝咨，
号榕门，清康乾
时期理学名臣。

十一日 （11月1日）雨中行，竟日甚苦，夜然火把
行，五更至湘潭。遇一倒利船，即登舟行。

十二日 （11月2日）舟行，申刻到省寓张得吾处。
剃头，即拜房师杨蕴生先生、家麟。两主考、
抚台俱未见，抚署请主考也。到星陔处话。（得家信）

十三日 （11月3日）早拜房师，两主考吴崧甫师、
王春绶师，俱得见。吴中丞丈亦同见，即饭

署内。饭后约午初赴鹿鸣燕，同至者同年十二人，三拜三揖者五次，先谢恩，九叩首。归来，得吾备饭，荪石、辅垣来，话至夜分。

鹿鸣燕，乡试放榜后，州县长官宴请新科举人，因歌《诗经·鹿鸣》篇，故称。燕，古同"宴"。

十四日 （11月4日）早拜龚学台、赵臬台、善化俞三兄、陈西霞，长沙县陈福兹、盐道梁。到小东街雨耕处午饭。至贺丹鹿丈处，值篆轩回家，出都九十日矣。归，饭后，紫卿处话。学使面致慎亲供事，臬使深谭育婴堂事。

十五日 （11月5日）早到蔗丈、荪石处，见吴、王两老师，商量进呈录。到抚署晤各先生，见杨老师。谕朱卷不必此地刻，师已得署永兴委也。归寓，写请客帖。到雨耕处晚饭。月色极好。

十六日 （11月6日）早不出门，写对数十付。各同年来。汤小浯、杨子卿、师笙陔、胡仲安都来话。晚间胡世兄、叶世兄请酒。散后到星皆处话。

十七日 （11月7日）写字半日，到贡院见晴舫、春绶两夫子。归来，王二樵、庄叔夏、严松舟、李扬卿、凌荻舟、黄虎痴来晚饭。

十八日 （11月8日）未出门，写字半日，益吾、允臣来话。请杨蕴生师，严丽生丈、胡雪门、胡蔚堂、叶桐卿作陪。灯下为两座师拟诗稿，作书竟日。

賀熙齡，字光甫，号蔗（柘）农，湖南善化（今长沙）人，曾任城南书院山长。

十九日 （11月9日）早收拾衣箱，将付座师携去也。到张六叔处，归宿，王、庄、萧、藻臣来。客去，作书。晚约欧坦斋丈、贺柘农丈。劳星陔、张得吾同饭。陈服杅大令后至。贺丹麓丈未来。小雨，寄弟十四封家书。

廿日 （11月10日）早送箱到吴老师处，作字数十幅。荪石、彦昭来话，到贡院送行。欧坦斋丈处拜寿，今日请也。师星陔处晚饭，同席者仲安、辅垣、得吾。闻赵菊言丈以钦使来南，廿六七可到省。

赵盛奎，字菊言，河北深州人，道光时期能臣。

廿一日 （11月11日）早拜杨、贾两州刺史，皆未晤。贾君病闻颇剧，方署事归，杨将往代也。出北门十里，至陈家渡送吴、王两座行。归，星陔、弟容、荪石小话，即赴陈五峰席，同席者宅伯及陈大兄、二兄也。欧坦丈处晚戏，乱设无谓。

廿二日 （11月12日）早作书半日，会同年，同年到者卅二人，饮酒极畅洽。

廿三日 （11月13日）早，李丽生送家中寄衣来，一棉一薄裘，可笑也。移入院署，看金石字画，题记并诗。

廿四日 （11月14日）早作书，看古董。姚子经来，为画小照。晚看米襄阳、吴居父、王孟津各妙墨，仇实父《清明上河图》、孟津画《建兰菱后复生卷子》，又宋拓《米帖》《淳化帖》第四卷，王石谷大册子，宋元人画册、诗翰册，均奇妙。杨刺史送会试文书来。

廿五日　（11 月 15 日）早作书后，出院署，拜赵菊言丈于楠木厅，奉钦使来也。到柘农丈处，回张寓，仍出门，到杨老师处。杨本州处送行。辜三铺早饭后回寓，同人公饯，有剧，至者廿二人。中丞师送文书来。菊丈送席。

廿六日　（11 月 16 日）早起出门，各处谢步辞行。南至碧湘街，东至浏阳门，北至长沙县，西至太平街，张□村观察处一话，陈五峰处早饭。刘家廿婶、七姊处点心。唐应云处晚饭，今年方食蟹也。晚归，作书，得胡竹安带来弟五封家书，七月十一日发。八姑寄到绒花两匣，中丞送行送礼。坦斋丈送物，龙湘桡送物，璧。刘穉泉差人送程仪，璧。张文裳送礼，璧。昨日交第十五封家信，今日折差行矣。钦差已发折，大约明日可行。宋于庭大令赠诗。

廿七日　（11 月 17 日）早作书后，师三、辜三来，得吾留共饭，饮酒甚洽。何积之太史来，匆匆别去，时方由江南抵家，病五十日甫愈也。午间假寐颇凉。胡竹安刺史送到八姑寄伊姊及十二嫂花匣。到竹安处，还走谒菊言丈，留同饭。见北闱题名录，湖南中十人，下场者才廿七人耳。熊雨胪同年得南元，辛卯湖南两优贡，遂同年中一解元、一南元，尤佳话也。许印林世兄中矣。

熊少牧，字书年，号雨胪，长沙县人，善诗赋。

归寓，人颇不适。

廿八日 （11月18日）早，收拾行李，得吾以园名请，余方作书，因题约"写园"，亦聊写心也。行李下船已未申之交。与得吾别后，到赵竹泉廉访处久谈。到宋迁庭处，已出省。到吴中丞师处，谢谢并还《十七帖》。前从中丞索坡帖，中丞未允而以此帖塞望，不敢受也。到吉祥巷徐宅送喜。上船时，子卿、荪石、宅伯俱先至。笙陔、得吾后来。（按：此处涂去"王氏琼箫同行"）钦使赵丈卯初行，往澧州审案去。

廿九日 （11月19日）早，师三爷来送行，余尚未起也。开船十余里而泊，北风太大，不可行。看卢昇之诗，甚有格调。

卢照邻，字昇之，
唐初诗人。

初一日　（11月20日）五更行，竟日风息，有日。晚泊湘阴扁担峡。

初二日　（11月21日）开船至芦陵潭，阻风，泊。琼箫始学写字。竟日晴。

初三日　（11月22日）五更开船，行十余里，北风大，不能前，亦无可泊。回舟数里而泊。风竟日甚大。

初四日　（11月23日）舟行比昨略好，将至磊石泊。晴暖。

初五日　（11月24日）伯母六十九寿辰。午开行，竟日风小日晴，及暮而泊，北望君山，已在眼中。榜人云，距南津涧七八里耳。湖水不甚大。

榜人，即船夫。

初六日　（11月25日）舟行十余里，天明而起。舟君山在岳阳洞庭湖中，出产茶叶以银针、毛尖最佳。

过扁山，余因乘小舟上山，山无可游。复买舟，十余里至君山，山有六七寺，茶竹幽异，闻周围三四十里。至一寺中，见淳祐五年十二月所作铁梢二，各重千金 [斤]。厨屋中有大铁缸，嵌壁者半，以接壁外水，索题勒不可得，俗呼千人锅。又有万人床，一大木床耳。寺中买君山茶，二两百文。见南园先生一联云"闲堂半可分龙住，活句时应与客参"。过柳毅井，下陡陂，缒而下。回舟，顺风至岳州，上我船，即上坡，到汪家见姻母，与子均兄弟一饭而别。王平舫处不及拜矣。南门街灯彩颇盛，做皇会也。学使将按临，棚厂满矣。登舟即发，行至荆河脑泊，甚喧，有灯火。

初七日　（11 月 26 日）五更开船，最早。余梦石矙庭丈化去，余与龙伯华先生及一江南翰林检其书册，余曰："石丈天分高处亦思入风云。"江南人曰："吾以为形同木偶耳。"余为愤诧。还梦子毅弟大不好，一恸而醒。船至嘉鱼峡泊，有雨。今日约行二百余里。

初八日　（11 月 27 日）早雨细，开船后日出，午间向南行，顺风数十里，东郭脑泊。今日共百五十里。

初九日　（11 月 28 日）早开船，南行数十里，旋北行。申初泊年鱼套。即肩舆谒讷制府丈、邵丹溪观察师二处，遇宋云皋观察丈。到张翰山方伯丈处，带纸求书。天黑，下船，出汉阳门，走望山门也。城内做皇会极盛，人壅阂不可行，登舟后即放船。过黄鹤楼，楼上灯光烛霄，沉雾不能隔。至小河口泊，月色为雾所映，却无风无云。

初十日　　（11月29日）早移船至乌王庙，腾行李到贾家骡店住，雇骡轿成。看书十余叶耳。灯下作书，寄虎痴、得吾。今日邵师着人送卷金，领；讷丈送程仪，璧。

十一日　　（11月30日）早着王德渡江送信，至张丈处。丈还着人来送联幅扇并卷金，湖北闱墨，王德尚未到彼也。讷丈复遣人来，只好领谢。骡轿价八十金，共四头，虚者一头。有本省武举曹姓到店，是九月廿六出京者，言途中颇多警也。

十二日　　（12月1日）早装骡子清楚，王德买东西回，即起行，约午初矣。骡轿似乎可以，廿里外即上船，到摄口已月出久。晚饭甚迟，却菜尚好，为汉镇所未有。有王仆（宁远人，杨君之仆）搭帮行。

十三日　　（12月2日）天明起收拾，行四十里至双庙。早素饭，晚有肉，然相距太近，晚不能餐矣。早饭后（未刻），一睡至莫。轿中颠簸使然，月色渐好。

十四日　　（12月3日）早行六十里至杨店，剃头后，于未正雇肩舆西行。五十里至孝感，看屠可如方伯丈，丈留饭并宿。贡官、隐官、书官、郴官出拜，宣官后出，谈至三鼓寝。庭中月色殊佳，小如八弟往京山，不得晤。

十五日　（12 月 4 日）天明起，屠大伯陪面，即行。

天气阴而微风，约百里至小河司，则婢仆已先至。早间屠丈满儿出见，去年六十六岁所生儿也。孝感令赵振清官甚好。杨店至小河九十里，小河水路可至夏镇。六月前后水大可行，秋后水太小，难行船。

十六日　（12 月 5 日）五更起行，月色极佳，而坡陀可惧。天明后霜颇大，四十里郭店尖，又卅里广水宿，到店未初，店甚少而小且陋。今日暖。

十七日　（12 月 6 日）天明起行，三十里东河店尖，路尚好。尖后三十里波坨难走，坠轿一次，路又大。过武胜关后不止十五里，约廿余里方到李家寨宿。店门外看山甚峭。今日是子敬弟卅五初度也。店中药酒佳。

十八日　（12 月 7 日）天大明方行，路略好，三十里潘家湾尖，尖后路大平，三十里至信阳州南关外宿，将到时有小河乱流而渡。州中买黄铜手炉。今日甚暖。

十九日　（12 月 8 日）起甚早，约行近卅里始天明也。出山，得土路，其适可想。四十五里富羊店尖，又四十五明港驿宿，竟日晴。过水两次，皆人引骡而渡，木桥极高而长。

廿日　　（12月9日）五更起行，北风奇冷。将至尖次，马惊舆坠，甚可惧也。四十里信安店尖，尖后途遇王毅庵明府，未及话也。四十五里确山县北三里店宿，颇冷，饭又迟。

廿一日　　（12月10日）起行十里而天明，冷比昨为减，无风有霜也。四十里至朱毛店尖，尖后有微雪。四十五里遂平县北关外宿，有雪数十片。惠方伯回湖南，住间壁店内。

廿二日　　（12月11日）起身即天明矣。北风竟夜，上路便风小，不甚寒而水皆成冰矣。四十五里廿里铺尖，尖后过九拱桥，桥势连延，清流夹道，长几二里，极有意致。夏间大水坠骡时不知桥在何处，可笑也。四十五里郭家店宿，同店有山西蒲县骡轿四乘，由南昌来者。店饭殊不妙。竟日晴。

廿三日　　（12月12日）早起，廿余里过鲁岸河，河不甚好过，两岸高而水颇宽也。又廿余里由郾城县之东行，至王家店尖，尖后晴暖异常。四十五里临颍县宿，即夏间阻雨所住屋。

廿四日　　（12月13日）天明方行，四十五里草店铺尖，甚草具也。又廿里过许州城东，又卅五里小召宿，到店昏黑矣。因要走汴梁，故从许州南，与直走卫徽者分路。天色大暖无风，几坠舆者两次。

廿五日　（12月14日）天明，行卅余里至古家桥，洧水过桥，出门来弟一次也。又十七八里朱曲尖，尖后四十里尉氏县西关外宿，前后屡住此店，而屋宇、菜饭益佳矣。今日早大风，颇寒，午后差平和。

廿六日　（12月15日）天未明，行五十里朱仙镇南头尖，已午刻矣。尖后五十里，行甚纡迟。骡夫不甚识路，又时阻水也。至汴梁南关外，城门闭矣。绕七八里至西关外店住，南关无店。天色晴暖。

廿七日　（12月16日）早起，独出，进西关，步至周仲甫寓，尚未起也。谈，即留早饭，请蒋子潇来同饭，见河南题名录，郭竹圃中矣，然而年将六十。子潇亦中，出仲甫门。饭后谒杨桂山丈，晤介廷弟兄，丈赐《皇清经解》一部，即自检理，久之始清，即载归。丈曰以是为贺仪也。归店后，嘱仲甫送看酒来，甚妙。雇轿车一两，买汴绫包头六个，白枣十斤，俱未来。王德冒寒，不爽快。

廿八日　（12月17日）到仲甫处晤杨大兄积煦，昨日来拜，并送食物，欲托带银也。昨雇车未妥，另雇妥帖，买油纸包书。早饭后回店，复带王德入城觅药。

余复出拜李五爷、聂七爷、于八爷、杨大兄、史鼎臣、汤雏山，雏山得晤谈。到会文堂，无所得。复至仲甫处，携杨寄二百金归店，仲甫仍送酒菜。王德渐愈。李五丈送尖礼。

廿九日 （12月18日）早到仲甫处，仲甫已出门，独饮，看京钞，知北闱事甚纠缠多故也。仲甫归同饭，即回店检点。复出门，到仲甫处，作书数件。到雏山处晚饭。归，几不得出城，天才黑耳。雏山索买《八柱兰亭》，云系内府所刻，裱好者不过二金。仲甫嘱觅《愿学编》。

卅日 （12月19日）早，至仲甫处，旋同出城，至店，李五丈、杨和甫俱来，适余将行也。客去即行，廿里到河边，耽阁许久始得渡，此处只两只船也。又廿五里董家堤宿，将上灯矣。竟日一餐耳。

圆明园有"坐石临流亭"，亭中八根石柱分别刻有八家所书《兰亭序》及《兰亭诗》，故称。

十一月

初一日　（12 月 20 日）天明后起身，北风。四十里延津县北关外宿，因王德感冒未愈，令乘驼轿缓行也。到店午刻耳。因写小楷七百余。入县城，一无所看，买得皮袜头一双耳。琼箫求习篆书，亦可喜。

初二日　（12 月 21 日）行卅里始日出，并不知寒，共四十里，龙王庙尖，只一茅店耳。风大甚，又沙深不便马足，又四十里卫徽府西关外宿。城外水光剧妙，因忆己卯年过此时，城为水绕，廿里外不能前进，但见阴雾沉沉。闻今岁河工亦几有警，水尚未退完也。写小楷五百余。

初三日　（12 月 22 日）早行，绕路甚纡，山石荤角，五十里淇县尖，北风又甚冷也。尖后石路仍多，廿五里过淇水关渡桥，见河流极清驶。又卅五里泥沟驲宿。月出复没，街灯遍亮，见野烧剧大。淇县有贤圣六七君祠，康叔祠，淇水关有"荣光行左"石额。又过一庄，上题"古大赉"三字。

荤角，山石嶙峋貌。

康叔，周武王同母弟，卫国初代国君。

初四日　（12 月 23 日）起比昨迟，而路极好走，又
　　　　南风不冷，车帘不下。行五十里魏家营尖，
回忆旧题，不审在何店矣。尖后十五里至彰德府。府城中
行甚久，出城四十五里丰乐镇宿，尚未上灯也。无饭，且
吃面。今日过西史二公旧治处。早过汤阴县岳庙，又过文
王羑里城，问西门君祠堂，土人无知者，可叹也。

初五日　（12 月 24 日）起甚早而路颇迁。磁州城阻水，
　　　　车不能径通也。行五十里独敦铺尖，向来尖
此不闻有此铺名。又五十里邯郸南关外宿，尖后石坡难行，
到店殊冷。丁亥年子毅在此破疮，今八年余矣。食鸡、羊
肉颇佳。

初六日　（12 月 25 日）行甚早，约卅里始天明。
　　　　五十五里搭连店尖，尖前过永年县，堡卡甚
修整，尖后廿里沙河县，又卅五里邢台县宿。宿即丁亥年
同子毅随李丈所住处也。尖时奇冷，朱砚冻矣。晚间尚好。

初七日　（12 月 26 日）行四十里天明，共六十里，
　　　　金鸡店尖，殊草草。又六十里柏乡县宿，沙
路甚费力。百廿里约有百卅里。此系东路，有西路远十里，
而无沙，车行转便，此随骡夫走耳。骡轿卧一次，车过水
几坠。

初八日　（12 月 27 日）天亮行，因王德不爽快也。
　　　　五十五里赵州大石桥尖，又四十五里栾城县

宿，到店起更后矣。月色好，灯笼多。天不冷，比昨晚为妙。惟沿途来，只磁州前后略见些积雪耳。

初九日　（12月28日）早行五十里十里铺尖，尖后渡滹沱桥，草桥也。桥平若砥，冰莹如镜，殊可观。十里至正定府，城郭壮峻而城内荒凉之至。宝塔伟丽，风冷不去看大菩萨矣。尖后六十里富城驿宿，即新城铺。

初十日　（12月29日）天明起身，四十五里过新乐河，河二，一无桥难过，一驼轿，用钱二百五十文。尖西关外，从来未曾尖此也。尖后五十里至定州西关外，天暮月出。又卅里不大，清风店宿，仍定州管，竟日无风，天气极暖，午间尤甚。

十一日　（12月30日）天有风，行不甚迟，六十里方顺桥尖，又六十里保定西关外宿，同行之王二、张大俱别去。晚食汤羊、烧鸡，皆可口。王德总不大好，自汴梁至此未骑骡矣。

十二日　（12月31日）早入西门，到南司署访封莘生，即早饭，先剃头，看谢信庄所藏傅青主草书十幅，极龙蛇飞舞之致，然亦有太近散漫者。早饭同席者有吴竹泉、顾贞木、吴开周三位。饭后到信斋处看所藏数种，有姜西溟卷子尚佳。出署，同走关庙前，城隍庙前古董铺数家，无甚可观。同到方铁珊经历署看黄石斋先生诗

卷、《麻姑记》，又《长沙帖》弟二、弟四两册，有黄小
松题跋，张叔未册极韶秀，不似如今古怪也。回，仍饭署
中，看荦生《皇甫碑》、竹泉小楷帖，有孙退谷各跋。出
城不得出，回署讨帖，始复开门，才头炮耳。琼箫人不适，
早睡矣。闻有考中书信。

孙承泽，字耳北，
号退谷，明末史
学家。

十三日　（1836年1月1日）天明行，五十里安肃
　　　　　县北关尖，车夫迷路，走西北，绕道多矣。
又六十里白河宿，道中遇骆驼及驼轿二，马车甚多，盖系
喇嘛回藏者。天气晴暖无风，昨日一天雪意归乌有矣。顿
饭每人百八十，竟无肴可食，而白米饭殊妙。

十四日　（1月2日）天明始起，王德病困起迟也。
　　　　　六十里松萝店尖，地炕甚暖，惜天气不寒耳。
又卅里涿州北门外宿，城中热闹。到店尚未上灯，阴云似
有雪意。

十五日　（1月3日）天大风奇冷，沙甚。未明起，
　　　　　略明行。四十五里豆店尖，羊锅殊解寒也。
又五十里长新店宿。自上路以来算今日最冷。过良乡县，
城东遇拿车者，诃斥之去。

后记

《蝯翁乙未归湘日记》一本，余以数十钱得于打鼓担上。蝯叟知之，索观甚急，后仍还余。余谓叟"王氏琼箫同行"一语何遽涂去耶？叟亦大笑。松禅记。

此《蝯叟乙未归湘日记》，都四十五叶，自六月廿二出都始，至腊月十五止。其间湘闱发解，梦见榜花，自是道州一段科名佳话，不应作寻常记簿观也。"书出沈均斋旧藏"，秉衡从兄得之松禅亡后，今岁遗书散出，为旧山楼后人廉价购获，流转苏沪，待价而沽，辗转因缘，数倍其值，始得返吾。汶阳不随长江（明初刊本），水云（并莪圃藏跋）诸集俱去（为有力者攫去），我兄有知，其亦许我护持心愿胜彼后裔多多耶。

丙寅中秋前十日记于姑苏桃坞寓庐　初园居士

　　　　以上为上海图书馆藏，题名《蝯翁日记》

嘉光元年

十六日 （6月26日）辰初三刻报到，奉旨，福建正
考官着何绍基去，副考官着蔡家玕去。是日
同放者，广东正考张芾，副考潘铎。广西正考江国霖，副
考阿彦达也。张系乙未世兄，潘木君壬辰前辈，现任兵部
郎中。江系戊戌新探花，阿系壬辰进士，吏部主事。做折
稿就。父亲已到衙门去，因着人送至户部衙门，阅定后，
子毅写折。其递笔帖式，酉初方来捧折匣去。父亲饮秀楚
翘丈处，薄暮归，同乡请，主人为陈尧农，彭棣楼、陈庆
覃、劳四、胡润芝、黎四、何根云同席。

陈岱霖，字庆覃，
号云石，湖南善
化（今长沙）人。

十七日 （6月27日）丑刻起，寅初随父亲赴园递折
谢恩，在桥南行九叩首礼。父亲须俟圣驾出，
看箭时当面碰头，命余先出，因到福庆堂早饭。午后，谒
穆、潘、王三师相，穆师尚未散值。到潘师处，久候始归，
师谕云：途中不可预拟题目，南方樟柳神，往往度知漏泄
也。王师处与张小谱同见，谈时文甚久。早见在朝房，晤
罗萝村学士师、慧裕亭同丰、赵容舫前辈，又汤敦甫中堂
丈来话，从园归。 过凤冈处，到家申刻矣。家中道喜。

潘师即潘世恩，
字槐堂，号芝轩。
江苏吴县（今苏
州）人。

父亲即在园住，因明日户部值日也。

十八日　（6月28日）父亲值日，蒙召对，归来已午初矣。余于一早到张劢庵处、陈云心处，拜倭艮峰前辈，未得其处而返。蔡玉山前军处（己卯）共商一切事宜，是日定启程日期二十九日也。彭棣楼处借《星轺便览》。晚间，乙未世兄七人公请在劢庵处，与小谱、根云同席，主人则劢庵、凤冈、兰检、椒生、吟筠、小笠、鹤田也。主人多小恙，席散甚捷，是日到许吉斋师处。

倭仁，字艮峰，蒙古正红旗人，晚清理学名臣。

十九日　（6月29日）拜毛伯雨师、潘芸阁师、姚伯印师、蒋舟林太史、陈伟堂师、邢五峰师、罗萝村师、朱致堂师、卓海帆师，姚蒋邢朱卓俱见。又晤劳九、陈尧农、王世叔、潘星斋、绶庭兄弟，归时已酉正后矣。

廿日　（6月30日）谒见吴师母，到颂南处，过琉璃厂，到李芝龄师处，等至四刻，不得见而去，据云：老爷未出，到书房，不敢回也。晚赴许吉斋师席，子丹、晓帆同坐，甚热。

李宗昉，字静远，一字芝龄，江苏山阳（今淮安）人。

廿一日　（7月1日）午间，胡润芝、李古廉、李少峰、韦竹坪、伍璠甫请，席设胡宅，慧裕亭同座。

李清风，字古廉，江苏人，曾任刑部侍郎。

廿二日　（7月2日）过琉璃厂，买得乾隆《己丑缙绅》一部，甚有趣。送子丹行，已于巳正行矣。

蔡家玗，字玉山，道光间能臣。

庄琪园请香山馆，与玉山前辈同席。是日，父亲与诸翁丈公请钟四丈，在湖广会馆。

廿三日 （7月3日）买羽帽、尖靴等。杨挹兹处早饭归。傍晚看陈庆罩、汤海秋、彭棣楼、杜兰溪俱晤，知李高衢于清晨病逝，可叹也。

廿四日 （7月4日）早，拜马馆监督洪锡璜于元通观，丙戌庶常前辈等人，辛酉拔贡年伯也。到徐星伯丈处，是日热甚。四川：叶觐仪、杨培。湖南：邵灿、桂文耀。

徐松，字星伯，顺天府大兴（今北京）人。
邵灿，字耀圃，号又村，浙江余姚人。

廿五日 （7月5日）甚热。

廿六日 （7月6日）走别潘少白先生于全浙新馆，握手不能为别，少翁将于七月间出都，未卜能复相见否，勉勖甚至。到陈书庭处少坐，魏琴三未遇。闻张石州来，访之不得其住处，胡荪石亦到矣。今日热略减。家君在书房晚饭（明日同），有雨意。

廿七日 （7月7日）自家收拾行李。早出门，访李少峰，因到华甫处早饭归。

廿八日 （7月8日）收拾行李毕。到玉山前辈处，许吉斋师处辞行。家君书房晚饭，汪致轩，黎月乔同席。

廿九日 （7月9日）巳刻，骡子先行，系自雇，每头十金，共三头。书箱、衣箱、礼物扇对箱各一。仆子辈箱一。其一头为仆辈阁被套之用。编修应得色马一、引马一、骑马七。兹骑马止用六，因添色马一，添扁箱书也。交午初起身，到普福堂，毅、敬弟及翰城、芷庭、裕泉送行，吃茶瓜。又遣董顺回家取表，待至未初方行，申正到长新店尖。又三刻行，酉正三刻到良乡宿。遇骤雨数阵，颇清爽。住处逼狭陋殊甚，与玉山前辈同店。

卅日 （7月10日）丑刻即起，收拾骡马，至天明行，三十里，豆店尖。与长辛店之尖，皆自吃，无人支应也。与玉山同吃鱼，甚美。尖后，四十里，涿州宿，与玉山异店居，到店未午正也。州牧李君（宣范）来拜，是贤差老也。肴酒甚佳，饮数杯，遂睡。时戌初，至子初方醒。玉山前辈嘱书团扇，余求画折扇，移时赐到，赋诗为谢。王六回京，付褥子及家信去。"写心不贵浓，求趣不在广。舒卷一握中，忽有松涛响。松根石巉秀，松外水清放，更看山外山，云意殊莽苍。我行二百里，到眼成枯壤。云行何太闲，空际自来往。何当数寸松，化作龙百丈。云生鳞甲间，快雨吐其掌。是时我与君，聊可息尘鞅。更当觅长绢，乞画电雷象。何为酒杯间，徒作云霓想。"

六月

鄜州，今陕西延
安富县。

初一日　（7月11日）子刻起行，行四十余里始天明，共六十里，新城县尖。县令郭君来见（宝勋、号忠山，行二），四川泸州人，由内阁中书改捐知县来署此地。备纸墨索书大对及扇各一。又七十里，雄县宿。县令高君（午）、陕西鄜州副榜，伊胞兄名发，辛酉拔贡。丁卯年，父亲在广东时，其兄为州判。是日与玉山前辈同店宿，买得鱼共食甚美。琦制军中堂着弁张国珍持画来候，随即复之。玉山同到店后，快雨移时，稍觉凉爽，夜间仍热。

初二日　（7月12日）寅初启行，略有泥泞，过十二连桥，桥下水甚浅涸，从来过此，未有若是桥亢者，可叹也。三十里，郑州尖，自备，仍与玉山同食鱼，不及昨日之美。又四十里，任邱宿，到时将午初耳。剃发，留须。县令朱述曾不在家。"人到中年意思殊，自然珍惜到髭须。鬤鬤乍可称男子，冉冉先愁化老夫。王事要持筋力健，炎尘莫把鬓毛污。生憎青镜无情甚，一笑相逢失故吾。"玉山前辈有和诗。晚饭后，朱子明明府来拜（行五），年五十四，人甚清朴，系干臣中丞胞叔。

夜甚热。

初三日　　（7月13日）丑刻行，□十里，河间府尖。
河间县褚裕仁来，未见，其幕友索书联三付。堂中设冰，仍不解热。又□十里，献县宿。县令蔡廷态未来见。今日早晚看俱佳，俱与玉山同坐。晚酒两壶，不少，饮后遂睡。河间于前两日得大雨，大道积水甚盛，肩舆多绕路，换肩者不慎，几坠舆矣。

初四日　　（7月14日）丑初行，四十里，至富庄驿尖，天明未久也，地属交河县。尖甚迟延，因办差人先未赶到耳。又四十里，阜城县宿，刚交午正。县令张椿年（秋岩，行二）来迎，并谒见求书扇。是日极热，住处太狭，玉山前辈来诗，有"暂驻不如走"之句，余和之云："逢茶胜得酒，迎风胜好友。先生原少安，村外雷声走。"时田中望雨甚迫，而阴云似有雨意也。作家书第二次。

初五日　　（7月15日）子刻即行，□十里，景州尖。州牧广勇，系楚翘年伯之侄，来见，人甚朴也。又□十里，至南留智庙，属德州，有茶尖，与玉山同吃西瓜，甚畅。又□十里，至德州，州牧舒化民自庵，江西人，迎谒。看甚丰。公馆透风，而热不解。粮道蒋明远，砺堂相国之侄，芸青之堂兄也，遣人持帖来候，云今日甫押粮船回署。

初六日　（7月16日）子刻行。□十里尖，尖次大雨，
约一时许方住，冒积水行，颇周折，幸路无
多耳。□十里，至平原县宿，公馆开敞，为出京第一处，
有树石之胜，又兼雨后风清，炎歊涤尽。县令欧阳珖（香
榭，行一），广西庚午举人，来谒。后与玉山前辈畅谈，
出扇索玉山作《快雨图》，甚清妙。晚肴亦佳。戌初睡，
丑初始醒，凉爽宜眠，此第一夜也。

初七日　（7月17日）寅初行，因有积水，不敢早行，
不意路已好走。欧明府城外送行，七十里，
禹城城外尖。遥叩慈寿，玉山索吃寿面，因买一斤，就驿
飧食之，甚佳，山东面本甲于天下也。又四十五里，晏城
宿，属齐河县，公馆尚好。忆自壬午随慈舆至学政署到省
前一日住此，以后曾再至，今三至矣。"阿翁病后能强饭，
阿母年来渐白头。一品未忘贫苦业，诸孙难慰暮年愁。"
孙军、三五弟未得子，余孙又多疾。"宫衣拜别犹含泪，
使节虽荣亦远游。五夜寸心如月白，君亲恩重要兼酬。"

初八日　（7月18日）丑初行，廿五里，至齐河茶尖，
因须换马也。天尚未明，县令张同声迎谒。
玉山请许二兄（朝保）来谈，少顷行。又廿五里，杜家庙
尖，将到时，古树悬崖，居然理安九溪十八涧光景，真奇
妙也。县令史翰迎谒（瀛舟，行五），略问及子立光景，
甚慰。又卅里，山店茶尖。又十五里，至张夏镇，是长清
县丞驻处，陶子立先遣人来问，是否可以相晤？可谓高极。
余因先至伊署，因与公馆间壁也。舅兄舅嫂及如嫂均好，

清官出花后，更结实，吾鲁人、季寿两丈人才得有此孙耳，可慰可叹也。署中极高敞，屋后种园，皆南蔬，因邀子立与宋七兄（号子文）到公馆共饭，索其园蔬蕹菜、冬苋、红苋菜汤，俱爽口之至。戌正别去，作家书第三次。玉山亦有家书来附入。夜雨，枕上闻之，益安睡，知非天明不能行也。

出花，指幼儿急疹，一种突发性皮疹。

初九日 （7月19日）寅正后始行，泥水既大，山石亦劣，甚难行，五十里，长城尖，仍是长清办差，连昨尖共三顿矣。又三十里，茶尖，县令姜宫绶来迎（玉溪，行大）。又三十里，泰安宿。署守承恩（少竹，行二），英竹泉丈之子也，来谒，谈甚久。姜君来谒，晚饭时，天已暮矣。少竹送小菜四篓、火腿二只。

初十日 （7月20日）天将明行，五十里，崔家庄尖，仍泰安境也。又六十五，羊流店宿，羊叔子之流风也，今讹为杨柳店矣。今日涧水最多，舆夫脱袜穿袜，甚少闲暇，亦可笑也。过汶水颇大，羊流店，新泰管。早间承守来，送《快雨诗》四首，未及录。问前巡检周君，于九年去任矣。

羊祜，字叔子，西晋名将，以德怀柔，深得民心。

十一日 （7月21日）天明行，六十里，新泰县尖，泥泞甚大，昨日大雨也。县令张涵，号泳叔，行大，迎谒，凤台人，因问及己卯年季寿丈时事，知卫来庵老尚课徒，李麟任做教官耳。训导于世兄湘兰来会，后又送于城外。今日系玉山前辈五十初度，见示自寿诗二首，依韵奉和："奕奕须眉半百年，立朝风骨最超然。人言铁面生原冷，我信金心炼始贤。客舍望云长念母，笔端飞雨欲回天。未妨行路逢初度，岱岳千寻寿色悬。前辈风裁觇面新，皇华并辔几由旬。偶然得趣互相赏，那复畏人嫌我真。驿骑投林知向夕，村鸡隔坞又催晨。一杯相祝无常语，莫负堂堂百岁春。"又二十里，敖阳宿，仍新泰地。天气潮湿作雨，体中似有不适，蚊子极多。

十二日　（7月22日）天明时尚雨，夜睡甚佳，不能不起。冒雨行，而雨止，一路泥泞，甚难行，五十五里，拱极店尖。先十五里，过蒙阴县换夫马，尖时午正后矣。县令刘元恩，金门先生之子，往省未来。又五十五里，朵庄宿。路略干，又绕陶垆河行，故到店尚不晚。柴世兄春植迎谒，年伯现任沂水令（文江），世兄以来入分发山东，来帮办一切，在此庄已一月余，收钱粮、修公馆，尚未毕。因留共饭，并邀玉山前辈同坐，吃豆付、苋菜极佳。今日过河不计次数。有《望岱诗》。

十三日　（7月23日）天大明乃行，柴世兄送（号心农，行一）。四十五里，青驼寺尖，属兰山县。又四十五里，半城宿。天晴，路不甚大，未正到店矣，但店不佳耳。与玉山同饭，饭后见月。

十四日　（7月24日）天明行，四十五里，沂州府南关外尖，先过沂水，府城甚大，过考棚墙外，想起昔年望查楼前论文之乐。熊东崖前辈太守（遇泰）来晤，因留同饭。又四十五里，李家庄宿。时刻过河，积潦极盛，半城湖十里，幸尚无大水，然行路以来，以今日为最当心矣。将到宿处，仍过沂河，河面约有三里。午后颇热，作书二封，与邵丹溪廉访师及刘詹岩学使。早尖时，副将德泰差人来候。

十五日 （7月25日）天明行，泥泞水潦，至今极矣，几无十步干者。舆坠两次，幸俱不在水中耳。六十里，十里铺尖，去郯城尚十里也。尖后又六十里，红花埠宿。下半日路极干，好走，出人意外。与玉山同店共餐，看月已圆满矣。郭什哈张、吴二弁遣归，赏盘川四两，扇对各一。

郭什哈，亦称"戈什哈"，清代高官的侍从。

十六日 （7月26日）行五六里天明，六十里，峒峿驿尖。又六十里，中和集宿，宿迁县地。下半日，数十里，无村庄，亦少禾稼，盖山地荒卤也。盗贼易伏，令人心悸。县令易南谷（卓梅），同乡人，晚间来拜，光景尚可。夜看月，不思睡。玉山早就寝矣。

十七日 （7月27日）玉山前辈行甚早，余随后方起，五十里，仰化集尖，仍宿迁地。南谷遣人办清馔数事，极为爽口。又五十里，重兴集宿，店颇陋。龚明府（兆琪），合肥人，芝麓尚书之后。问办差家人，知赵文璠于去年去世，唐养斋之子已有孙矣。昨闻南谷说：云汀丈于六月初二日去世，可为浩叹。又闻钟云亭制军丈议处开缺，因失去印也。周敬修升闽督。牛镜塘丈转豫抚，不知的否？

十八日　（7月28日）早行，四十里，至鱼沟尖，有积潦，路颇长。鱼沟属清河。又三十五里，至王家营，向来到此必宿，故有供顿。余与玉山约，今日必上船，遂于未刻吃饭，申刻到清江浦，舟中一切，临时皆预备得矣。麟见亭河帅前辈差人接，清河令唐汝明来谒见。溜子知每人有三船，坐船、火食船、轿船各一，坐船每站水脚价十二千大，余二者各六千大，闻不必全付，约七八折，闻之令人愧叹，冲途地方，官岂易做耶！唐令号黼卿，行大。夜雨热极，不得眠，四鼓后，开窗见微月，热稍解。旧仆王德来谒，前荐至盐城令彭雪嵋处，因人多告假来也。夜作书，荐与江春涛观察。

麟庆，字伯余，号见亭，满洲镶黄旗人，道光年间官江南河道总督，故称河帅。

十九日　（7月29日）卯正开船，过淮关，至山阳，四十里，马头尖。火食船相隔，非泊不能得食，因令宋贵移至坐船，以后即在后舱作饭较便也。山阳令张用熙差接。又六十里，宝应宿，到岸甚迟，天已昏黑。李世兄世霖（号雨生，行一）来，范楼明府之侄，丁酉乡榜也。将到岸，明府自来（葶），二月方来署此，补缺尚早也。送席，收。又送酒四、腿八，收酒二，余璧。因问孔宥函比部同年在家否？亥刻，宥函来谭，至子正方在，近诣精进，不欲仅作诗人。又得悉张渊甫近状，甚慰。杨季子闻李月汀太守请去，不审定否？昨在清江，陈静庵来，株守此间，毫无生路，老朴可慨也。晚雨一阵而过。玉山前辈画团扇见赠，甚妙，因属又函书其一面，其近作题画

孔继镳，字宥函，号廓甫，山东曲阜人，官刑部主事，以诗名海内。比部，对刑部及其司官的习称。

诗也。夜热不甚剧。午间清衣箱、书箱，衣箱见水，衣大半糜湿矣，幸书俱无恙耳。

廿日 （7月30日）天将明行，然热未解也。竟日未泊，到高邮州时，已天黑矣，风不顺，拉牵难也。州牧朱淦泉（荣桂，行一）来谒，与玉山同年，因留共饭，来邀往同坐，余因热先回船。蚊甚酷，仆子辈俱未寝。

廿一日 （7月31日）四更即行，少凉爽矣，日出后，仍不甚热，为数日来所希。到扬州，已申初后矣。江都令罗煜差迎，又送礼，未收。甘泉令卢元良差迎，玉山之姻也。温东川太守前辈来会，余方剃头，因邀入晤，谈甚久，玉山同来话，适写得第五次家书，即托东川寄京。问魏默深消息，不可得。杨季子已得盐法志局馆，可慰也。东川送礼，收茶叶、糟鱼。卢明府来，未晤，在玉山处坐。

廿二日 （8月1日）五更行，玉山有小事，未即同行，到高明寺前泊。入寺，积水满院，登塔至极顶，七层，廿余丈，足力上下尽骹矣。仁庵和尚上塔，塔上望江南诸山，极雄伟，金、焦甚小，北见扬州城屋。旋同润之和尚到罨尽室竹前坐，将回船，而玉山复来，仍邀同入寺，大殿前久坐，颇凉。巳刻到船，吃饭，即开行。到江口，有风未得渡，风定后，不得红船，觅办差人，不可得，玉山呼船头至，系之，余用勒令饬其传红船送渡，以赎愆。

当时红船到齐，过江来，天已昏黑，有乌云白电起于前，甚可悚，幸赶入口，而亦未雨，到镇江泊。太守高容声（佩苍，行八）、县令曾承显差接，都统于兆祥差接，俱即差送。夜与玉山同函致书东川，说过江无人照管云云，本来可恶。

廿三日　（8月2日）五更行，竟日，河身甚狭，两岸坡陀，又值对面风，行颇费力。一百里，至丹阳泊。县令吕湘（帆九，行大，壬午乡榜），江西人，迎谒。马头在县城西关对面，少泊，仍欲前行，甫移舵至城下，而雷雨大至，遂宿焉。热甚，蚊甚。

廿四日　（8月3日）五鼓行，南风尚可解热。申刻，到常州，毓恂甫太守衡，及阳湖令、武进令俱差接，太守送礼，收西瓜、茶叶。在玉山船上食藕，甚佳。旋开船，数里至（脱二字）皇亭下泊。因见树竹幽森，遂登陆，极幽奇之胜，遇吕万庭（俣孙，行五），系尧仙之弟，又其子茂修，因设佳肴，邀同坐。与玉山对饮，薄醉迎凉，上灯后回船。少顷而尧仙来，谭至子初方去，夜甚热。

廿五日　（8月4日）半夜开行，未免太早，竟日南风。未刻，到石塘湾，见有竹树，即泊舟上岸，乃关帝庙，旁有孙氏所修花园，亭阁竹石，梧桐、松柏、紫荆、枇杷俱有，桂树尤多而大，竹一园，极修修有致。同玉山啜茶久坐，做点心同吃，乃回舟，风略定，开行。

离无锡二三里，小金山对河泊。上岸，入慈云寺，荷花池极大，僧云：有三十余亩宽。荷花尚未开毕，临池久坐，吃茶，剥莲子。萤火满湖，飞扬不停，亦有趣也。夜凉。

廿六日 （8月5日）天明行，杨太来见，送水果四色。晨凉、午热俱剧，无南风也。申刻，过浒墅关，行过大桥，到文昌阁下泊。旁有竹林，极繁茂，与玉山往坐茶话，兼理发，至暝方回船，夜仍热。署抚裕鲁山前辈差接，理问洪子香差人来候，署元和令蔡维新差接。旧仆陆嵩来求见荐。

裕谦，字鲁山，蒙古镶黄旗人，曾任江苏巡抚、两江总督。

廿七日 （8月6日）五更时开行，辰巳间泊苏州胥门外马头。苏守汪丈云任及三县差接，并送席，牛镜塘中丞丈亦着人来。今日卯刻已启行，同城官饯于虎邱白公祠，洪子香来，杨龙石来，兴致精神，比前转胜，现将往江宁去，因李方赤方署守也。倪朗峰不在家，其徒弟来，因托寄第六封家书。申刻后始开行，玉山买朝冠也。酉刻到宝带桥，有亭阁之胜，黄南坡所修立也。陶云汀丈，陈芝眉前辈俱有联扁，有乙未亭，因古迹而名之者，亦适以乙未成也。亭一角临江，开轩凉敞，因移盏蔬与玉山同酌，薄暮回岸，久坐始上船，夜稍凉，可睡。今日子香送物，收西瓜，尚好。杨太又致苦瓜、蕹菜，鲜而且多。

廿八日 （8月7日）天明行，昨日早凉，今亦然，且午间热，亦不甚久也。吴江令周朗园同年

（沐润）差接，酉刻泊平望，朗园已差人预备小船迎，游莺脰湖，设席，凭栏与玉山同酌，极畅。湖光一片，愈黑愈妙，夜静，回船仍热，候少凉，方睡，已交子初矣。

廿九日　（8月8日）天明行，起看开船，极清旷，何此乡之多水也。六十里，嘉兴府西茶禅寺下泊。未到时，经历刘玉衡迎谒，持乌中丞帖护送，据云：向例如此。尚须送至衢州，力辞，想未可得，无非调剂之意。嘉兴守王大元（寿昌）来拜，嘉兴令毓秀（行大），秀水令刘肇锜（甲子年伯）来谒，既去，始由马头开船至寺下也。熊墨樵大令（兆麟）前任秀水，现在丁艰，在玉山船上同坐，因共游茶禅寺，寺无可观，竹路亦芜秽甚，天无风，极热。傍晚到岳王祠，屋甚精而太密，庙门外借棹凳，三人同饭。墨樵步归去。王吉甫县佐（协人）来谒，山东历城世兄，送礼，收扇二匣。夜极热，蚊太多，不知如何睡法。今日立秋。

七月

初一日 （8月9日）天明行，不凉。七十余里，至石门镇，又廿里，至石门泊。县令侯万福，丁丑进士，闻年过七十矣，差接，送礼，收红烛。午、未甚热，傍晚觉清爽，而玉山谓热未尝解，亦奇。两岸多运水车灌稻，亦望时雨矣。夜闻前岸吹笛，度曲声甚美。

初二日 （8月10日）天明行，六十里，至塘西，少泊又行，卅余里泊，距关十二里，昼夜皆剧热。泊后，与玉山上岸，坐梅树下，吃瓜、酒，热转甚，夜不敢寝，四鼓后，始就枕。南边天有电光，竟不见云雨。田间水车声比昨更喧聒，可叹也。

初三日 （8月11日）天明行，起来时已将到关矣，收拾行李俱清楚，辰刻到马头。汪蓴伯、梁翰平来一晤，到公馆，路颇远，殆将午初矣。公馆虽高敞，而热竟不解，剃头后略好些。晚间，徐新斋来，留同饭，甚畅。夜奇热，不可当，玉山前辈终夕未睡也。夜作家书第七封，又复吴荀立一函，谢送茶笔。又一封寄子愚，都

徐之铭，字（号）新斋，贵州开泰（今锦屏）人。

交新斋代寄。乌中丞敬斋、宋湘帆方伯（其沅）、周石生前辈臬使（开祺）、宋国经俱差接。钱唐李汝霖，仁和署令徐侣樵年伯也。吴康甫、唐雪航俱差候。

初四日 （8月12日）早起，先发行李上船去。新斋来邀，从湖上到灵隐寺，天气云阴，甚凉，冷泉亭上，快雨忽来，为数十日来未有之乐，与玉山、新斋遍历各处，仍到亭上，吃好酒好素餐，余向不能食香油，而今日素食，竟妙香莫比，兼快雨陆续数番，心目耳鼻都为一爽。小醉后，肩舆到六合塔前，上船已申初矣。新斋送苦瓜、鞭笋均如约。两县送水礼。船共三个，仍照前坐。灵隐方丈僧洽川，盖俗僧也。开行约廿余里而泊，榜人曰：是称驮山矣。

初五日 （8月13日）天明行，巳刻到富阳，连昨日得百里。王令丕显迎谒，五台人，因问悉五台山共五座山，县在其西南也。县丞于学东、典史葛汝球禀接，未见。县送礼，收烛炭。又五十里，包家集泊。今日为玉山写赏扇十柄。

初六日 （8月14日）天明行，一路山奇水清，兼以风凉，甚适且畅。桐庐县马头午泊，县令李志钧差接，未来谒，除廪给外，另有印票，有发役护送云云，不解何指。想系照例，然前此俱未见也。又开船，不数里而雨大至，行十里而泊，与玉山并舟谭宴。闻船娃唱四季调，有鼎澧间竹枝词意，殊有野趣也。夜间大雨数阵，船篷俱漏，眠者多移被，喜凉甚，仍得佳睡耳。

初七日　（8月15日）早起，雨止，而未晴，又滩路有甚窄处，舟人邪许声殊聒人耳，十里外方静，妙。又十里，到钓台下泊。因登庙观览，遂与仆辈上钓台，路滑，甚难行，汗浃衣透矣。复下至祠堂，见子毅、子敬两弟兄先后题诗，因借笔次韵作四句。啜茶回舟，玉山前辈到庙而止，不能登矣。忆余辛卯冬于三更后乘月蹑露径涉两台，今未及十年，脚力远逊。玉山将长余十年，其脚力更可想。他日五岳之游，济腾之具安在乎，可为一慨也！小雨复大雨，船窗凉快已极，未到杭州时，岂料有此分福耶？舟行五十里，至乌石滩泊，与玉山畅饮至子初始别。竟日小雨未止。

初八日　（8月16日）大云、大雨、大滩、大风，船行苦呼，不可闻，不十里泊。对岸即建德马头，而不能前往。严州守陈泰来，厚甫丈之子，及建德令谢曾祺差接，并无家人来着，简甚，即行未泊。仆子买菜，到府城有六七里，进东门，酉刻方归。

初九日　（8月17日）早行，过滩以后，便平潺，间有迂折耳，或遇石山，舟过其下，殊可怕也。晨起凉甚，着三单，午后少热，晴故也。八十里，许埠泊，兰溪令李棣通差接，离马头尚十里。今日行出斗山，山渐平远，玉山前辈画一路泊舟清妙处，已得六幅。而余诗苗不一苗，今日发愤挥洒，得《渡江》《竹林》《皇亭》《孙氏园》《宝带桥》五篇。适委员刘君环枢（行二）画扇来献，即书《竹林》一篇答之，玉山作画于其背。入夜尚热，有蚊。闻船娃说：近两年海塘仍渐坏，潮益大，杭州难泊船，伤人舟不少。江山船将有日稀之势。

初十日 （8 月 18 日）早起，颇不凉。到兰溪马头久泊，买得菜蔬及熏犬臂，闻此间火腿每廿卅只中必得犬臂一只，方成味，故价最高，尝之苦咸，不中吃，盖能收盐味耳，其香妙已尽在群脔中也。早饭后，仍行，四十余里，袁家堰泊。

十一日 （8 月 19 日）颇热，无乃有老伏乎？行四十余里，龙游泊。县令陈元谦，陕西人，五月来署事，差接差送，甚勤，送水菜蔬料鸡凫各件俱齐备，为水路中所罕见，另送礼，全璧。又十余里，龙兴店泊，连次上滩可怕，因令即泊。夜看月，听滩声，殊不枯寂。玉山招饮，怕醉，不敢往。

十二日 （8 月 20 日）颇热于昨日。舟行浅涩，申刻骤雨，少凉，旋如故也。陈令来送谒（小凡，行一，己卯优贡，教习，山西猗氏人），言到衢州，仍当走水路，且到时再说。夜泊樟树潭，闻有大樟树，助明太祖战功者，惜不能登岸一详问之。

十三日 （8 月 21 日）天未明行，辰刻已到衢州矣。西安令金世兄（士琛）迎谒，金衢严道德兴（焯庵，行二）、衢守汤敬亭二兄后俱拜晤于舟次，守备、千总来，俱未见。玉山船早饭后上坡，到考院住，已巳刻后矣。张小樵世兄（家彰）为邑丞，来谒，谭甚久。郭镇台宏升，亦同乡人，来拜。收拾行李，将马鞍、茶篓，前途可损之物，寄存小樵处。晚邀敬亭同饭，写家书第八封，封置钟云亭制军丈家中所寄衣包上。

镇台，对总兵的尊称，正二品武官。

十四日　（8月22日）未能行，因留住一日。行李收拾既未完，仆辈有小恙须将息，又计算日期尚多一两日也。早饭俱敬亭送肴，甚佳。敬亭晚来同酌。午间，余世兄（菊农）来谒，借观六月十二以前京报，知李少峰放湖北副考，太仓馆同会五人，乃四人得差，亦佳话也。日间极热，晚饭后仍不解。月下为敬亭书"廉泉""廉堂"扁额，系其府署刻石者。

余士琛，字密卿，号菊农，善写草书。

十五日　（8月23日）未明即起，天明行，镇道府县及小樵俱送行。由小路，卅五里，百云街，又五十里，清湖镇宿，系江山县管。江山令倪翁（份）因张罗前制军钟云亭丈差事，未迎谒，玉山不得轿夫，可笑也。途遇云亭丈，数言而别。东山云起，有雨意，而未见雨点。清湖地方甚大，街市如吾乡矣，皆石路高屋也。夜不甚热，略得睡。

十六日　（8月24日）天初明行，三十五里尖。过三风岭，树木极幽映，江郎山远望两峰，一尖一重，近看则三五峰，已过则一峰耳。又四十余里，（漏二字）宿，先过竹林前小憩，过桥后，有林木丛蔚处。过窑岭，甚陡峻，车夫云：是犹其小也，明日方过大岭矣。一路稻田深茂，山空泉出，则必有水田，次第依山而下，有小至三四尺一畦者。水声汨汨不休，清人心耳，惜天气太热为苦。将到宿处，闻雷，疑有雨，而竟不果。早起时，张小樵着人送潘湘门前辈信。夜蚊极喧，赖有帐耳。甚凉，梦修《后汉书》云云。

十七日 （8月25日）天明行，五里，即上仙霞岭，直上五里，到关庙歇，寺僧迎入，游浣霞池，见周栎园先生诗，及吴荷屋师、汤敦甫丈和韵。又二里，始下行，复过岭，至念八都尖，屋极狭小，甚热，仍江山县管。尖后行，（脱二字）里，过大竿岭，出浙界矣。又过枫岭，一路景致似理安、灵隐一带，然竹渐少，不若仙霞之尽是竹也，惟岭路之竹，不能休憩，殊为可惜。过五显岭，大雨骤至，避雨茅亭中，约三刻余始行。岭极高，下岭便住九牧公馆。雨后，百道飞泉，耳目不暇给赏，奇妙非凡，虽玉山画妙，不能到也。公馆亦清佳，后有菜园，摘苋蕺作羹。

周亮工，字元亮，号栎园，明末清初文学家、收藏家、书画家。

十八日 （8月26日）天大明行，略有山，且高，但不甚长耳。廿五里，渔梁尖。过血紫塘一带，绝壁陡立，树石苍然，泉声古异，是妙境也，而血紫之名，惨创特甚。以后渐平坦，四十五里，住蒲城西关外公馆，不如尖处了，尚有菜园也。早尖后，手摘苦瓜五枚，携至蒲城食之。县令杨承泽迎于五里亭，具执事，又有巡检迎到公馆后，巡捕汪上甲、方晋德谒见，持吴甄甫抚军、魏□江制军以下拜帖来。今日热，不定得眠否？求如昨夜难矣。楼上有文昌阁，饬役扫净，乃登楼，屋逼狭，无甚可观也。

十九日　（8 月 27 日）早，起身稍迟，过仙羊岭甚高峻，卅三里，临江塘尖。桥楼临大河，河路可以到省，故示我周行中，无陆路矣。尖后，十余里，过大湖岭，亦高远，仍过小平岭数处。五十里，石陂塘宿，所至皆见山，今日甚热。

廿日　（8 月 28 日）行甚早，然早已热矣。过塔岭、荷岭，俱甚高，又夹路皆深草，暑气逼人，不可耐。三十里，过塔岭，即交瓯宁界。又廿里，马岚桥尖。尖后过桥，竟日皆傍河行路，草莽不修，过小岭亦多。五十里，营头塘宿。宿处系巡司旧街，衙后屋荒圮，故留大堂为公馆。未到宿处数里，舆夫忽群逐一卖烟土伙，共六人，俱逸去，未获。日长行急，乃复管此闲事，然足见地方颇认真耳。夜雨未畅，睡后仍得数阵，凉甚，宜作梦也。

廿一日　（8 月 29 日）早起，等行李夫，行略迟，仍上山下岭。四十里，油源塘尖，交建阳界五里矣。尖处屋临江，而甚热，又三十里，建阳宿。先过建阳县北拱辰桥，极长广，亭阁宏丽，桥上有对云：不消斜日呼舟急，难尽东风北柳情。殊佳妙也。县南朝阳桥，但存大石基，仍须舟渡矣。渡后，便到公馆，飞阁临江，舟行上下，群峰对面，起伏有致。开轩不凉，从未正候至酉

抚军，明清时为
巡抚别称。

初后，始得清风快雨，洒然满屋。与玉山吃水酒畅谭，身入图画久矣。前有扁题：皇皇者华之堂。县令陈盛韶所题。中有汪雨原、阿雨宣联语。畅雨竟夜，枕上闻檐溜声，安排明日住一天矣，五更雨止。借县志来看，乃未刻本，朱子墓在大林谷。蔡西山九峰墓，俱在境内。

廿二日　（8 月 30 日）早行，无日而阴，颇凉适。仍过一二岭，三十五里，宸前尖。又四十五里，叶坊宿。路短，通不过六十余里耳。依河沿行，不甚热。未刻，便到宿处，公馆屋多欹斜，又不透风，半夜雨，乃凉甚，而玉山仍不得眠也，屋子逼仄使然耳。

廿三日　（8 月 31 日）起太早，因天太阴，外边人都先起也。天大明行，颇凉，亦略过岭，四十里，建宁府北尖。公馆极开敞可喜，地属瓯宁，而对河即建安，夫马系两县分给，而建安者，久候不得，因留巡捕江尉守候，而吾辈先行。又四十里，太平塘宿。一路皆高山倚河，草石盈路，有岩洞绝胜处，惟径仄难行耳。有三仆后至，因夫不够，坐小舟来也。此河可直到省，下水船，颇快。夜极凉。

廿四日　（9 月 1 日）早行，过岭，尚不甚高，而雨滑，水草间，略当心。四十里，大横尖，有五十里有余，卯初行，至午正方尖也。又四十里，延平府城外二里宿。行廿余里，过邱墩岭，陡极，人面朝天，旋即面水，过河后，十余里，便到府，府境大抵皆山，无数里平者，自入闽境即然矣。署守齐差候，城尉都司等差接。徐松龛前辈观察差接，关已赴省当外监试去矣。晚飧得洞笋，奇隽不可言。公馆靠山，不如日间清风载途，秋气扑人也。

徐继畬，字健男，号松龛，地理学家，著有《瀛寰志略》。

廿五日 （9月2日）五十里，金沙塘尖。五十里，清风岭宿。路极长，且山路高峻险陡。早间，办差人发价迟延，起身已晚，匆匆尖后，到清风岭时，天昏黑矣。仰面行数里，余遂困惫，到行馆即睡，不思晚飧。玉山独酌，亦不畅也。昨夜买得洞笋三十斤（九百大），早间大吃一顿。

廿六日 （9月3日）早行，仍过山两三次，六十里始尖黄田。又五十里，水口驿宿。过茶岭、花岭，亦高，而比昨日为陀坡矣。花岭顶上有数段平直处，到高极处，忽见江流，清风又来，心目殊快。自浦城来，无日不走山，无日不傍江，这两日江影离合，盖山极高深处，则不见江耳，山顶见江，岂不大妙。过塔岭宝塔门，即见水口，一小段落，宛转窄崖，久之始到。人多如蚁，路狭如线，到大公馆，戌初后矣。今日俱古田县管，署令蔡观龙（杭州人，候补同知）差候，侯官、闽县差役接。唐三兄黄裳署闽县。夜大雨，得凉。

廿七日 （9月4日）早起，今日不行，明日还未必行也。因向来都是初一日进城，而水口至省，一天半可到，船小难住，乐得在此多住一日也。傍晚，细雨连绵，仍觉热。

廿八日 （9月5日）早阴，午后略晴，不甚热，无雨。写扇数柄。

廿九日 （9月6日）辰刻即早饭，饭后下船，船甚小，仆辈所坐更小，每船容两人耳。两边各占四舟，又巡捕二人，各占一舟，可谓琐碎。开行四十里，至小箬，少泊。又行四十里，至叶洋泊。叶洋，舟子呼为大叶，而小若为小叶，叶箬双声，故得也。午间亦热，晚尚凉，四面见风，中碎玻黎作声，天然来韵。青果成林，极芳香。

卅日 （9月7日）丑刻即开船，余不复能寐，仍令泊始寝。天明行，三十里，云是大梁头。此间舟子语音不可解，亦不知是哪三字也。大南风，不可行，遂泊。申初后行，申正泊，又二十里矣。山渐平远，江面亦宽，船倚沙岸，过玉山船，少坐即回。晚饭后，并坐船头凉话，星明水净，恨不得月也。

初八日 （9月15日）早饭后，到内监试处，写刻题
目，邀同考包、郭两君及内收掌张子实同看
视，松龛、玉山俱同在。竟日各门俱封，未正刻毕，共三
副版刷印，至亥初齐送出龙门，刚亥正耳。午间甚倦，晚
饭不能下咽，饮神曲汤五碗，神气顿清，为多日来所未有。

初九日 （9月16日）请同考四君。外间借来《国朝
经解》一部，手为清理。书题今日毕。

初十日 （9月17日）抚军送席，前初八日亦送席，
文司马亦送席，雷同不能吃，送松龛前辈处。
晚在玉山处请包、郭、陈、何、胡五君饭，最后饮烧酒，
便有醉意矣。

十一日 （9月18日）早饭后，到松龛处，守刻题目，
戌刻刷毕，玉山先回，与松龛待至子正送出
方归，啜粥就寝，已丑初矣。

十二日 （9月19日）将策题清出，交松龛处。请同
考五人来写，戌刻方毕，仍饭松龛处。外间
进卷二千。

十三日 （9月20日）午后，方上堂阅卷，因昨日进
卷后，未清出房数，今年新法，每十本为一分，
以免偏祜，内收掌督查半日方得清楚也。

十四日　　（9月21日）方刷印策题，不能快，寅初方
　　　　　　送出，闻外间散题尚未天明也。

十五日　　（9月22日）早，各房贺节，上堂一揖，监
　　　　　　临以下俱贺，花衣从今日止矣。

廿日　　　（9月27日）送席二桌，因留诸君共饭。

廿二日　　（9月29日）各房多有看毕头场者，渐次
　　　　　　不上堂，而余与玉山、松龛仍终日在堂上也。
连日阅卷，中间酌改应刻闱墨，目力甚费，至字号、田
字号卷，止得全付玉山前辈矣。平华、南陔两前辈送一
品菜，并四盘四碗；剧清妙殊常。连日外边俱送席，但
取悦观耳。

廿三日　　（9月30日）午后，各房头场卷都毕，后场
　　　　　　各自归屋者，不复上堂矣。数日来每灯下及
五更起来搜落卷。

廿四日　　（10月1日）看二场荐卷。

廿五日　　（10月2日）严寿辰，玉山、松龛两前辈来
　　　　　　贺，因留共面。晚间，适有送席，颇畅饮。
荷屋师、芸阁丈、司道俱会于相门口。

廿六日　　（10月3日）看卷后，晚饭，玉山处饭后，

复到西边同考处，叙饮甚欢，经醉矣。

廿七日　（10 月 4 日）头场落卷毕，接搜二场。

廿八日　（10 月 5 日）搜二场落卷。

廿九日　（10 月 6 日）搜二场落卷。请张子实来。

初一日 （10月7日）同前，接搜三场。子实，少汾来。

初三日 （10月9日）三场搜毕。二、三场排出卅余本。令各房补荐头场。

初四日 （10月10日）定草榜名次，仍送至玉山前辈处再勘正，更易数本，大致定矣。每合定一次，辄得雷同卷，可恨也。

初五日 （10月11）将各卷及草榜底交松龛处核对。

初六日 （10月12日）尚有更动，午后始定。吃早晚饭，等外间写榜，候至酉正刻方写榜，约计恩、拔、副、岁、优贡生廿人，而副榜为多。廪生廿名。监生十名。附生廿余名。听制军及学院师说：甚多知名之士，心中甚慰。写至丑初后方毕，榜出时丑正矣。

初七日　（10月13日）将卷分与各房重加圈点，并收拾磨对一切。余与玉山将落卷全数清出发还。

初八日　（10月14日）抚军来拜，因而都统、学台以次俱来，不得静息。而卷子收拾尚未毕，颇怨心。抵暮，各房将卷送齐，与玉山对写取中字。常南陔来，留同晚饭，饮甚乐。饭后覆勘朱墨卷，子正后始毕，颇觉心大作。

初九日　（10月15日）早，制军来，一面。收拾行李，同饭玉山处，饭后，玉山先行，余于午后始行，出龙门，快不可言。拜将军、都统、抚军、学台师。顺路登乌石山，山径颇峻，游人极多，拥挤不前，闻此山上惟重阳及中秋者最盛也。到般若台看李少温笔迹，及绍圣王若愚篆字题石，俱雄伟之至。山顶风极大，不能久立，所谓引啸甚也。东南见海色鲜碧，带淡黑。西望雨水，大抵山多耳。下山后，拜吴荷屋方伯师，即到南陔处，解衣畅饮，二鼓后始归。吴小舫世兄陪游乌石山。

李阳冰，字少温，唐代书法家，篆书出众。

初十日　（10月16日）回拜各署。何杰夫来话。松龛、勉斋来饭。

何冠英，字杰夫，福建闽县（今福州）人。

十一日　（10月17日）各房考来回拜，都见，同事一月，忽觉风尘搅人，谭次，依依不释，信文字因缘之重也。中如陈少香、郭少汾、何兰浦、黄栋云、张子实、胡镜舫尤各有诗才文癖，可敬也。午刻，蔡玉山前辈来，因同赴抚署鹿鸣宴，新贵到者六十人，为从来未有之盛。宴后，到内厅少坐，更衣出，归寓。题荷屋师所写《仪征师相授经图》五古一篇。题就出门，拜廖年伯及林、何各处，到藩台处便饭，同坐者吴学使师及南陔也。荷师出犀角及玉杯劝客，饮极欢，饮后，看画卷数事归。

十二日　（10月18日）早，到南陔处，再勘朱墨卷，将解部也。又检定毛病数处，甚矣！校书如扫落叶，即勘卷亦然也。巳刻，赴公请席，席设藩署。督、抚、司道，魏丽泉制军、吴甄甫抚军、吴荷师方伯、常芸阁臬使丈、王平华、徐松龛、常南陔三观察，皆同馆前辈也，加以二客，乃十同馆共席，信为希有盛事。平华前辈因病未到。都统额君及将军嵩九爷，非同馆耳。将军亦因病未到。由巳至亥，端坐饮酒观剧，天甚热，人甚苦，中间散步一回，看园中六鹿，甚有清刚之气。早间见京钞：知父亲放顺天主考。甄甫交来家信三件，知母亲于七月患病已愈矣，然不知真否？不知真已愈否？

十三日　（10月19日）各门生有来拜者。吴小舫世兄、黄潄六同年来，共早饭。何杰夫同年送菜，殊觉不必，当告令知也。晚到吴松甫师处便饭，适唐勉斋亦送菜，俱送至吴师处，复邀荷屋师、南陔前辈作陪。

十四日　（10月20日）荷屋师处早局，因画小照也。芸、荷两公授经图前题诗，有"图末倘许附骥"

之语，今日遂补一小像于上。画者施姓，不起稿而成，有五分像。复作余与荷屋、松甫两先生象为一幅，重为墨缘重聚图，纪湘中旧事也。最后一像最似，当携以行耳。晚到侯官县署，系首郡戴昆禾世叔及两首县，及十二房考，内收掌公局，共五席，饮极欢，且劲与诸君盘桓周浃，因想龙门中文字因缘，甚依依也。松龛前辈本不入局，余特嘱两明府拉作陪客，酒旨肴佳，前面之部演剧，不审所唱何出？目不及瞬也。

戴嘉谷，字昆禾，时任福州知府。

十五日　（10 月 21 日）各署来贺望，俱回帖。林镜帆庶常处晚饭。雨甚大。

林汝舟，字镜帆，福建侯官（今福州）人，林则徐长子。

十六日　（10 月 22 日）晚赴中丞吴甄甫前辈席，厅前后皆蕉竹阴翳，面临乌石山，因请主人移席廊下，看山饮酒，甚有佳致。既而云起雨来，山色转妙，烛间呼杯，见前山如墨，中有光迹，画理所无也。

十七日　（10 月 23 日）见门生后，各处回拜。制军魏丽泉丈处晚席，速客甚早，司道各丈均先到余处坐叙，方赴席，行小令极多，颇醉。

十八日　（10 月 24 日）早，吴师处带见小门生，旋到南陔处送年伯母行，闻明日归里也。到郭古樵世兄处饭，同席者郭少汾、石麟士，不敢饮酒。归寓后，少歇，至未初，待玉山、苣田不至，皆游舆鼓山约也。因小帽便衣出城，至山足，己酉刻，张亨甫已先到，玉山、芑田继至。芑田者，叶云谷丈之子，而荷师婿也。夜宿渔泉寺，阴雨可虑。

十九日 （10月25日）丑刻后，亨甫起见月，遂呼余起，即披衣，命肩舆行，不暇吃点心矣。出山门后，迷路复回，捉得引路僧，复行，玉山亦至，不一二里，路险仄不可行，玉山遂返。余破险行，且走且乘，未至小顶峰，已天明矣。忽有路，忽无路，但闻溪水乱流，谷云纷合，至小顶峰少坐石山上，从此遂无人行迹。草棘丛生，余抠衣直上，一僧一舆夫掖以行，遂至山颠，坐危石。僧云：此龙头也。面东看海，不可见，风大极，云涌，坌四出。既而朝暾忽明，而东方海兔仍无所辨，望东北来，峰峦万态，至此为一结顶，僧云：本山为十三龙。其实何止。下山，从西北行，由下院，仍走昨日上山之路而归。归时，玉山，亨甫、芑田皆待我望我忆我久矣，遂共早饭，已午刻。饭后，同游忘归石、响泉寺（亭）、水云亭、吸水岩，访宋以来题名，得才翁以后篆题五处，惟徐鹿卿请雨志，称在大顶峰者，不可得耳。响泉亭中龙口中泉，挹而吞之，甚甘冽。微雨路滑，又回到舍利堂看舍利子，佛牙巨甚，长五六寸大，方三四寸，奇极。下山径归，过桑溪欲游，因天晚而止。入城到寓，温泉令人挑来一洗沐，甚快活。林香溪来，少坐去。夜作诗二首，未毕，寝。

黎明，字才翁，宋代长沙人，以孝友信义著称。

廿日 （10月26日）荷屋师请，辰刻席，因闻新制军将到署，制军魏丈定廿三日行，司道不得闲，余亦因客至杂沓，午刻，方得出门赴席。玉山、松龛同席，松龛即须行，申刻出城去，余亦归，与玉山同到南陔处索饮，因其夫人昨日生日也。南陔固不答，乃散。

廿一日　（10月27日）写字半日，门生至者渐多。南陔处约便饭，至暮方去，酒不甚多，而颇有醺意。饮后，即案作字甚多。

廿二日　（10月28日）早，仍写字，并看各门生送来书，忙极，又看荷师处送各字画卷。出门，送制军行，不遇，即赴常芸阁臬丈席，本与松龛同请，松龛被制军催到任，遂不及待也。行令甚多，颇醉，诸丈亦多情极矣。常丈命书大扁二桢，大幅一，归时，将丑初矣。

廿三日　（10月29日）早起，送制军行，一晤谭而别，并寄家信。旋到梁平仲处，登楼看山，甚妙远。园中石色蕉阴，竹气花光，俱饶秋趣，出字画卷纵观，有黄山谷书太白诗卷，奇妙。兰亭甚多，有《瘗鹤铭》"不知其纪也王"六字及"华阳真逸"四字拓本佳，上有翁、阮题记者。有唐小楷一本，中《阴符》《麻姑》《破邪》各种，甚妙。属平仲请亨甫，陈美文来共饭，饭后，同游白塔寺，楼上少坐。旋到九仙山，至九仙观，皆步行。石势纵错可喜，高处，西瞰城市，东望鼓山，江海足娱目也。归仍过郑少谷迟清堂遗址，今为詹氏堂矣。回寓后，书扇数柄，亨父来对酌，纵谭至子刻别去。

郑善夫，字继之，号少谷，明代学者、书画家。

廿四日 （10月30日）早不闲，各处扇对俱至，送完，到荷师处早饭，不敢多饮。归，剃头后，赴学使松师席，玉山及荷师、芸丈、陔兄同席，酒后清谭拉杂，休倦，归寓时丑初矣。雨。

廿五日 （10月31日）题写仍不闲，常南陔请城外西湖开化寺饮，午初方出门。过抚军处，已行。即出城，湖光已秋，人意乍冷，湖中渔船，上下如织，惜不得置身其间也。到寺，则抚军、学使师、方伯师及主人俱已到。玉山、芸丈后至，同游寺后山亭，草树苍苍，水光三面。旋集宛在堂畅饮，薄暮入城，便过甄甫中丞处，剧谭而归。

廿六日 （11月1日）行李渐收拾，写字，扇、对各数十件，腕欲脱矣。荷师屋来话别。晚赴抚军便饭之约，与玉山、主人三人耳，谭甚洽，饮不至醉，雨中归。

廿七日 （11月2日）司道各丈请西禅寺，胡蝶会，因行李未清，差人往辞，并告玉山同辞免。书纸未毕者，各还原纸。不能辞者，概涂毕。行李既清，适首府县送席，即送南陔处，与同一饭，饭后，围棋两局，子刻归，各处差人辞行。

廿八日 （11月3日）起，题荷师苏帖，此帖本长沙帖贾持示师云：曾问子贞索卅金不可得，今以归公者。遂如数付之。时师为湖南抚军，余入谒，师曰：子何其坐失环宝也？出示余，乃大诧，盖贾人借端索售耳。不知此帖实希世物，盖成都西楼本，世所无有也。余因要之曰：若乡试得隽，当以为贺。公曰：诺。余既领解，公乃靳之。丙申，公入都，获屡观焉。今复观于闽中，故不能无题识。中有桑下之恋，息壤之约云云，亦可笑也。丁生（斌）黄石斋先生榕城讲业底稿，亦妙迹，为题跋者。何生广熹出示尊人何氏学二本，又闽书数十册，亦何氏著者。林生昌彝所著《礼纲通领》共六七十本，止送二本来，略为一看耳。王生绍燕尊人，系甲子年伯，著沿革表，甚详实。又闻有宋名人列传，共三百人，亦伟作也，未得见。陈美文（乔枞）、英（恭）甫先生哲嗣，赠《左海全集》，又自著《经义》二册，极精辨。索题《鳌峰载笔图》，即恭甫丈掌教时修省志事。因省志未竟，知耽延至今，而各稿多散失矣。余有"即令书局甄文地，最忆名山载峰年"。为此也。

辰正后，见行李俱清，即出门辞行，到都统处一面，将军、臬台、盐道、首府、两县处，廖五丈处均未晤。晤林思堂丈，到学使师处便饭，饭后，已未初多，即辞出，到玉山处同行，出西门，至五里亭，抚军以下至首县、褚宣台前辈皆在，茶再进而别。不数步，各门生公送，设席，花酒粲然，为进一觥而别。将到船，各房考送别，船中不能容坐，俱揖于船头，各门生亦俱到一揖去。惟丁斌、何广熹、林昌彝、王绍燕、何价又上船来少坐。又丁斌之父丁□亦同来。又杨回日、周祖惠来。既别，遂开行，夜不知泊处。

黄道周，字幼玄，号石斋，明末学者，工书善画。

廿九日 （11月4日）早起甚迟，夜眠颇佳也。竟日得顺风。夜，唐勉斋来话送，知制军桂九爷船不甚远矣。晚饭后，行数里，桂丈船迎来，遂泊。桂丈来拜，旋与玉山同回拜，至玉山船少坐，归。距水口六七十里。

卅日 （11月5日）早风顺速，巳正方起，起写扇十柄。署古田蔡云岩（行二）司马迎谒，申初到水口驿，仍住前次公馆，而秋色晴爽，人意适然矣。司马及县佐章玮（行二）俱来谒，遣人持帖回拜。桂制军差官送看。吴中丞遣人送至此。到公馆后，写扇五柄。家人辈收拾行李将竟夜。

初一日 （11月6日）发行李，甚耽延，辰正二刻始得行，蔡署令来谒送，并致程仪。天色晴朗，上下山坡甚险，五十里，黄田尖。又五十里，清风岭宿。尖后，路略好些，比前来时，草之烧开者多矣，故途得少宽。午后少热。清风系南屏管。

初二日 （11月7日）辰初起身，下山路尚远，五十里，金沙塘尖，又五十里，延平宿。徐松龛前辈，沈海如太守（汝瀚）来拜，因留同饭。副将灵德来拜，永安教官魏绍瓶世兄来话，出所著《夏小正校并注》托带京交子毅看者。因道府留明日住，遂打算住一日。

副将，即副总兵，从二品武官。

初三日 （11月8日）早剃头，又前任南屏令宝惠来谒。约巳正方出门，不数十步，过河，进城，拜南屏署令周（脱二字）、副将灵德，沈太守。魏绍瓶处少坐，诗扇一握奉赠。赴松龛前辈处席，与海如太守同请，两县令作陪，先吃面，旋登楼，名"看剑阁"，谓前临剑水也。东西两水，至此合流，两岸山高，如屏障叠起然，城中皆山，路径坡陀，太守署尤高绝。下楼，即就坐观剧，名集庆班，有善歌者，名玉莲，粗有昆调。申初上席，饮至子正方归。

初四日　（11月9日）辰初后行，过丘墩，甚险，而山水光景颇佳也。四十里，大横塘尖。又五十里，太平塘宿。下半日路多山，又曲狭处不少。早尖时，食得葛根，此间名葛瓜，宛然家乡风味，问知出在延平府，过是无有矣。因以一洋付办差人姜姓，令买得送建安公馆。太平系建安管。

初五日　（11月10日）早行十里，建宁府西尖。建安令朱湑，前署瓯宁令石同年（凤扬、号瑞岐）来谒，曾镇台同拜。嘉太守恒（应溪）来拜。尖后，与瑞岐同游归宗岩，沿山路仄逼而入，渐见岩洞，两边石色奇古，树木苍深，落叶满径，有洞题"仙灵窟宅"。旁有朱竹君先生乾隆甲子六月七日题名。又上行，始入庙，名归宗慈仁寺，极顶有亭，俯瞰江水，后有蝙蝠洞，闻中甚宽，天晚，不复得入，即下山行，已昏黑矣。民壮取民田中竹篱笆，束为苣握，兀行，至亥正后二刻始到叶坊公馆，约尖后行七十里矣。石同年共饭甚乐，丑刻方别去。夜发信至星村。

初六日　（11月11日）早行，四十五里，辰前尖。遇抚军折差回来，带有子敬与甄甫书，中言及家中堂上下安状，甚慰甚慰。见《顺天题名录》，胡荪石、杨漱云俱隽矣。闱墨略看极好，当即作一纸与甄甫。尖后行，卅五里，至建阳，水南皇皇者华之堂。罗子扬大令（铺）来谒，因与商量游武夷之事。旋偕玉山谒考亭书院，出西门，五里余，四山环绕，颇开敞，后有十贤楼，高可望远。朱子裔孙，尚有七秀才，俱来谒，迎入啜茶后归。过令署见覃溪对云：奉一心以为师，观万物有生意。颇妙也。回公馆晚饭后，子扬出纸墨索成，挥洒十余付。

翁方纲，字正三，号覃溪，顺天大兴（今北京）人，清代书法家。

初七日　（11 月 12 日）丑刻起，收拾已清，等至卯初方行。乘二人轿，携舆夫一，又铺盖扛一，甚冷。出北门，行二十里，天甫明，而昨日所发之千里马已得，蓝同年回信来矣。又五十里，将口塘尖，借王氏屋为公馆，小书案极多，知县书香人家。又过村三四，惟黄金铺略大，黄土尤热闹。约四十余里，乃见溪流，舆中望见大王诸峰矣。蓝少笏同年早于巳刻舣舟相待，因下船坐话，舟行山水光中，不觉其暮。暮至武夷宫，规址尚大，而楼庙荒凉，仍下船晚饭，即住此，夜眠佳甚。

初八日　（11 月 13 日）天明开船，烟雾初开，船如天上，望铁板、玉女、大王诸峰，俱峻绝，最妙是卧龙潭，岩洞深奥，别有天地。架壑船二，置岩炉中，一头落空，果是仙迹。虹桥版则处处有之。到文公讲堂，亦空广矣。乘肩舆行，至天游半腰，遂步行，先至云窝，披荆棘入，又到小九曲，峦环有致，乃上天游也。至胡麻涧一带，树石颇幽秀，到一览亭，诸峰在眼，留题姓名。上有联云：世间有石皆奴仆，天下无山可弟兄。

朱熹逝世后赐谥"文"，故世称朱文公，朱熹曾在武夷山建立精舍讲学。

下山，又沿前面石壁仄行后上，有洞门，泉鸣涓涓，坐久之，遂入，是小桃源也，有田数亩，中一寺耳。沿旧路出，因循至品石岩，少笏有书房在等，出纸索书，并题扁曰"翥鹤轩"。王县丞苦留饭，余颇嫌拘苦，勉强应酬。至莫，乘肩舆至星村，少笏之兄一笏出晤，谭少顷，又出酒肴，三人共谭，乃寝。此番之游，梁平仲赠图，张亨父指示胜处，罗子扬遣仆护送，蓝少笏舟迎陪游，皆妙缘也。问少笏借《武夷山志》四本，约明年春后寄还。武夷之雄浑不及诸岳，妙在一溪由西而东，随山曲折，两岸峰峦，争奇献秀，令览者目不给赏，足不给登，所谓"无山可弟兄"者，正为是耳。

初九日 （11月14日）寅刻起，与一笏兄弟别，即行。廿里，始天明，又廿里，至崇安县。县令华云陛来谒（壬午举），典史梁来谒，教官、千总俱候，问候。换夫迟至两时辰，未初方行，坐兜儿，而执事送，外间尚虚文，而不得实用，大都类似。行十里，至姊妹桥，坐竹阴中，听出涧鸣泉，别有佳趣。行六十里，至李口宿，借邱家屋住，主人出见，则嘉庆七年恩雨堂先生所取秀才也。崇安办差人杨姓，长沙人。夜有月色。

典史，清代为知县下面掌管缉捕、监狱的属官。

初十日 （11月15日）寅初起，迟至卯正方行，候轿夫也。方出村，而天明矣。一路高山叠嶂，不计其数，有岩洞极妙者，红叶满山，又有杜鹃花一丛，方盛开，真异事也。小草结红果，酸甜可食，土人谓之水妙。行六十里，洋溪尾尖，洋溪者，山名也。尖后，山更多而险，将近浦城十余里，方平矣。村中觅火把甚费事，觅旧竹自为之。近五里，差接，方得火把，到公馆亥正矣。杨令未来。门人徐哲（文伊）、黄蕙田（香塍）来话，因留同饭。李世兄基、朱世兄竹林来拜，祖世兄旭亦来，遂至丑初方得眠。

十一日　（11月16日）寅初即起，候民壮至，卯初后方行，行七十里，至九牧尖。又四十里下，廿八都宿，知玉山前辈尖此，行不久也。地方小，不堪住，将就一寐，却有味。

十二日　（11月17日）亦寅刻起，候火把不得，办差人真难言也。卯初后启行，出门便走黑路，乃觅烛，然灯笼行，甚艰涩。十里，方得火把，足已上山矣，又数里，乃天明。过仙霞岭，小雨润须，石路不甚稳实，共行七十里，至江郎街尖，与玉山一晤。玉山先行，余尖后五里，上江郎山，乘小兜，约四五里，至山脚，有坡陀，至斗绝处，石径曲折，共二十一县，林木幽翳，路极峻狭，到开明寺，啜本山茶及泉，甚佳。望所谓江郎山者，东一峰，上下俱方，最高望之，在云际中。峰下瘦上重，西峰斜出，与中峰中隔一线，所谓一线天也。东峰腰有岩洞，谓之钟鼓岩，甚空，能作声。闻尚有虎跑泉，及周鸿胪书馆。山顶柏林短茂，惜时迫，不及上。又有雾气。下山数十步，回首望之，云散，山色全现，不忍遽别去。数十里外望之，左右诸峰，莫与并者。尖后，四十五里，清湖宿，火行十里方到。县令倪丈（玢）来谒，仍住江家店。

十三日 （11 月 18 日）五更行，未十里，天明矣。

火把之难得，甚于金玉也。十五里，至城南，持而西行，到木莲洞，洞颇宽，而泉石少趣，上有正学书院。倪丈来陪，余乃独上蒲褐山顶，顶高斗，不可到，仍有洞，西向，攀援至顶峰之足而止。其上洞题：天然石室。乃万历间刻者。入城回拜县令，未入署。行，共五十五里，柏仪街尖，路甚远。又三十里，至衢州，仍住督署，即考棚也。县令余菊农世兄来谒，署镇台阿克敦布来拜。秋间主人德观察入都，汤敬亭太守、张小樵县佐入省，郭镇台署宁波提督，俱不得眠矣。得子愚弟捷第七名信，可喜之至。

斗，古同"陡"。

十四日 （11 月 19 日）五更起，出小南门，游烂柯山，距城廿余里，将到，过小河，先至庙，由庙后仄路上，至天然桥下，高二三丈，宽长七八丈，飞桥峻立，空洞无物，由左手扪石上，侧身俯看一线天，乃岩上有岩，中路天光一线洞达，长一二丈，隙才宽寸余耳。复攀援至最高顶，石亭隳矣。下山，遇菊农来，坐石上话。后看宋后诸石刻，有徐文长上胡梅邻平倭诗刻，乃当日平倭后，凯宴于此也。菊兄携酒肴来，早餐后，入城回拜署镇及县令。又到府署，在峥嵘山上，地势颇佳，未点缀耳。秋间为汤太守写"廉堂""廉泉"二扁，今已刻木及石矣。回公馆，写四十余联。菊兄来，三人共饭，去后，作致南陔书，交巡捕，文武两捕俱明日回闽矣。柯山寺前又有陈恪勤公祠，公当日曾为西安令也。拜谒公像，正值僧人修理，因捐十洋，付菊兄，又赏武巡捕十元。月色甚皎。"大鸟三生，半世勋名为令始。飞虹百尺，几回诗酒看山来。"

即徐渭写给胡宗宪的诗刻。

陈鹏年，字北溟，湖南湘潭人，清前期贤臣，谥"恪勤"。

十五日 （11 月 20 日）早，玉山前辈拜客去。余作书与平仲。行李下船去。余两人早饭后行，阿署镇及余世兄来送行，开船时亦未初矣。水浅滩阁，行至莫，泊樟树潭，才廿里耳。睡兴甚浓，零星不断。

十六日 （11 月 21 日）寅刻开船行，七十里，至龙游县。县令秦世兄纯照（介庵，行四）迎谒，送席及程仪，当时到彼船回拜，即别。又行四十里，至杨家潭泊。月色更好，晚飧后，坐船头，殊清妙。

十七日 （11 月 22 日）大天亮方开船，余即起矣。往往过滩，为石所阁，兰溪令着役抬获而过。五十里，至兰溪，已未刻矣。金华守联英（秀峰），署兰溪令赵鹏程（鲲生，一）、经历丁溥（少香，三，辛酉世兄，乃兄嘉藻，现茂名令）、县丞赵洙（文波，一）、典史张在文俱先后迎谒。联守送水礼，丁世兄送十肘，俱收。赵令送礼仍收肘、烛、炭，船家耽延颇久，又行廿里，遂泊。县着家人押滩夫送至此。地名香头。今日子敬生日，夜梦见之，话甚久。风起极大，船舷竟夕有声。

十八日 （11 月 23 日）风定便寒，回想昨日仅能单衣，其变幻速矣。行七十里，过滩数次，甚费抬扛之力。申初始抵严州，陈茹香太守来谒，知此郡南明新安河，从安徽来者，今所行桐江，则在郡东南也。县令谢景祺（杏游）、乙卯举人，大选得此。吕尧仙同年来，便送住太守处也。谢客后，行不数里而泊。余于午间作闽中

吕佺孙，字尧仙，号兰溪，精鉴赏，收藏古砖甚富。

信九函，窗门未关，遂觉冒寒，略有热，服神曲汤三大碗，便清爽就睡。

十九日　（11月24日）起甚早，甚适，而大风决汤，知舟有竟日泊矣。酌数杯，苦无肴。午后，汤敬亭太守船来拜，少顷，李晋卿学使到来拜，又回两处拜，俱谭久之，两君别去。薄暮，玉山邀吃晚饭，谭颇久。敬亭带到九月初五子敬家书，知杏侄恙仍无效，此子聪颖，向亦结实，乃疮疥之疾，拖延两年，元气削矣，可虑可叹。自出门来，所接家信，不曾见子毅一字，令人想玺不已。

廿日　（11月25日）风小住，遂行，下半日，顶风大，下水曳纤，薄暮风止，乃摇桨，将二鼓，始持桐庐，今日亦得九十余里。县令李垚钧（惕斋，行三）未在家，差人来，水脚外，一无所致，小菜俱无。余自午后忽发痉甚久，既而热极，得汗解，知其疟也。早饭全吐，晚未饭，仍睡，竟日冷甚，窗风射人，不可挡。午过乳香岩，望之佳。过钓台下。

廿一日　（11月26日）早晴，而风仍不小，余病亦愈。欲上九里洲，乃已过去，可惜也。洲距桐庐廿里耳。申刻，至富阳，县令李鸿（春渚，行七，邹平人），戊戌进士，来谒，王吉甫世兄来谒，知已被参矣。李令送席，而水脚钱甚迟吝，每边船价一千二百文，船夫每名卅六文，与玉山共八船，船上要算八十夫，而办差人只给六十夫之价，因唤令照上站付给，乃仍照八十夫付之，其实止多七百廿文耳。送席縻费，无可食者，而水脚则如此艰难，外边习气之可厌如此。行数里泊，夜不适，早睡。

廿二日　（11 月 27 日）疟作甚剧，申正后到马头，勉强起来，上轿行，十余里，至公馆，在总督衙门，自中丞以下俱迎，旋即来拜，余病不能会也。王子仁署杭守来看我，因荐李令（枝青）诊视，其方不可服。龚砥庵来，开一方服之，甚安。

廿三日　（11 月 28 日）疟退，可起来。子仁一早来看，并送褥子。服药二剂，皆砥庵方。梁翰平、徐新斋、孙璜溪世叔及镜师之子（锡麟）、萧林村、汪专伯、唐雪航、吴荀慈、潘带铭、范令两年伯俱来，谭甚畅，余亦藉以遣归。署仁和王兰甫前辈（燕堂）、钱唐傅松泉（延涛）、罗沁吾（源一）、韦端夫（逢甲）、张渭渔（兆熊）三同年、黄紫垣（爵绶）世兄、张小樵世兄均晤。余自将军、中丞以下来候问者，都不能见也。织造瑞廷送菜，璧。范丈多年不见，精彩如昔，论诗极谦而壮。又常州吴圣俞（咨）持伯厚书来拜，是其甥也，篆隶画图书俱精，是佳士。今日略见太阳。

廿四日　（11 月 29 日）疟不来，愈矣。昨日诸友仍来闲话，惟书联在地都被攫去，为可笑耳。许芷卿世兄（兰身）来晤。孙午泉同蕈伯来。沈、庄两笔客及怀德堂书坊均来。食子仁所馈羊肉及中丞所饷豆付，甚妙。

廿五日　（11 月 30 日）转健矣。各官仍来候问，诸友亦来。胡书农年伯来拜。潘带铭来，因要代写拜客帖，金让水处百廿八金，并小谱所交清单，托带铭送去。未初，余方出门，到将军、中丞、藩、臬、道各处。到学使署看桃李门，两旁成材矣，是父亲当日视学时命植者，可慰也。定香亭竹愈茂水愈幽矣，余俱如故。到子仁太守处索点心吃，然烛归。书联数十，奇将军（明保）、乌中丞（尔恭额）、宋方伯（其沅）、周臬台石生前辈（开麒）、署运司桂太世叔（菖）、本道宋国经，温处道陶鹿泉前辈（士霖）。

然，古同"燃"。

廿六日　（12 月 1 日）早，发行李。巳初出公馆，拜胡书农丈，姚里庵世兄。即出城，将军，中丞以下送于月城，少坐即别。将到马头，拜陈厚甫丈，须眉雪白，谭兴尚健也。到船时，午初二刻矣。府县零星来谒送，迟至未初，吴荀慈始着舆来接，即行，沿城外西行，至仰山楼，仅午泉到耳，高似孙监院索点心吃后，尊伯、雪航、荀慈先后到。余必欲游西溪，临时张罗灯烛乃行，由陆路走秦亭山，过北高峰后，西行至步头下船，仍西行，溪水夹竹木，幽妙不可言，渐入芦花荡回旋，将暮，到交芦庵，陈硕甫亦赶到。硕甫前日闻余来，有信见问，今闻此游，故来晤，伊住此不远也。庵扁题为香光笔，遗墨尚存。侍僧出卷子，因书卷后，前仅香光、眉公、得天各大字，尚无人题也。又一卷，系何春渚辈探梅卷，余题一绝于后。又一卷，系阮芸台师相辨香光误书交芦之交为茭，惟山舟不误。又有题名卷子单，录来游岁月，余不复题矣。

陈奂，字硕甫，号师竹，江苏长洲（今苏州）人，清代经学家，专攻《毛诗》《说文》。

到俞鸿锦家宿，耕者舍耳，而屋宇宽敞雅洁。晚飧甚美，飧后纵谭，亥正上楼宿，谭咶相闻，竟夜甚乐，黎明即起矣。与硕甫订太湖之游已定。

廿七日 （12月2日）早起，到庄后，竹木尤幽妙，上船与主人别。烟雾空蒙，南望山色，一二十里不绝，皆西湖后面也。巳刻，到关上，上大船，周芋生昨到此候我久矣，为言太湖之游，乃力劝阻，余计遂辍。与诸君同饭，午泉、专伯、雪航、荀慈别去。硕甫携襆被并所著书，并一小舟来，知余不游太湖，遂亦归去。所著《毛诗传疏》，专宗毛，而以西京诸说照证发挥，康成将无坐处，真绝学也。硕甫饭后与芋生均别去，余遂行，至塘西泊。

廿八日 （12月3日）早行，午刻至石门，船不能速，顶风拉纤也。玉山前辈尚在此。县令侯万福将卸事，水脚迟迟不得，候至申初后方行，仅至石门镇而泊。昨日今日俱晴。

廿九日 （12月4日）天将明始行，得顺风。七十里，至嘉兴。署守于尚龄（磻溪）、署嘉兴徐铁孙同年（荣）、署秀水王丕显、候补县丞谢兰生（厚庵）、经历刘玉衡俱来谒。铁孙来送，再晤，送铜器数事及程仪。午间，上官世兄（懋本）来一话，九月廿八日出都的。又廿余里，王江泾泊。谢丞送南雅丈遗集，谢系南翁之甥也。

卅日 （12月5日）天将明行，天甚晴，过茶禅寺、
莺脰湖，皆夏间泊舟纳凉处也。至松陵驿，
署吴江韩彦倬（米舫，一）、署震泽吴时行（雨亭，一）
来谒，送席，未收。又十里，长桥泊，甚早。

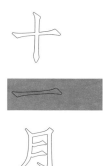

月

初一日 （12 月 6 日）巳刻到胥门泊。裕鲁山署中丞
前辈、署藩张筠村、署臬王梦湘前辈、太守
汪梦塘，元、长、吴三首县，俱来迎晤。龚世兄自琛、杨
龙石兄、洪子香兄俱来见。上坡拜客，已未初矣。到抚、
藩、臬、府、县各署，天已昏黑，始到子香处看所托买绣
货及衣料及风帽、皮马褂、手脚炉、烟等物，到船已亥初
矣。中丞以下俱送程仪。王亮生夜来谭。

初二日 （12 月 7 日）晨起，六舟和尚、孙柳君、吴
戒轩世叔及乃叔来拜。即出门拜汪铁云，看
所藏《皇甫》《九成》，而皆不知《米帖》绍兴刻之妙。
龙石处看云麾两础及堂溪石刻旧拓，俱为题记。又元康二
年陶器一事，如插花小瓶，甚奇隽。到徐问蘧处，少新奇
物。到沧浪亭六舟处，看所得怀素《智永千文》小草书墨
迹，甚妙浑，有牧仲以下诸跋，真古墨也。毛一亨未得晤。
王亮生处买书数种，傍晚归，周八兄候我于船，黄南坡、
毓星甫先后来，谭甚久，客去甚倦，子香来送各物。

六舟，俗姓姚，
名达受，曾主持
苏州沧浪亭。生
平多才艺，于诗
书画印无不精
通。

《九成宫醴泉铭》（局部）欧阳询，陕西麟游县碑亭景区藏

九成宮

秘書監撿挍

侍中鉅鹿郡

泉銘

潘遵祁，字觉夫，一字顺之，江苏吴县（今苏州）人，著名书画家。潘希甫，字保生，一字补之，潘遵祁之弟。

初三日　（12月8日）早，拜潘顺之、补之，得观《升元帖》，右军迹甚妙，是宋拓无疑。承赠三松老人墨刻，回到阊门仁和店买绸绫等百数十洋。回船后早饭，杨太来迎，旋雇小舟，携仆游虎邱，无可赏玩。遇清江汪姓人，六口不能归，助以二洋，两小上船行。至十里亭，大船未到，仍溯洄行，遇大船，行至关外泊。夜畅雨，倪朗峰来。

初四日　（12月9日）朗峰来谭一日，为题《鬓影图》，琳萧女史照也。问蘧交《清鉴阁图》及味雪主人照，六舟彝器皿俱题一就，交朗峰带去。买得《津逮秘书》及江《尚书》、吴棫《韵补》。竟日雨，到无锡泊。署金匮孙逢尧（易堂，行一）来迎谒。行至小金山下泊。

初五日　（12月10日）天将明行。连日余起甚迟，夜间热烦，不得佳眠也。午初，黄蓉石同年（玉阶）船来，丁外艰归也，送赙仪，往还即别去。暮，谢汇川世兄（克一）迎谒，署通判。阳湖、武进两县令俱未来谒，称有事也。吕尧仙来，求为年伯书墓志，因留同饭，顷已送赙仪，交汇川带去矣。上坡谒李申耆丈于龙城书院，颇形老态，然眼光手力，尚不懈也。谭少顷，即下船仍行。余于子初睡矣，船丑初泊，约又得廿余里。

初六日　（12月11日）早晴，午后阴。申正后，至丹阳，署令吕帆九迎谒，因作书寄张冈甫，托付急足去，送阅江西闱墨，殊不觉佳也。竟日与粮艘左右，行走殊费力。晚饭后，仍开船行，有小雨旋止。又行十里，至七里庙泊。

初七日 （12月12日）天将明行，早起，比昨转晴。

为黄南坡书《宝带桥碑》，纸生劣，不可书，遂止。书吕尧仙所属之墓志铭，字太多，未得毕。至徒阳闸，丹徒令王德茂迎谒。将至镇江，粮船拥挤难行。竟日阴寒。作书与府学教官陆方山，索其所买《苏诗注》，系闻之王亮生者。高佩玱太守来拜，陆方山（嵩）来拜，知《苏诗注》乃仁和王文诰所著《苏文忠公诗编注集成》也，于坡公年谱最熟。朱建卿来晤，赠与炭敬。亥坪大令，佩玱太守俱送看。孟渎河靠圌山处，有石颇险。太守面交九月卅日家书。买膏药百张。

黄冕，字服周，号南坡，湖南长沙人，有干济之才。

朱善旂，字大章，号建卿，浙江平湖人。

初八日 （12月13日）早，闻榜人云西北风大，船不得（脱一字），因即起觅小轿，向东沿府城北，约三四里，游北固山，先至小北固山房，登楼眺江，甚超远。楼下有米颠《研山图》，及苏、米两先生石刻像，又到听松亭，松三四株，甚特立，石峰曲录，幽奇有致，以上诸景，皆前令曾文畟（承显）近日所修也。复往北，至大北固，是甘露旧址，凌云亭眺望尤远，亦曾君所修。以外殿屋俱圮，以盘局太大，难收拾矣。多景楼当在其地。此山形如北东南，书院在其下，曰宝晋书院，仍米老斋名也。进北门西转，到府学，拜陆方山（嵩），坐少顷即行，出西门，回船，仍不行，因令仆辈觅红船往金山去。余剃头，仆等薄暮始归，玉山船上晚饭，吕氏墓志写完，即

米芾，字元章，北宋书画家，因生性狂放不羁，故称米颠。

从马号寄南坡处转交。潘太从嘉兴告假省母，今日始由松江赶到。夜颇寒，风更大。

初九日 （12月14日）晴，而寒风仍大。船不行，竟日静坐看书，午间，书联幅数件，墨小冻不和矣。粮艘渡江而南者，终日不绝，喧聒殊甚，而我舟半步不移。

初十日 （12月15日）昨晚不得眠，听粮船渡江而来者不绝，遂竟夜。五更风转大，知今仍不得过江矣，果然果然。喜日色甚佳，覆读江艮庭征君《尚书》，甚有别趣。玉山来话，夜饮甚适，今日新试大锅也。不料阻风，遂至第三日。亥初风息，遂令开船，乃大小各船挤塞江口，拉撑一个时辰，浅阁不得行，乃耽歇候潮，余亦就寝。

江声，字叔沄，号艮庭，清代学者，著有《尚书集注音疏》。因终生未仕，故称征君。

十一日 （12月16日）卯初刻潮来开船，顺流斜行，卯正始抵北岸，沿岸西行，辰初二刻多，方至瓜洲口。星斗满天，东风甚细，中流命酌，祛寒得暖。辰正就寝，巳正方起。吴太老师舟至，因即往谒，并送菲敬、闱墨。承赐《刘子全集》四套。行至未初，到扬州驿次泊，江都令罗煜，甘泉令卢元良先后来谒，李星楣来话。即上坡，拜沈莲叔都转、攀太守师仲、两县、阮中堂师。师自到家忽两年，精神如旧，嗜学未倦，惟足疾不愈耳。赐《算学启蒙叙》。又拜徐松泉前辈（培深）、谢蕉石前辈（学崇）。黄又园兄弟、洪世伯、杨季子俱来晤。到魏默深处买皮袍各物，即留饭，陈静庵、杨季子同席。二鼓回船，周焕章来话。辞莲叔、季子席，定明早行也。阮师来回拜。

十二日　（12月17日）天明行。吴丽白来拜，余未起，而船人谢之，可恨也。水急溜，风顶船，极难行，两县派摆滩船，以便逆流，费力之至，从辰至酉，行廿五里而泊。闻魏丽泉制军前数日在前路被抢，甚骇异。洪五兄国柱来回拜，现在查盐差事，故昨日不在家也。凡遇开坝之处，水急如箭，须小船将纤牵并夫先带过，然后拉船，船悬渺茫中，偏侧而行，令人心悸。夜风更大，船终夕摇兀。

十三日　（12月18日）天明后行，过开坝处凡七八次，水溜可畏，每纤须十五六人拉之。下半日渐平，顺风，今早息，颇比昨为和缓，船得行六十里，至露筋祠前泊，薄暮始到。至祠中眺览，碑扁字俱不可得识矣。庙两层，不为大，门前三大树，鸟来绕匝，足见灵异，旁树皆无之。买鱼极贱。月色甚佳。

十四日　（12月19日）天明行。得顺风，行湖中，颇适，然而不能快也。午间，至高邮，县令朱淦泉差接，本官不在家。将至泊处，船头与盐船触碰，盐船人群起嚷骂，将盐包送放船头，接差人坐小船来，被其七拖八扯到船上去，致将手指挫折一个，因唤彼船一识事者来，姑令船人到彼陪礼，我船方得前进。吏目□□，千总王朝纲来谒，因告以接差人被托事，应将动手人枷责，当时即到彼船拘两人去，不知如何发落。我船浅阁坏舵，即时收拾，又候水脚甚迟，申初方启行，廿里，清水潭晚饭，月色上矣。夜行甚好，子正至界首泊。夜得南风。

十五日 （12月20日）余起颇迟，早饭时，午初后矣。天气甚暖，又连日吃羊肉，故眠佳也。船行不快，酉初方至宝应，县令罗登瀛（伯仙，行一）来谒，陈警庵（铎）亦来话，皆同乡人，警庵方作客于此也。发水脚又耽阁许久，真无法之事。戌初行数里，纤夫多逸去。自雇十二名，竟夜行，有月。余丑初方寝，仆辈收拾什物也。

十六日 （12月21日）天明到淮安少泊，县令张用糒差接，旋行，有顺风。约午初，遇淮安守赵兰友丈（廷熙），辛酉年伯也，往还谭少顷，仍行。未初抵清江浦泊，赶紧上坡，而朱纬斋观察前辈（襄）已来，少坐，余拜客去。至麟见亭前辈河帅，何亦民前辈海防司马、曹子固两编修处，俱会。其祝立斋司马、沈敦田、沈临川两司马，俱未晤。江春涛六兄观察亦未值。唐桐舫明府处未入，还。由闸而北，即渡黄河，酉刻至王家营公馆，仆辈带行李陆续俱到。玉山因收拾未清，仍住舟中也。

十七日 （12月22日）早，嘱办差人代雇大车三辆，无四套，皆五套者，每套四钱八分，一天约共百四十余金矣。赶紧检点，午后装车，申刻渐次毕。余因寄江苏清江各处对联约廿余付，皆大联也，午间方动笔，

清代雅称同知为司马，府同知为正五品文官，知府的副职。

又客时后来，至灯下始毕。孙云槎司马（海东司马，名坦）其子中北闱，与老五同年，则云槎年伯矣，来拜，送礼。陈静庵来，索致春涛书，当时即为挥付。孔又函来，留共饭并宿，谭至丑初后方寝。见亭处索得淮河图，亦往年本。非近年迹也。余用跟马三匹、色马四匹、符七马之数，而玉山札来，言色马不得过二，遂撤去二色马，然亦不知其言所据。玉山夏间出京时，即系三色马，乃竟忘却，亦奇。今日冬至，想家中主吃馄饨也。

十八日　（12月23日）寅正起，闻玉山已早起矣。
　　卯初一刻行，五更略寒，二十余里，天始明，卅里，至渔沟尖，大车未到。尖后行四十里，重兴宿。至渔沟之先，便不甚好走，泥泞殊甚。尖后更甚，直至上堤后十余里，方好走。天阴酿雪。闻恩小山少宰、何雨人廷尉出钦差往福建，于十二日启行。大车三更方到，车覆，宋贵伤右臂矣。重兴属桃源，县令仍龚君也。

清代，廷尉一般指大理寺卿。

十九日　（12月24日）寅初起，寅正行，□□里，仰化集尖。办差者迟来，迟至一个半时候方行，又□□里，至宿迁关外宿。易南谷来晤，得见湖南闱墨。留南谷与玉山同饭，酒极佳，玉山吹笛，殊妙，近子初方散，玉山颓矣。因大车迟来，嘱南谷出溜子，沿途派役护送。至寅初大车到，余即起，而玉山尚睡至寅正三刻始行。

廿日　（12月25日）寅正三刻行，风颇大，觉寒矣。

六十里，峝峿尖。巡检曹用之谒见。又六十里，红花埠宿，郯城地面矣。下半日，路泥泞转多，轿夫又皆生手，颇费力，竟日阴风，午后雨数点耳。峝峿仍宿迁管。

廿一日　（12月26日）寅初起，寅正二刻方行，等舆夫也。玉山因候行李车，未及同行。五更颇寒，天明后，东北风转大，路甚泥淖，绕道颇多。将至郯城，县令刘德信迎接（云南元江人，丙子乡榜），由东门进城，出北门。舆夫等换班者不至，遂阁轿于途。因差人由东边大道寻得郯城舆夫来，始得行。此本换夫之地，而大路不进城，故致歧也。六十里，十里铺尖。又六十里，李家庄宿。下半日有雨，泥泞更甚，轿中甚当心。李庄属兰山县管矣。玉山未到，想是住十里铺了。二更时，闻玉山到矣。

廿二日　（12月27日）一夜雨不止，泥不可行，寅刻起来，止乐得多看几页书耳。天近明方行，出村一里耳，而泥冻苦行者，过沂河，风猛极，雪扑天而下。过河后，连泥带冻，风号饕雪虐，肩舆欲飞去，舆夫悫甚，有冻僵者。廿余里，入一茅屋，玉山吃烧酒，不足解寒也。又廿余里，到沂州。兰山令赵鹏程（行四，号锦川）迎接，辰初三刻起身，到公馆申初矣，势不能前进。魏丽泉丈差人来，知尚滞此间也，来拜一晤。赵令先来谒，余即入城，拜县令，访府教授贾琅（青圃），即同到明伦堂，看齐天统五年造象碑，共二，其一尤古朴。到普照寺，寺荒废久，余碑石甚多，见都中拓碑人正在拓柳碑也。旷院中有造象石幢甚古异，上有羊钟葵名。又一石伏地上，上磕有张名，仅一方块，殆唐石也。到琅邪书院看隋开皇时碑。与青圃别。欲到考棚，而门者不在，不得入。出南门，回拜魏丈，归寓，晚肴佳。风止颇寒。

廿三日　　（12月28日）辰初起，登陆来此为饱睡矣。

起甚冷，辰正方行，天大明矣。过沂河，满河皆冰，打冰过船，水急如箭，而人马足俱滑甚，马尤不肯上船。余过河后，许久未见仆马来也。五十里，半城尖。先过半城湖，妙在冻破，不难走，然车仍难行也。尖后，四十五里，青驼宿。把总叩迎，置炭盆矣，仍兰山管。下半日过小溪数次，好在冻冰，不甚难走。

廿四日　　（12月29日）天未明行，冷极，因风大也，十里，垛庄尖。巡检柳如松叩迎，沂水令张昌（问竹，行大，河南，辛巳举人，大挑）迎谒。熊东崖太老师太守来晤，从前过此，不知为晴舫师师也。尖后即行，玉山后来。又五十里，拱极城宿，过河俱有桥矣。然路泥且冻，不好走，幸到时天未黑。玉山前辈到时昏黑矣。夜剧寒，明日拟天明行矣。

廿五日　　（12月30日）辰正方行，不似昨日之冷，十二里，蒙阴东城外换夫马。又四五里，过福建钦差恩小山少宰、何雨人少廷尉，问知家大人安状。共五十余里，敖阳尖。尖后，见东方有山甚秀蔚，舆夫云是清凉山也，寺洞极多。惜我不得往一游耳。二十里，新泰宿，仍住前盐店，县令张涵（咏叔、行三）迎谒，求书，

吴钟骏，字崧甫，号晴舫，出任湖南典试官时，取何绍基为第一。

顺便写赏对十余付。天气冷略好些。下半日路亦平坦些。闻河往北雪更大，田家所乐，行人可云苦耶！

廿六日　（12 月 31 日）寅初起，寅正行，轿夫甚妥速，卅里，始天明。又卅里，杨柳店尖。又六十里，崔庄宿，泰安管矣。过玉山处谭，甚远，盖三日不相见矣。一路积雪尚五六寸。

廿七日　（1840 年 1 月 1 日）寅初起，寅正三刻方行，一路皆积雪，如玉山上行，亦不甚冷矣。天将明时，大冷，一刻余耳。将至泰安，有山坡矣，路又滑，四十余里，泰安尖。姜玉溪大令迎谒，因留游岱，因玉山无游兴，不便独留，甚欲一看经石峪，只好割爱拉倒。承少竹署守不在家，尖后即行，六十里，长城宿，长清管矣。玉溪差人持武梁祠画像来索题，系黄小松拓藏本，酒后为题四百余字，拓本非全者，墨色视近本为旧耳。一路望山上积雪，如太古铁色。

经石峪位于泰山斗母宫东北，存有大量佛经摩崖石刻。

廿八日　（1 月 2 日）寅初起，寅正三刻始行，山坡雪冻，路之难行极矣。巳刻到张夏尖，尖后，到子立署内一谭，即行，换轿而别。五十里，至杜家庙，酉正矣。托爱山中丞差人持书来，文运司丈同之。邵丹畦臬使师差接，新升皖藩。晚飧后，作复书共三封。昨晚见子敬与子立书，知慈恙果愈，而子毅所苦尚不得痊，一夜不得眠矣。

廿九日 （1月3日）寅正二刻行，路不甚好走。

二十里，至齐换夫，天已明矣。又廿五里，晏城尖，县令张公赶来一见。又五十里，禹城桥宿，与玉山同居店，而玉山不甚适。李世兄清廉来话，教官也。孙令树之见。饭后，得初十日家书，知子毅病甚急，不觉失声一恸，奈何奈何！夜梦与同寝，详述病状，言脉知母当可愈，不知然否？

卅日 （1月4日）寅正行，廿里铺尖，平原令欧君出迎，共五十里。又廿里，到平原换马夫，未进公馆。又卅里，曲柳店宿，因作家书，交德州牧舒自庵速寄去。竟日不思食，思老毅不置也。如天又酿雪何！

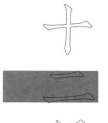

十
二
月

初一日 （1月5日）丑正起，寅初行，五十里，天明，至德州尖。舒自庵刺史迎谒，换号车，买灰面，补玻黎，颇延时刻。尖后，十里，至景州换夫，州牧广世兄未及迎我而谒玉山于公馆。又十里，漫河宿。得子敬书，从自庵处交来，仍廿九日信，在昨信之前。住处办差人甚枯懒。

初二日 （1月6日）寅正行，临行甚难，幸昨在德州自买火把四十枚，行廿里，阜城县换夫，夫系临时去觅，耽阁许久。又四十里，富庄驿尖，交河县管，署令胡世兄原村也。尖后四十里，龙县换夫，署令郭忠山兄迎，前任新城者。又卅里，商家林宿，供顿迟到，余先吃羊肉烧酒矣。

初三日 （1月7日）寅初起，迟至卯正方行，办差人无如何，但言夫马难催齐耳。五更颇寒，天明卅里，河间换夫马，褚君来迎。又廿里，廿里铺尖。玉山后到，因同饭，甚畅。又五十里，任邱宿。县令朱子明来迎谒，因发溜子，定走固安一路去。广东考官，只迟半站。昨夜作书与小谱，嘱令略缓行矣。今日途遇李叔之子，知李叔于七月病故。问家中消息，伊不知也。办差人颇用心。

初四日　（1月8日）寅初起，寅正二刻行，玉山已于丑正行矣。夜气极寒，为途中第一次。四十里，至鄚州，天渐明，舆夫小飱，乃追及玉山。又卅里，雄县尖。县令姚长庆迎谒，因与商走固山事，迟默不相应。家人示无用，尖后行。六十里，龚家营宿。顿饭安顿百六十大，甚爽快。未刻甚热。

以上为湖南省社科院图书馆藏，题名《何绍基日记》

距光二十年

庚子八月十一日（1840 年 9 月 6 日）通州上船起，九月十一日（10 月 6 日）泊武城，十月十一日（11 月 4 日）在高防头龙王庙，十一月十一日（12 月 4 日）泊和州太阳河，十二月十一日（1841 年 1 月 3 日）泊新堤。布帆安稳。苗疆、十二张末行回疆、十五张朕回疆、十六宫□奸、将随同、廿张恩赏、廿一张营兵两处、廿六补宗□二字持擢、卅二正月植、六回疆。祭文四（肮）、八粘（翀）、十二黔改默、廿三补撷字、廿八珪误洼、挽联三乍见乍误年。自六月间，有湖广满江红船来，说因循，未敢即定也。至七月十二日（8 月 9 日），余冒雨出城，到通州看船，本雇来回车，乃雨潦塞涂，无一生步成路者，屡次掀播，□得到船，已申刻矣。遂宿舟中。船户胡光明，船颇开敞，议价给至二百廿金，未定。十三日（8 月 10 日）早遂行，心已定。此船河中亦无第二大船矣。由闸路乘舟至东便门，骑驴至前门城根，路上不可行。自前门坐车归报国寺。船户同来，遂定价，约于八月半后行。时雨水极大。自六月十三日（7 月 11 日）下起，至山来已……船户忽来催说水落船大，宜急行，遂定八月十一日（9 月 6 日）下河矣。余方叙述吾父文安公行事未竟，亦由各衙门查各稿件稽迟，不得到手，遂于数日催齐赶办，日夜不敢息。一面脱稿即付誊写。初七日，桂儿进小寓，初八日进场，初十日出场。申刻祖奠。是日行李一切先令李淦押送下船。

十一日 （9月6日）五更即起，收拾毕，天明，久
之杠夫始到。家中自母亲、伯娘以下皆来送。
起灵时，约卯时也，又兼子毅弟枢同行。乌乎！痛死我矣。
乙未会榜、己亥乡榜、己卯福建、己亥福建，凡路祭四处。
出东便门，子敬以病目忽剧，不能前送。乌乎！可怜也。
天热，石路无平处，至定福庄已申初矣。赶紧行至西关外，
以溜子未下，阑住不许入城，因兵部勘合已到州衙而武营
不知也。自来到通州者，大抵如斯。入城遣人持片……市，
一□不……虑，幸平安过来，然火把前进。戌时出东关，
至马头。通州牧刘元禧等设祭棚上祭，惟马头颇窄，扶枢
登舟，幸平安也。安灵后，热更不解。杏官、鼎官饭后倒
地便睡，余与子愚却难睡，千头万绪，都到心来矣。通永
道存观察（兴）不在家，差人送奠敬。

十二日 （9月7日）早起仍热，收拾一切。早饭后，
子愚率两侄由闸路回去。老母年高，敬弟多
病，握手恸念，不能别矣。未正雨来，回思昨日，万幸万
幸，吾父之庇儿辈者至矣。余自去年腊月初七日由闽抵家，

时因未复命，家中不令知毅弟消息，而余于十一月十九日在宿迁一路行馆中，即梦其来作别也。先住云心处，因蔡玉山邀住文二兄处，遂同住彼。五鼓入内，汤敦翁、祁竹翁均来问唁，余乃知毅弟果死矣。□□□□朝房不敢问家事。是月上奏。召对归。哭吾老毅。万念已灰冷矣。不料今年二月遽罹大故，时吾父以风寒微疾猝然告终，万分仓卒，勉强成礼，于三月初十日移殡报国寺，余即侍居于侧。日月易迈，月馆五更，刚刚百五十天，遂扶灵辇南下，仗吾父冥庇，或者归路平安，登山妥速也。行前数夜，俱梦老毅帮同扶父柩行。噫！真有灵耶？即知吾弟正累吾扶其柩耶？真有灵者，当扶持归帆安稳也。雨不住，入夜更奇大，船顶多漏处，以黄蜡涂其罅，颇好些。滂沱竟夜。

辇，运棺材的车。

十三日

（9月8日）早起大晴，河水骤长二尺余。

早起清书，《皇朝通考》六十六本：考一田赋考、考二田赋、考三田赋、考四钱币、考五钱币、考六人口职役、考七征榷、考八征榷、考九市籴、考十市籴、考十一□□、考十二土贡、考十三□□、考十四……考廿职官、考廿一职官、考廿二郊社、考廿三郊社、考廿四郊社群祀、考廿五宗庙、考廿六宗庙、考廿七群庙、考廿八群庙、考廿九王礼……考卅一、考卅二、考卅三、考卅四王礼、考卅五王礼、考卅六乐、考卅七乐、考卅八乐、考卅九乐、考四十乐、考四十一兵、考四十二兵、考四十三兵、考四十四兵、考四十五兵、考四十六刑、考四十七刑、考四十八刑、考四十九刑、考五十经籍、考五十一经籍、考五十二经籍、考五十三经籍、考五十四经籍、考五十五

经、考五十六帝系、考五十七帝系、考五十八封建、考
五十九封建、考六十象纬、考六十一象纬物异、考六十二
舆地、考六十三舆、考六十四舆、考六十五四、考
六十六四。至暮。早饭后遣王升回京，送回杜诗一部，不
知子敬目疾愈否。又凌笏山世兄于十一日天明在子愚屋
睡，起来忽若中风者，即送归厚堂处，亦不知好否也。竟
日晴，午后又热，但不甚耳。入夜阴，不见月。鼠大如小
狗，声亦宏。典一食货、典二食货、典三食货、典四选举、
典五职官、典六职官、典七礼……

十四日　（9 月 9 日）早，捡出段《说文》……曹稼
　　　　　生所寄赠，今十余年矣。时与稼生未相识也。
壬辰始相晤于姑苏。余所手批段本，临行时未得捡全，遂
携此本上船，是年来父亲阅看之本。手泽如新，间有点注。
每一披诵，当如承提命耳。弟十五卷建首中倒子字之𠫓字，
此乃作反子字�，恐系错误也。清"三通"毕。夜阴，
略见月，而旋蔽矣。王升回船。得家信，子敬目愈矣。

十五日　（9 月 10 日）榜人河快尚来贺节，可悲也。
　　　　　作家信第二次，由通州署发去。夜月颇佳。
州署送一狸奴，色斑黑，似虎豹。夜间，毛子安静矣。

十六日　（9 月 11 日）天未明开船，甚浅，挤船倒行，
　　　　　因多回流，不能径行也。过张家湾后，更多
浅处。水程七十里至下水口泊。

"三通"指唐朝
杜佑的《通典》，
宋朝郑樵的《通
志》，宋末元初
马端临的《文献
通考》。

十七日　（9 月 12 日）行仍多浅滞，亦约六十余里至上码头泊。将暮，细雨如织，夜半后方止，极凉。

十八日　（9 月 13 日）早行十余里至河西务。作家书交彭云墀□□马专人进京去。云墀司来，因言天津，现□兵三千名……前去往丰润、奉天等处，于初四日仍回津门，头目见制军，说要回鸦片价二百万方可了事，即林少穆丈在粤东所搜烟箱也。制军入奏，不知如何办法。伊等畏冷，西北风起即归去，所虑者在将来耳。水居恶寒，鱼龙冬蛰，水遇寒则冻，皆是理矣。沈涧泉世兄来话甚久，即住云墀处，是其考案首门生也。借京报，阅至十二日（9 月 7 日）止。未刻复行，约卅余里至火烧屯泊。夜月甚大，比昨稍暖。

林则徐，字少穆，福建侯官（今福州）人。

十九日　（9 月 14 日）晴，行过蔡村，船始安柁，前此无柁也，然仍倒行。申正后，抵杨村，粮船铺满，皆江西帮也。船老榜，甚不安顿。夜冷。剃发。

柁，同"舵"。

廿日　（9 月 15 日）晴。船边昨夜失去厢板两片，亦奇。夜间打更人守枕边，未曾少歇也。夜比昨暖。

廿一日　（9 月 16 日）晴，仍不行。巡检王曾沂来谒（秦泉），因索看□村图，又着人问司马绣谷□□□□及县丞也。酉刻，江西粮船帮交卸……第一船

司马钟，字子英，号绣谷，江苏上元（今南京）人，擅长写意花卉。

旗号写敕封鄱湖福主，余俱尾行。晚饭时，河西务彭云墀专差递信人回，得家书，知安状一切，并黄倩园、王芷庭俱有信。在通州开船时有一信从通州署去，知家中亦有复信，竟未来到矣。管号人于早间送船价大钱六千来，因兵部勘合上写有船一只，大船应领价如此。通州因扰他马头，是以未领，河西务及此杨村俱武清县属，两□俱发付也。船户要先到天津买格答菜载舱，据云每斤十余文，过江后可得加倍之利，此船大约百石不为多也。舟泊西岸，粮船泊东岸，忽然清净。见月尚大。

廿二日 （9月17日）晴，望家中信尚不来，真闷闷也。天气颇复热，恐又将作雨。存虚谷观察来吊，从天津回查沉溺船只也。初六日丁沽大风，粮艘坏一，剥船坏八九只，他处有风，却不大。问天津事，大略如前所闻矣。□□□粮船……闻□□□□泊此已将头鼓矣。着人往要一差护送，即派一郭什哈姓解者来。

廿三日 （9月18日）郭什哈来，漕标外委解兆祺也，亦带一人同来。早饭后，司马绣谷来话，因谈及地理，似有所得者。兼为存观察索书，因书联幅赠观察及绣谷。绣谷赠画一幅又《地理宝鉴》一本，云是朱磬斋太守所传，系秘本，刻好后止印三本，遂毁板，云恐泄天机也。又刘子敬有一仆于地理亦超俗，又言凡地理家知河洛者为通品，因言蒋氏《地理辨证》最好，宜买看也。

廿四日 （9月19日）早起方作家书，将付旧仆刘福带去，而李得携家书并父亲行述来，刻刷错字尚不多，而板刻极不佳，赶紧校两过。又开成四年井口拓本，系余在报国寺中从西便门内城根移来者，拓来五十张，俱不佳，不如我前手拓□□□书中言□□好手。夜热甚……耳。子敬目疾渐就愈，幸老人均安，可慰。桂儿闱作寄来，尚妥当。又寄来《家庙碑》，无前半，后半及侧皆重出，只算半张耳。作书与印林、孟慈、漱芸并阮仪征师，并寄归，乞作神道碑也。查六兄（汝经）船来过话，便饭，新放江苏拣发知府，不半月遂出京，可谓爽快。送酒、腿各一，俱领。夜少不适，又作家书，子刻方睡。

廿五日　（9 月 20 日）父亲生辰。若无二月初五（3 月 5 日）之事，今日正当舞彩称觞矣。乌乎！痛哉！早奠面，一恸不能起立矣。李得一早雇驴归，即开船行，始将船头向前行。一路水多曲折，兼有树林掩映也。买鱼极贱，好鱼止廿文外一斤。泊小关之西，水甚大，四望浩然。丑刻大风报起，披衣急起，然烛叩灵，呼榜人添橛下矛，约三四刻乃定。风报往北去矣。就睡，至寅正，风报复来，幸得雨少息。半夜……

廿六日　（9 月 21 日）风不息而船不安泊，曳纤……午夹粮艘中泊，着人讨关。新盐政德公顺甫到任也。舟过其署前，过关泊，风始息，甚喧聒也。

廿七日　（9 月 22 日）天津令张君着年者人来送祭席，继又送上、中席各一，说要来亲奠。待至暮，

唐故通議大夫

行薛王友

柱國贈秘書

不来矣。看不佳，而船价纤夫答应甚爽利。作第五次家书，交张君送须权使、琦节相、陆立夫前辈、张又轩太守丈及张君五处行述各一本。买得北门天成号毛边纸一刀。船上为粮船伤去纤团，又半夜伤损后舱棚柱，舟子不老成，泊回流中，无怪其然，真可恼可惧也。

琦善，字静庵，
满洲正黄旗人，
鸦片战争时为钦
差大臣，故称节
相。

廿八日　（9月23日）秋分节。早候纤夫，巳刻方开行。曲曲折折行不四十里，至杨柳青泊。县纤三十名，行尚无阻，惟水大又急溜多，上水不易行耳。昨晚舟人载入格答菜三百廿包，每包约百斤，每斤此地廿二文，南方可得□□□文。发暴财，遂□□船从……

廿九日　（9月24日）仍昨纤夫，行颇早，路亦较直，惟水更浑，盖漳河本浑，又加长水也。两边田亩都在水中。行十里，头炮至静海县西门外泊。署令古世兄（韵）送祭送奠，亲来祭，因谈及现议办灾查勘，三百余村庄无不在水中者，而方伯尚不甚决意办灾也。县东四十里有道河一道，从沧州来入海，据传即古九河同入海处。滹沱在其西，大清在其北，运河流其中，宜乎为水所潴矣。作第六次家信，内有蜂窠石二块，系老五所需，闻日内无寄物便。

潴，水积聚。

卅日　（9月25日）早，古兄来送行。风愈吹愈大，强曳行廿五里至陈官屯而泊。正趁集，闻人多而地方却荒凉也。阅县志，知高文端（尔俨）、宫太史（梦仁）系静海人，前此无人物志书，至载高氏诰封文数十叶，执笔时之枯窘可想。时蒙世祖赐□□□□后，其夫人姜氏□□亦有祭……南三门，东城无门，亦奇。琦相放广东钦差，讷近堂丈移直督矣。夜，风更大且冷，仆人俱睡，余独坐至半夜，风少息方就枕。五更，风定矣。

讷尔经额，字近堂，满洲正白旗人，曾任直隶总督。

初一日　（9 月 26 日）早风微日明，顺风行，一路向南也。十里至流河驿，换纤夫，属青县管矣。又十里至青县泊东岸，县城在对河。黎令（极新）不在家，着人送祭席。黄文廉世兄（沂）、典史钟（沅）来晤，各送酒一、醋一、肉一，谈话别去。竟日不遇粮艘，夜泊始见，从西岸陆续前进矣。午间见吴伯新宗丞丈，船从后来。青县亦苦水。

初二日　（9 月 27 日）早起稍迟，日满窗矣，因夜间颇冷也。行廿五里至兴济镇换夫，本县城而改归青县，遂荒落矣。又二十里至北花园，一路又赶上粮船，甚喧。又廿里沧州泊。黄丈（育梗）刺史迎祭甚丰而敬，……至《破邪详辨》《神教详辨》二部，然觉年高精□□□□。

初三日　（9 月 28 日）早开行时甚喧嚷，因粮艘多泊在此，早间全开动也。今日路极曲折，舟人云所谓九望沧州也。一路两岸俱有柳阴成团矣。三十余里至砖河驿换纤夫，又行十八里至□□口泊北岸，其南岸即南皮管。到砖河时黄丈着人送到《沧州志》，灯下阅之，知地本名长芦，移沧州于此，其旧城在州东四十里，有周世宗时铁狮子，大略尚在，头足多缺废矣。本朝第一个榜眼吕缵祖系沧州人，前代宿知者有高达夫，亦州人。州有北减水河、南减水河，皆从运河中分出，泄水入海者。州距海百三十里。夜甚冷。

吕缵祖，字峻发，号修祉，沧州人，顺治丙戌年榜眼。

初四日 （9月29日）早行亦喧。开窗见两峰树色含露极重，船沿甚滑，五更大露也。十里至柳林寺，寺圮矣，无僧一人。又卅里泊头镇宿，东岸南皮廿五里，西岸交河□□□□应差而余舟泊西岸……

初五日 （9月30日）父亲去世七周月矣。今日又是伯父生辰，何如怆痛。竟日晴而有对头风。十里过东光，在东岸，县城离河二里余。又□□里至连镇泊，属吴桥管。县令张棣送奠敬，而应纤夫甚艰难。子初方泊，为纤夫等讲究到丑刻方清楚。夜，风颇大，舟子有争骂者，戒饬之。夜梦伯父出现真容，来拜谒者皆揖答，异哉！

初六日 （10月1日）早行甚喧，与粮艘争路也。风大，行数里泊。泊处靠高坡，极稳。晴日取暖，看书，剧静。酉刻，风少缓，仍行至十五里湾泊，距昨泊处十五里也。德州舒刺史着人差探到此。

初七日 （10 月 2 日）晴而有风，五更即行。□□里
至桑园换夫，入德州界矣，地名单称柘园，
想本名桑柘园，各据其一也。又□□里至□□屯泊。子正
后大风报，披衣，命加橛缆……雨。舒自庵遣仆来迎。

初八日 （10 月 3 日）晴风。开船嚷甚，粮艘两岸占
住纤路也。申刻到德州泊。舒自庵来上祭，
因托寄第七次家书。又寄王春绶运司师信往济南去。复借
看京报，知九月初一以前事。闻自庵说闽、粤两督俱巡抚
护理，不知桂、鄂两又是如何矣。等差役，至酉正后始开
行。又十里而泊。

初九日 （10 月 4 日）天晴无风，亦不寒。□□里至
四女寺小泊，上岸，约数十步而返。足不履
土忽数十日矣。过故城未泊，仍行。前日量船沿到水面二
尺七寸，舱里平船沿量到底五尺三寸五分，除去底板三寸，
又除去水面上二尺七寸，船实吃水二尺三寸五分。今日量
河中间有六尺，水是已销落时也。上灯后，乘月行，廿里
至贾家林泊，今日共行八十五里。

初十日 （10 月 5 日）晴，无风，惟水路极回折，东
西南北时时转向。□□里至曾家口，有游
击……子兵□疲惰，托游击另发……里烂泥浅泊。闻前日
同行之杭州卫旗号船，昨日在此间被粮船水手劫去银物，
已拿获七人，水手之可恶如此。连日有粮船占住两岸，不
肯让路，差官解外委颇出力得用。夜月甚明。五更风大。

游击，从三品武
官。

十一日 （10月6日）晴，风未息，开船后少安矣。

行□□里至夹马营换武城纤夫。行□□里，风太大，遂泊。风定复行，至武城城外泊。县令厉君秀方（壬午举）来上祭，因谈及县境运道百廿里，每年四月后挑浅极辛苦而费钱，田空后便安枕无一事，民气甚淳朴也。闻林、邓两丈均交部严议，不知如何矣。时事信难言也。

十二日 （10月7日）晴，竟日无风，舟行拉纤，最为安稳，路得百里，亦从来所无。夜泊汪家浅，临清州管。夜月，无片云。

十三日 （10月8日）行廿里至临清马头，李与三兄随中丞到登州料理夷事未回，着令郎……直牧、汪承鎌司马（晓堂，行二）另来祭。得九日……于初一日未刻得孙，四世同堂，老母或可一笑，恨吾父不及见矣。灵前哭告，慰痛交并也。见《山东题名录》，乙酉拔贡世兄赵淑身、李涛得中，又孟继尧、黄念畇亦老人所心赏者也。拔贡共中九人，余亦多是廪生。东墨虽未见，必佳可知。过闸恰好因粮船在后也。等第二闸甚久，因买得桃三枚，大如巨碗，惜不多，闻须城内大街方多。一枚五十大钱，想是欺生昂价耳。剃发。酉初后过第二闸，左右各余一尺。过临清关泊。汪晓塘云此间户关税粮食，或南歉北丰，或北歉南丰，均税得盈足，近年多是两歉，李与三为关税亏空将两万矣。查三兄船到，两三日候闸，至今方得过。粮船上闻劫小船之案又有一起，由漕帅过宽之故。过闸后，因头船不赶上帮，帮官予杖责，然此岂小官所能

振作全局乎？至今人说周敬修为漕帅时，无腰牌而上岸者
准□□究，闹事者杀无赦。有脱帮者立……复遇矣。寄第
八封家信，从州署去。今日所过为板闸、砖闸，未到板闸
与漳河别矣。剃发。

周天爵，字敬修，
清嘉庆时任漕运
总督，执法严苛。

十四日 （10 月 9 日）行甚迟，舟子皆酣眠也。四十
余里过戴家闸，又廿里至□□换夫，而清平
县应差人不至，自雇纤夫行。又过□□闸，俱先系通板，
不临时起板也。河身束窄，舟中安稳之至，不似闸外矣。
河岸有道士索钱，口呼"独木桥好走，大字缺了半边，巾
字在中间"，说是讨钱买命，然独木桥勾与布字何涉？子
初过梁家乡闸，溜急，船阁闸中许久不能挪进。呼岸上人
帮忙添缆方得进，甚可虑矣。又行三四里，梁家浅泊。丑
初方睡。

十五日 （10 月 10 日）半阴。行□□里过□□闸，
又□□里过□□闸，又过□□闸泊东昌府城
外。船家收拾物件，遂住此。聊城县无人来，纤夫廿人不
足数，又恐其逸去，遣李淦至署索一差来押护。晚饭时小
雨，夜雨甚□□□。

十六日 （10 月 11 日）未晴，故开船甚迟。水曲折……
城也。粮艘相左右，廿里过李海务闸。又
十二里周家店闸。又十二里七级下闸。过闸即泊，风甚大，
又有雨也。

十七日 （10 月 12 日）阴风小雨，三里过七级上闸，又十五里过阿城下闸，又三里过阿城上闸泊，是阿城镇也。买顶上阿胶十斤，每斤一千六百大。风大，不得行，既而少息，遂行。十二里过荆门下闸，又一里余过荆门上闸。又十里张秋镇闸，粮船紧跟，小船如鲫。临泊时挤当，甚费事。午后，雨止而风未尝息也。买毡袜。

十八日 （10 月 13 日）早，风定日出，大晴而寒，左窗不能开矣。行不久，风起，忽顺忽逆，大约是东北风，而河流屈曲，又粮船极多，前后相望。酉初至安山，换夫，东平州管，无人照应也。今日廿二里过戴家二潮闸，又三十余里过安山闸，俱无闸板平水过。自临清戴闸后，俱系通闸，无待放板处者。又八里，夜泊见月，地名□□。

十九日 （10 月 14 日）风息，日出而寒胜昨日。□□□二里过靳家口闸，又十八里过袁老口闸，又十二里过开河闸，地方颇稠密。又十二里北柳杜泊。一路见远山，又左右岸高如岩漱，富春一带水路间山势也。开河交汶上境，县令沈澄，夫价、水脚俱清楚。今日过开河闸时临时下闸板六块。

廿日 （10 月 15 日）开行五里至南旺，因至分水龙王庙，汶水正交会为盐河，此分令西来而析为两路，七分北流，三分南流，适左右有蜀山马场诸湖水为之消长，故能久也。永乐间，工部尚书宋礼奉命来此，

宋礼，字大本，明朝水利官员。担任工部尚书期间修治会通河。

用老人白英之计分汶济运。我朝顺治年间立庙，雍正年间封宋尚书为宁漕公，白老人为永济之神。庙颇开敞，近年又新建一楼，东眺甚远。僧人福田（号广布）陪坐，朴甚，联以联语而别。过寺前闸、通济闸，共七十余里，至济宁，过草桥闸，泊南门外□□□□人，刺史往省，着人送祭席。徐□□□署运道，黄蘅洲世兄任运河同知，俱送奠、上祭。桓生丈之子邺，去年顺天副榜门生也，亦同来。桓生丈父子先去，蘅洲同饭，而丁瑶泉州同来谈甚久，名宗洛，老于著书。州署送到重阳前一日家书，知觐觐已大愈，余俱适。从蘅洲借近报及《顺天题名录》，钱子万昆玉俱捷，潘老三中矣，余少认识者。杨铎（硕卿）世兄送到龙石旧年见寄信。蘅洲兼送水礼。

黄庆安，字蘅洲，福建永福（今漳平）人，曾任运河同知。

廿一日 （10 月 16 日）早，蘅洲来谈，别去。余早饭后上坡，到城东南角之太白酒楼，楼下多元人碑刻，有杨桓书篆字碑颇好。外有周天球刻诗，又李文晦刻诗。楼即元李公建也。旁有刘公《瑞麦图》石刻，亦元时事。下楼，西行至南城门楼，楼下皆军器，云是武库也。又到城北铁塔寺。铁塔本七层，元时徐姓及其妻所造，建后又有人加两层为九层。寺后有武平元年薛匡生造石佛，高七八□□山松得之，置于寺中，并补上身为木匣。又西北行，到渔山书院，印林竟不待我一晤，可恼也。见所书书院《增拨膳田碑》甚方重，刻尚未毕。院两间壁即考棚，棚屋甚坚敞。又到城西普照寺，寺大而多圮，先见唐宝历间石幢刻经，字多漫废。开前阁门，见齐碑、唐碑各一，石质古茂，造象深秀而字迹难读矣，然其拓本则余早有矣。出西门，又绕到城东书铺，买《仪礼章句》。归船，则硕卿在此久待，出示各专拓册、名人赤椟卷、大黄布卷，俱为题记。大黄黄字印林识为横，充也之义，甚新。硕卿言及城内郭梅臣家收藏甚富，因同往看，见《郭有道碑》尚佳，然此碑未闻有原刻也。《衡方碑》好，并有覃溪"衡方碑"款巨幅，又刘石庵手钞《历代改元考》，后半本真迹，前半非手迹也。文字册平平。高且园画猎图（大卷）□□奇古，小松《访碑图》六幅却无甚意思。法帖铺持《麓山碑》来，碑阴、侧及覃溪小字跋甚有趣，而正碑换却，又价昂，不得买也。李家有小松所得武梁画象唐拓，即梅臣从前卖与李氏者。欲往观而梅臣力言其难，遂中止，心甚歉歉也。旋与梅臣、硕卿别。回船，酉初已过。天井闸复过，在城闸而泊。硕卿送济宁碑拓十种，又新出钟鼎文三种（在城内李家）。食蟹甚大。第九封家信交蘅洲去，中有老人毡袜，又印林书一包，又复赖仁宅书一件。昨日书差来道送奠也。

廿二日　（10 月 17 日）早开行，而粮船在前面布满，尾之迟行，不五六里泊，等过闸也。孟慈之次郎延熙（仲恪）来，留早饭，别去。未刻，张亨父来，坐小湖筏子从后来也，即别去，说到扬州相会。过□□闸，甚平快，河东有李氏花园，墙外望之，林亭秀出，闻住家眷，不便往探也。未过石佛闸，遂泊，为粮艘所阂，今日共行十四里耳。

廿三日　（10 月 18 日）半夜行，因后头粮船要过闸来也。数里遂泊，天大明方行。天晴日暖，前后皆粮船，无可赶路者。舟子买鱼数十斤腌之。两岸多溃堤新补处，以两边皆湖水宽漫弥望也。过闸□次，至仲家浅闸，有仲夫子庙在道右。欲往，适过闸甚疾，遂不果。共行□□里，泊南阳镇。

仲夫子庙，即供奉孔子高足子路的庙宇。

廿四日　（10 月 19 日）　五更避粮船，遂行。天阴，且竟日小雨。两岸多破堤，湖水弥望无际。村屋多在水中，真可悯也。夜泊珠梅闸。

廿五日　（10 月 20 日）　隔一日不写便将日子忘却，可戒也。午间，汪世兄（之栋）来晤，年伯名（汝弼）之子，做孔府屯官，闻知冶山上公近状及伯海公子尚无子，衍圣公向多过继袭爵者，今公之得伯海，为最难事，而伯海乃难得同，亦奇也。屯租每年四五万金，近来多疲赖，不能如前之丰富矣。过夏镇，水多浅，犹忆壬辰北闸过此抬船时也。汪孟慈着人送。寄默深信，伊患腹痛，不能来一晤。与在济宁不得晤印林同，皆临登舟时发一信者，天下事之不可料如此。过彭口间，泊荒水闸，两面皆大水，闻前路溜急，不敢行，幸缆系石堤上。竟夜风浪作声而舟甚平稳。半夜小雨数点，旋见月。买梨。

宋至和二年，封孔子嫡裔为"衍圣公"，寓意圣裔持续衍展。

廿六日　（10 月 21 日）　早行船倒曳，避急溜也。水大有风，又一路闸多冲坏，幸旁有月河可行。申刻至万年闸，风太大，不能复行，遂泊。步行看闸水不没者，石两层在外耳。往来船只无走闸者。闸左有杨勤悫

杨锡绂，字方来，号兰畹，江西清江（今樟树）人，官漕运总督，谥号"勤悫"。

公祠亭，即三公祠。三公者，明尚书舒□□、刘东星、李化龙也。僧人纾满，号得源，方读《梁史》，与谈，甚有学者气。近作《怀净土诗》三十首，亦有好句。河南临漳人，出家四十年，今五十一岁矣。回船后，来送小菜，甚佳。又作一诗索字，因赠对联。

廿七日 （10月22日）早开行，阴晴不定，船仍倒行。过□□闸小泊，又行，船始顺转矣。过侯迁闸，因月河更溜，不敢行，遂由闸走，石露半块，触船底，可怕。溜急难防也。又六里过高庙，又六里至台庄，过闸左，见闸俱在水中，偶露石面，欹斜不整矣，遂泊。同泊者有船昨夜在此被盗也。五更，大风起，可悸。作霜降节矣。

廿八日 （10月23日）风不止，冷甚，作书与蘅洲、硕卿、印林，交闸官徐达报寄去。买葱、面、柿、栗。午后风略定，又日大晴，步上坡，往北行，街颇长，仅北有横街，大约布铺、粮食铺、果铺，甚富而朴，可想山东风气，是省境第一村落也。酉初开行，始用橹，疾如飞鸟。二十里河清闸外泊。夜仍风，作冷。

廿九日 （10月24日）大晴，无风，然寒矣。一路平静，摇橹而行。所过万家庄一带，树色整齐，每行相间即种庄稼。约行廿余里，树色如一，亦从来所未见，若皆系官树用培堤防者，则官长亦勤矣，可敬也。至窑庄，得九十里，泊。

十月

初一日 （10月25日）早甚冷，日出后略好。对面风不小，舟不得开。黄琴山太守船从后来，过舟相晤，旋往回，看字画数件，属题《墨缘图》，图前文衡山与琴山信一幅，不知琴山何人。琴山以同号，故有此图。又题《包孝肃书偶然作诗》五古四首墨迹，又属录诗底于后。草书奇诡，两人对证，尚不可识者三十字。首篇《赵女》，次《楚园》，三《田舍》，四《日夕》，五《陶潜》。又见赠《罗荆轩画册》，精好，有石庵题诗一首。又出示黄子久《楚江秋晓图》，题首四篆字萍庵和尚苇如所书也。琴山来晚饭，言其朋友有吴县陈彬华能填词。

黄德峻，字琴山，号景崧，能书善画。

初二日 （10月26日）早开船十里，风起大，不可行，遂泊，地名三湾，河有曲折也。晴暖，至申正风少息，始复行。卅里至皂河泊。琴山船今日想去远矣。

初三日 （10月27日）早行，大雾，雾后大暖，此酿霜也。五十里至宿迁，方未正。作第十次家书，送易六兄处，始知南谷往清江去，令兄海云五兄（卓祝）来送祭奠，知自济宁以来传牌溜子全断矣，因托其另起一溜子往前路去。旋过关，风大作而粮船有来者，不相见四日矣。

初四日　（10 月 28 日）伯母七十四寿辰也。昨夜梦见随父亲拜孔子圣诞，事甚奇，似乎阮云台师将来当入两庑也。竟日顺风而不大，上半日微阴，午未后大晴奇暖。平稳抵重兴泊，时方申正，行百余里矣。粮船全在此数十里间。闻黄河坝暂开仍闭，水尚大于运河也。

初五日　（10 月 29 日）晴暖更甚，几不能着棉衣。半纤半帆，约申正到杨庄二坝外泊，粮船住满。闻黄河南坝尚未开，过须明日巳刻。河帅方来祭，坝放开，粮船连续渡黄，即泊河之东岸静候矣。步至头坝，见黄河矣。

初六日　（10 月 30 日）晴而暖更甚，令人体中不适。巳刻见对河开坝，即开船，至头坝塘中，船浅阁，许久始得行，幸溜不甚急耳。出河口，曳向西岸，行三四里方放舟而渡。有差筏子来，下矛中流，甚迅，不一刻而至东岸。将入坝口，被粮船水手斫断缆绳，船即溜下，矛绳亦断，急另下矛而获安。从容入口，出头坝，入拦清堰塘，同泊粮船渐次而来。抵暮时，全挤满矣。着差官通知麟见亭河帅，并告以断缆人。旋有人持帖来候行，达民前辈、曹子固世兄、沈君□鹏俱着人来候。清河县唐黼卿（汝明）着役四人伺候。

初七日 （10月31日）押运弁邱光三查得昨日断缆水手来，板责写意而已，帮官之袒护水手，可叹也。早饭后，李世兄谟及罗三爷登瀛之孙来。既去，即步行前往看闸。先到天妃庙，南对洪泽湖口，庙中有鱼肋骨，长将一丈。道光十五年大鱼出于湖滨，其高如山，一渔父梯登其脊，见朱字批云"此鳠鱼，在此一千二百年，为害不小"云云，因剥取其肉，众人脔割，仅剥得一肋，而风潮来拥鱼去，因存此一肋于庙中。见亭河帅为之记也。坐一手车，冒雨阅五坝，至头闸，见水溜甚大，闻比常年为平，然可悸也。由二闸过，甚平。闻三闸亦如头闸，不复去，因雨不住也。仍回，由捷路至天妃庙外，少憩，见大钟委地，字甚多，皆客民施钱名姓，系正德庚辰四月所铸献者。回船来，定由陆路奉柩行矣。即作书与唐黼卿大令，差官解肇祺告假回淮安。余宗山刺史兄（崇本）解铜住此五月矣，来上祭，知即住天妃庙而我不知也。留与便饭，谈其治绩，甚可听。云南出铜处即有金，金为铜母；出铅处即有银，银为铅母。然银常出，每一锅铅百斤必有三四两银。其铜矿若见金，则铜已绝矣。至及翡翠，皆缅甸国外所出，土人带至腾越厅换茶叶等物。皆璞矿也，剖之方得玉得翠，亦甚难遇，故渐贵矣。易南谷遣人来面说一切，乃约我明年坐宿迁书院，大奇也。今日得小雨竟日，而热仍不解。

初八日 （11月1日）早，黼卿着人来，早饭后即同看龙王庙，定东厢房屋，令雇夫子等，明日起灵。旋即回船，方巳初，而船头人满，恰是大风骤起，

鳠鱼，一种类似鲼鱼的长鼻鱼。

我船为粮艘所挤，将脚筏子挤碎，当时着人问河帅要一差官来护，而风大不息，我心痛极。船头又铳岸，欲即起坡而不能。雨来少定，又苦不大。入夜，风雨互作，呼更人来往相闻，粮船俱不准有灯火，又须二人支更也。三更后，雨稍大，竟夜不敢睡。五更雨止。

初九日　（11月2日）天明即起传夫，风略小，即挪船收拾。起柩行时已辰初矣。幸路不远即到，安妥，方上早供也。早饭后，往高坟头看马头，又到三闸，看闸口斜形，闻每年军船失事总在十只内外，现有铜船沉失者二，即余宗山同帮之船也。到天妃庙，晤宗山久谈，又见其三、五、六、七诸郎，皆文慧可爱。知云南昆明湖在西城外，宽数十里，省城有菜海子在府署旁，亦有亭台各胜。其点苍在大理府，极高大，尽石头，中间有洞穴，出大理石者。苍山下即洱海，广百余里矣。普洱茶乃夷人带来叶片，至普洱府造成，其团子及大圆者不如散片及圆扁者佳也。宗山留吃点心。归，风冷，入夜少定，仍竟夜未息。闻塘子内呼声可悸。

云南昆明市内有翠湖，因周围"蔬圃居半"，故称菜海子。

初十日　（11月3日）早极冷，独步至黄河边，见正在筑坝矣，而河外泊粮船又满，等二塘也。早饭后，雇小筏子，由高坟头顺流至清江浦看闸，即回，便上禹王台。台下有正统年间碑，乃本是慈灵宫耳。和尚云禹王于某年调繁来此，故立为禹王庙，其慈灵本神不知调繁何处。语殊新俚也。归寺已申刻，少歇，又到塘南看起土，因将开拦清堰坝也。亥刻，塘岸草堆失火，军船有哭声。

十一日　（11月4日）早饭后，坐小车到头坝渡河，到九龙王庙前看洪泽湖，处处皆滩洲，载船泊者甚多，西南一望，水乃弥淼无际耳。下晚到塘南，看放水，由高趋下，如悬瀑然，约半时许即就平矣。又到三闸，抵暮归。见粮船渐次出塘，我船亦夜泊四坝头。过五坝，即头闸也。灯下，余宗山来谈，冒雨步行去。旧仆王德来。

十二日　（11月5日）竟日雨，不甚大耳，然未尝住点也。我船巳刻下三闸，泊高坟头下，妥当之至。各粮船闻俱妥迅也。申刻坐小车到三闸，看过船，途泥颇大，雨沾衣履。

十三日　（11月6日）竟日雨不止，未出寺门半步。嘱县差将船边马头打好。易南谷又有信来。余宗山亦着人来问讯。

十四日　（11月7日）早雨住而天未晴，不能不行矣。早饭后，将书籍、行李先下船，等夫子，至午后方得奉枢行，泥水甚大，从庙到上马头有二里，抬夫全不合法，可惧之至。到船收拾，便申刻矣。

十五日　（11月8日）早开船，因未晴也。巳刻过清江闸，从此无闸过，一大慰也。到马头泊，伊里布，字莘农，满洲镶黄旗人，曾任钦差大臣赴浙江筹办夷务。

清河令唐麟卿差人知会河帅，定于十七日辰刻率属公祭，止得待之。曹子固来祭。孙丈（德坦）来送奠。黄瀛帆司马、唐大令俱来晤。叶筠潭丈船同泊来话。下午往谈，借里河厅处京报，看至九月二十日，程省斋放荆州守矣。今日知浙江定海县尚为嘆夷所据，渐荼毒居民。绅民递呈于伊节相，请里外夹攻，而节相奉庙谋，按兵未敢动，奉请宸断。桂杏农观察以办兵差自缢，宋湘帆方伯署浙抚，受急病死。乌中丞拿问治罪，气象极不佳也。上灯时，何亦民前辈来，黄司马见示《湖南题名录》，熟人中止李星帆耳。永州府祁阳中一人，姓柏。夜大月。

十六日 （11月9日）阴。旧仆王德前荐与江春涛观察者，观察死，此仆遂流落在此，因令同行南去，以从前无大过也。午后，先到河北友益堂、大酉堂两书铺，无可观者。过河，到普应寺，颇闳整，系唐贞观间建，明时重修，今数年内复修者，然无古碑据也。到一书铺买得《武夷山志》及《明儒学案》钞本，两书共钱五百文耳。到慈云寺，大而荒矣。复至碧霞宫访从前卖碑人，知已回扬州。冒雨回船，知赵兰友观察丈、沈云湖观察（鹏）来船未晤。朱纬斋前辈亦来也。唐麟卿送程仪，真费心矣。

十七日 （11月10日）阴雨。公祭已午初矣。河帅及各道均看开塘去，未来，止何亦民前辈及任、陈两司马到耳。旋上坡，各处谢步，共十四处。泥甚，难行。未刻回船，剃头，复行，雨仍未住，不数里泊。（十一次家信交唐大令。）

十八日 （11月11日）开船时溜仍大，船倒行到淮关小泊，复行。未刻至山阳。淮安守恩（龄）在病假，山阳令张用熙县考，俱未来祭。漕帅朱荫堂丈来祭，同者通判世昌。上坡谢步，便路到韩侯祠，殊不冠冕，并碑无之。过淮阴市，买《江宁金石志》归。漕帅差官解肇祺从杨村送至此，颇为出力，此后无用着处，故令其去，犒十六金及对子三付。昨自清江起一传牌，每站均照例拨兵二护送，到地头交印花，今山阳来者一差耳，兵则未见。夜，因雨早泊二步头福缘禅林旁。夜略有月。

朱树，字荫堂，贵州贵阳人，曾任漕运总督。

十九日 （11月12日）仍阴，但未雨耳。巳正到宝应泊。孟湘南大令（毓兰）来祭，即南涧世兄（毓藻）之嫡堂兄也。皆中解元，信为佳话。湘南昔亦在直隶做知县，丁艰服满，始于今年到此耳。问孔宥函同年，知侍年伯北上，有差入京也。又四十里泛水泊。未刻，略见日而旋阴。

廿日 （11月13日）下半日见日矣。早行，粮船甚拥挤。未刻，遇一太平船争路，颇可恶。申正后，到高邮南门外泊，无人照应。着差换班，始有人来问讯。州牧朱淦泉（荣桂）亦太啬简矣。去年北旋时为盐船争闹事，该牧亦不过问，今犹故态耳。

廿一日 （11月14日）阴，偶见日耳。水溜，颇不好走，半倒半顺，过邵伯埭后，更为粮船所苦。

泊南马头时，已起更矣。王春绥师往广东臬司任，船正泊此，因往见。旋蒙过船来奠，谈次深以粤事难办为忧也。江都令周丈（际华）差接，系子余前辈、子俨世兄之尊人。

廿二日 （11月15日）早，着人送书与默深。周八兄来自仪征。默深旋来，知其随伊节相到镇海，凡官卒皆思一战恢复，而节相与余将军固执不肯，故愤愤归也。适得家书，亦言近日王定九相国师力主战议，似有转关，然锋威已挫矣。杨小蔓世兄（乃实）来祭奠，现署兴化，光景尚尽心。项芝房来，老弥健矣。余上坡，到阮师处，叩领《神道碑》，已撰就，而师于七月廿三失足跌坠，致足软，左手欲废，动辄须人，言论精神亦似不如前也。赐近刻算学书七种，皆罗茗香所订者。到黄又园处谈亦久。回舟则赵伯厚、吴丽白皆坐候，同晚饭，别去。

王鼎，字定九，陕西蒲城人，拜东阁大学士，力主对英开战，自缢尸谏。

罗士琳，字次璆，号茗香，安徽歙县人，精于算学。

廿三日 （11月16日）早，吴丽白来，同早饭。黄小园来奠。阮八世兄奉师命来，旋得手札并篆书扁、楷书联，又《研经室全集》见赐。午初，与丽白同游辕门桥一带古董铺，买得陈启文八分小对甚佳，"乔木幽人三亩宅，南楼老子一床书"，又书三部。雨大，不可步，肩舆至默深处，伯厚同话。观所得嗫夷地图，刻板极精。复同饭，有陈静庵。静庵病矣，神采却比去年好些。我忽病腰吕痛。

廿四日 （11月17日）丽白仍来同饭。黄春谷年伯（承吉）来，老健著书，可敬也。徐晓村先生之子宝光来，知其家运坏且窘甚，赠廿金去。为阮师书联云"召太保乃知民德，卫武公告之诘言"。诘言者，依《说文》也。丽白别去。余上坡谢各处步，即到小园处看玲珑山馆，有石甚佳，园亭亦好，却非原本矣。又园来，同看碑帖各件，有《天发神谶碑》《颜家庙碑》《智永千文》均佳。灯次，为书联扁各件。今早得家书，从莲叔处来，知桂官取誊录，亦幸也。

廿五日　（11 月 18 日）早，闽臬徐仲升前辈来奠，沈莲叔都转亦来。吴丽白同项芝房来，共早饭后，即同步上坡，进小东门，至新城。过辕门桥，至彩衣街，复入大东门，由盐政衙前归，走南门大街回船。南门大街石路直至北门，名阿公街，系河都转捐银五万修此也。买得班、范、陈三史及《小学考》等书，书甚价廉也。芝房处买得"亦寄庐"三大字。有《圣教》拓本佳，梦楼有跋，先有匏庵、香光跋者。余素不喜此帖，又价昂，故置之。今午赵伯厚来，余因上坡与作别。伯厚即回常州去。丽白赠好印色，芝房赠大印色盒，皆致佳。

廿六日　（11 月 19 日）早，作第十二封家信，交李淦去。吴丽白来送，即开行。李淦之戚方升替工，同行。风平浪静，顺势过江，泊七里港，金山在对面，此港可通龙潭。仍竟日阴，午间略见日，自杨庄以来半月余矣。

廿七日　（11 月 20 日）早饭后，带班、范二书坐差筏子往镇江，因清晨下雨，路甚泥泞。至西门外文盛堂书铺装订，又前往多文堂，知此间书坊无足观览，仍回文盛堂，看其拆线。阅《宾谷都转集》一过方行。顺船到金山浴日堂性空上人处坐，从方丈处取东坡玉带来观，上有高庙四次南巡所题诗。乾隆廿余年间，毗卢阁被火，此带抢出而伤其后五块，上命补好。玉色旧极。性空言今年金、焦两山俱由山顶坠石，打碎禅堂，便因雨大，然实异事也。下山后往西去，看郭景纯墓碑，东向金山，题"晋赠弘农太守郭璞之墓"，万历三十三年河东□□州黄吉士立者。怪石嵚崎，直无路可上也。回船已申刻矣。买得膏药。

廿八日　（11 月 21 日）自五更大雨后，遂大风不息。早饭后，仍欲作焦山拓《鹤》之行，毡椎纸墨均于昨夜备好，坐小船向马头，风浪骇人，止到大马头便上岸，踏泥步行数里，方至小马头。上茶楼，看江雨殊未止。雇定红船往焦山，那知上了红船，老榜说虑大风，实不能去，因在船中写字半幅。坐小轿，由抬湾一路归，尽是泥泞，又兼细雨。沿山路行，土人曰是银山也。三仆迟迟始步归。夜极冷。

廿九日　（11 月 22 日）早，风大不息，冷甚矣。船门俱不敢开，船上树头桅，收拾许久始定。方裕到文盛堂取书，李淦自扬州回船，得丽白回信。抵暮，风乃少息。

卅日 （11月23日） 早，不闻风声，急起披衣，即率仆辈坐筏子至大马头，雇红船往焦山拓《瘗鹤铭》，又非前七年所拓时面目，因十三年春被一俗僧挑剔，令清楚，遂与前此殊观也，然不等干即扑墨，尚有古润，若俟干再加墨，则少味矣。自辰至午，止拓得一分耳。夏间山颠坠石，将禅堂、经楼打碎，瓦砾木植满地皆是。到仰止轩，观椒山先生手札四通，阮仪征师送藏此山者。又定陶共王定，亦阮师送存卷册，俱敬题数行。又忠愍临《云麾》卷乃赝鼎耳，余故未题。又观周无专鼎、诸葛铜鼓及水晶朴两大件，是张芥帆河帅送来者。向东过自然庵，到石壁庵观张樗寮《金刚经》石刻，又吴琚《心经》石刻残字佳。至宋翻《鹤铭》，固不佳。近人重刻鲁公书《东方赞》尤谬也。六舟和尚在鹤铭原处得唐太和题名拓，黏庵壁，适裕鲁山前辈来，余暂避。因鲁山署督来查事，余不便晤，且有他官也。旋即去，余亦上船，从未末行至酉正，始抵大舟，逆水逆风难行也。王升早间不愿随去，因留视船而致坠舱底，伤其腰足，岂非数耶？

杨继盛，字仲芳，号椒山，因弹劾严嵩而被下狱迫害至死，谥号"忠愍"。

十二月

初一日 （11月24日）仍是西风，不得开船。上半天甚冷，晡后转南风，渐暖矣。着役送寄黄南坡太守信，从丹徒县（龚润森）处去。南坡属书《宝带桥记》，此时方交卷也。闻福建典试慧秋谷通政、路小洲编修两同年已到马头，作书往问并索得闱墨来，惜相距十里，不能过从也。

慧成，字（号）秋谷，满洲镶黄旗人。

初二日 （11月25日）大晴，为廿日所未有。西南风大，仍不得行。秋谷、小洲今日必早过江去矣。余去年由闽还，在此阻风三日始渡，何秋、小之幸也。未刻后，坐小筏子由小河西南行，即往龙潭之别路也。行至二十里铺，步至竹中，闻书声，有蒙师姓富，学生十余人，皆读《大学》《上论》者。旋至一小山，上种新松皆满，俱长不二丈耳，是即五洲山之麓。足力倦，不复登五洲而回。午后甚暖。

《上论》，论语前十篇之统称，起于《学而》，终于《乡党》。

初三日 （11月26日）晴暖，风仍不顺，不得行。午间，坐小船往金山江天寺，为正殿面西有夏桂洲、宋仪两大碑，和"大江东去"词者。殿后有王孟津"飞岩惊帱"四大字，巨方五尺。"帱"盖"涛"之误，甚不可解。由香橼□至江天阁，折至秀峰，为山尖，四望江帆上下，殊有远意。下至黄鹤楼，略见竹，有卖帖者，无佳本。下楼至玉带桥、朝阳洞，此径最幽异，为金山后面向东也。桥即东坡留带处矣。顺路东出，回廊倚水，进小门南折，又到浴日楼，因小阿弥引路者名明文，即性空之弟子也。出寺门西行，到行宫多□□方丈道华住东坡阁，未得见高宗诗刻。至远帆楼，极开拓，当年阅水师并看灯嬉处也。有园竹梧等，尚无恙，房屋多败损矣。闻船上锣声，知东南风起，赶紧回船，即刻开行。风虽不大，却甚安速。开行时申初后，至亥正过老河井而泊。

初四日　（11月27日）早风息，撑篙久之，抵新河口，距仪征县城尚有五里也。午初后阴，又西北风起，不能行矣。书联集《鹤铭》云："事词不朽，丹黄仙篆；亭石翔掩，江天岁华。"赠默深者。其金山联集坡句："人生安得如汝寿，江神见怪惊我顽。"焦山仰止轩联集《鹤铭》云："吾事未遂，上荡真宰；其词不朽，留表此山。"二联交丽白转送者。申刻后，周八兄（焕章）来，因留同饭，强欲令泊濂溪祠前，余未许也。

初五日　（11月28日）仍西北风，又阴矣。早坐小筏子东至老湖引，尽茅屋而江中盐船俱满，盖盐包上船处也。回复溯私盐沟而上，至捆盐洲看捆盐人，或打包，或过戤，或包小包，人多极。望仪征县城不可见，

过戤，即过秤。

闻尚在东北二里许也。回船早饭后，周八兄来，并其二子（德立、德厚）来。德立嗜画，惜未见之。各索写影格一张去。天复雨，周兄既去，乃复偕颜五兄（叙堂）、萧五兄（济川）来上祭，并幛列名者八人，皆同府人也。周焕章仍同饭，雨住去。

初六日 （11月29日）风仍如故，殊闷闷也。午后，焕章来邀，同坐小筏往城里去，无可观玩。到旧察院街，□可想见当日喧哗也。南门小如瓮耳。仍回船，则德立持纸在船，即为书对并条幅，晚间着人送去。

初七日 （11月30日）早，东南风起，即行。焕章同其次子来送，即留同早饭。行十里，风息，遂泊。焕章父子别去。南岸一望，芦花无际，有钓钩船泊在前，即去年子愚所坐者。夜略有见。

初八日 （12月1日）早，仍不得行。巳刻，船户欲油其跨板，甫移舟向空阔处，忽顺风起，遂行。风不甚大而船行颇迅。过段腰口，南面即栖霞山也。酉刻入夹山，向南行，系江中有洲，洲内路也。盐船吃水深，仍走洲外。戌正抵下关泊。

初九日 （12月2日）大顺风，而文武汛差皆迟至午后方对来，风转大，不得行，可惜也。申正略小，遂开行。戌初至库当夹泊，已四十里矣。有雨，不甚大。

初十日 （12月3日）行四五里至双闸口泊，风忽转西南也。邓介槎船后来，同泊，彼此过谈，遂至暮。夜大月，风顺而不敢行。见粮船衔尾前去矣。三更风更大，幸同帮有四大船缆相连属也。

十一日 （12月4日）五鼓即开船，余亦披衣起矣。真正东风，船行甚速。午初风忽住，不能行，勉强拉纤至针鱼嘴西数里泊矣。对江采石矶，不能去也。酉正，大风起，各船俱行，余以风虽顺而太大，不准行，船户以江边不可靠，坚请行，廿里至太阳河泊，已是旁风，进口时甚费事也。夜大月，昨日介槎约一路同泊，不意今日遂相失。

邓瀛，字登三，号介槎，晚清名宦。

十二日 （12月5日）风不顺且大，故不行。阴，至午后雨。早寒，得雨乃暖矣。问剃发人，知地属和州，距城十五里，有太阳河可至城下。

十三日 （12月6日）早，有小顺风，即行。风渐长，船亦渐快。过牛头河，想是牛渚之讹也。过东梁、西梁山，两山夹江如辟门，真有形势。西梁上庙树尤佳也。南折，又过四合山，山上亭甚大，周回皆见之，久乃别去。风息，曳纤行，距芜湖五六里而泊矣。夜月大。

十四日 （12月7日）早到芜湖泊。李复堂前辈（恩继）署道讨关后来送奠。晏心田世兄（淳）来祭，芜湖令也，言补此已二年。城内丰备仓乡绅捐建者，并无颗粒，而乡绅议论公事于此聚集，于官事颇多掣肘也。船家买米耽阁，因买酒四坛，并炭鸡千个。作第十三次家书，并寄孟慈书，均交樊又甫太守，由芜湖道署去。申初开船，而介槎先生船才进口，未过关也。顺风十里到澹港泊，尚早。戌刻风报不小。

十五日　（12 月 8 日）阴，东北顺风，天明后开船，竟日未住。九十里至荻港。又六十里至铜陵泊，因孔馥园世兄（传藤）昨日着人在芜湖迎来也。今日风略大，小船难行，其人遂未赶归。亥刻，馥园来吊，话至子正始去。船左右皆饥民，船昨日到此，皆高、宝一带来者，男女一千三百余人。馥园现筹截令归去，且将头望四人叩在署中，令其押众行，尚不定明后日能去否也。今日所走路多是夹河，正江在西边。夜略有月，风未息。

十六日　（12 月 9 日）早，巳初开行，因馥园说要来祭，乃未及来，而饥民船满左右，不能安泊，故行也。挂帆十余里，风息矣。又十里过杨山矶，石壁赤立，三四里上有线路，为纤夫而设者。又数里至大通镇泊。今日共行卅里耳。宋小墅前辈丁忧，梅生观察丈逝也。过船来话，知戴可亭相国去世矣。馥园着人来送奠仪，并马世兄（秀儒）一封，即手作复书去。

十七日　（12 月 10 日）早闻邻船开行，船人□起，亦行，连开船锣也忘却。竟日顺风。夜又有月，遂行二百里，于亥正抵安庆泊。日间过那吒矶，石立江心，殊为峭异，惜有庙覆之耳。江边各庙僧于风浪中坐小船乞钱，掀簸可虑。

十八日　（12 月 11 日）无风，不得行。步上坡，进西门，即八卦门直走，至四牌楼，寻书铺不得。折回，过司门口，仍出西门，左手转至钩而口，有书铺，然甚俭陋，无足观。回船早饭后，仍无风。又到大观亭，光景殊不如昔，有李海初联云："秋色满东南，笑赤壁以来，与客泛舟无此乐；江声流日夜，问青莲而后举杯邀月又何人"，殊有气概，不意其遽死也。邓石如石刻余忠宣墓二诗，篆法究非正派，未免恶习。夜月大。府县俱有人来探听，却无下文。自铜陵来无县署文书矣。

李振钧，字仲衡，号海初，太湖人，知名文人，惜早逝。

十九日　（12 月 12 日）晨无风。早饭后，忽有风，遂行。风不大而帆力足，九十里至东流县泊，方暮也。泊次，见邻船天灯（又名三星灯）因烛化烧落，亦可惧也。

廿日　（12 月 13 日）子毅弟死一年矣。孪生弟兄，我为独生儿，忽忽一岁。昨夜梦得异石十二方，约长尺余，广七八寸，厚三寸余。持而摇之，闻水声在石中。子毅作篆题曰"浪石"。复见长鼍出于室中，家人围观，鼍直前噬庭中豕，余足踏而将杀之，哀呼求命，余遂醒，聊记于此。早起，无风，船不得行。步上坡，进东流县西门，直行过县门口及学宫前，有青云路在学宫旁，沿而上，则学后平山也。下山西行，仍出西门。又北行至

鼍，指扬子鳄。

菊红亭，有靖节先生像及纯阳阁、太白楼，地可瞰江而屋院逼窄，殊不疏爽。靖节祠有其裔孙廷琇联语曰："义熙存甲子以还，巾惟漉酒，琴不张弦，余韵满空山，今日如逢怀葛；规矩溯高曾而上，庭尚横柯，篱犹绕菊，晚香园俎豆，此间即是柴桑。"颇佳也。

廿一日 （12月14日）无风，不得行。下午，南风报颇大，晴暖如春。相遇之邓介楂、宋小墅船俱未到。

廿二日 （12月15日）南风不息，仍不行。天甚暖，几不可袭矣。午后南风甚大，阻三日矣。

廿三日 （12月16日）五更顺风起，即开船。余即披衣起，方将卯初也。四十余里到华阳镇。又五十里至小孤山。山势圆秀，寺宇层叠而上，惜不在此泊也。又五十里过彭泽县。又六十里过湖口。彭蠡水南来，八里江北汇，而舟行者为夹江，直由西去。三江之会，水大无涯。入夹后风更大，至十八号泊，船仍摇簸不定，前后皆铜船聚泊，然风势可悸。余坐至丑正就枕，仍不能眠。卯初仍起。天明，开船矣。

廿四日 （12月17日）开船后风稍小。自湖口来，江面渐窄，眼界略平静矣。四十余里至九江泊，讨关未过。步上坡，至赵公桥，由大新门入至务本堂书铺，买得《柳集》及《四库简明目录》。旋入西门，寻庾楼，因在府署后，不得入，即由署右上城。至西门楼，见有崇祯十二年所铸守城炮，长约四尺。下楼出城，至书铺取书。由龙池古寺过烟水亭。有楼，上设陶靖节、白香山、李少室、周濂溪、王阳明五先生木主。（镜波楼有明崇祯年碑，被水啮损下半段）南亭槛尚有致，水名南门湖。身无一文，从龙池寺僧永高真修借钱四文，为过渡船之用。回船因风止，不得行。此间冬笋买二十六七文一斤矣。作第十四封家信，由九江关福观察寄京去。（早间舱板断损，李淦足踏板坠下，可惜也。）

唐代李泌因早年读书嵩山，故称李少室。

廿五日 （12月18日）早开船，风不甚大。又出江口，因昨夜来船挤滞，良久始得出。风渐转北，帆力弱矣，兼之拉纤。午正后始抵卢家嘴，三十里耳。遂泊，因此后向西北行，须东南风方好也。此小河向黄梅县去，先后泊船甚多。午间大雨，泊后更如注。雨息，风仍甚。

廿六日 （12月19日）风昨夜竟夕未住，丑刻方眠，亦不寐也。辰刻开行，船浅于沙上，久始得去，而风仍大猛。又西北行，不宜北风，未廿里，泊叶家灶铺面下数家，不能躲风，多加缆而船仍抑扬，不得静。午间风大，时飞雪数点，亦其时矣。竟夕风不住，阴寒亦甚。丑刻方寝。

廿七日 （12月20日）早，风少定，开船才数里，西南风大起，不可行。欲进汉河已不得，即下矛而泊。风冷甚，砚将冻矣。临晚移船拢岸，共系六缆方少静。

廿八日 （12月21日）天明，风略定，即呼船人移船向前二里许，至铺前洲口泊。转南风，又西风。今日甚冷。

廿九日 （12月22日）冬至节，风仍不顺，不得行，复泊一日。见岸上有移茅屋者，不一时顷，壁门、灶、柜之属皆移至，遂生小屋一座。冷比昨为轻，风不大也。昨应梦先公商定集名，前此无夜不梦，惜未按日记之。起甚早，并不觉日之短也。自镇江以来，有黄明府（维桐）□船，同行同泊，亦同乡人，而从未通问。闻船上人云彼舟中客不愿相见，故遂从罢。

卅日 （12月23日）早闻开船即起，天未大明也。有顺风，至橙子镇，风忽回，遂回帆，棹至龙坪泊。午日甚暖。申正后，有风顺，复行。戌刻抵邬穴泊，得廿余里，比不走好。

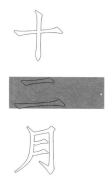

十二月

初一日 （12月24日）子正，大风起，船桅鸣动，急呼榜人起，则断不可复泊，因令扯一半叶帆行，船遂平稳。四十五里至田家镇，风略平，令少泊，仍不可眠。至天明行，风乃顺利之至，因东风极难得也。巳刻，抵蕲州泊，为封差也。江心钓鱼台因山作台，峙出江流，气势雄杰，惜未及往登。上坡，至禹王宫、阅江楼，有石壁尚峭削。沿街进西门，至父子侍郎牌坊而返，仍顺东南行。过道士洑，一段山势俱秀削。过黄石港，又过石灰窑，一路皆山也。出夹河，至巴河港内泊，闻此小河可至罗田□巴河，为故人陈秋舫之居，中状元而遂死，思之一慨。今日共行一百八十余里。早间过龙蟠矶，青松丹壁，回合映抱，甚佳。昨一夜未眠，今遂倦，早睡。

初二日 （12月25日）早，仍有风，行过武昌县西，树木蒙密，回忆当年游寒溪寺也。共卅里到黄州府泊，无靠船处，偎岸系维。因须对武营护差，即步上坡，至赤壁坡公祠、二赋堂，并谒于清端公像。诗刻甚多，却少佳者，都是寺屋，不见山矣。可叹也。问竹楼，知今在南门内，不及往。开行，不数里，风遂止，曳纤行。又共卅里，至三江口外泊，船人争论泊处甚喧，可恶。上灯后，自步至三江口营房处看。

初三日　（12月26日）无风，曳纤行，向北兼向东，又向北，渐向西北，共三十里至团风镇泊。此处最为周折者。巡检陶廷梅来见，年八十二，有曾孙二人矣。耳目尚佳，然老态可怕。今日复暖。此地出萝卜，二文一斤。

初四日　（12月27日）天明许久始开船。东南风顺利，向北兼向东北，渐向西，至沙口泊小河中。此河入黄陂县去者。约共行有八十里矣。江夏令何渭珍差人接。

初五日　（12月28日）孪儿生日，今止一耳，又衔恤，痛何如也。顺东风西南行，十五里过青山，山树丛蔚。又三十里至武昌暂泊。作第十五封家书，遣人送交伍实生中丞丈处。旋荷差人送十月十七家信来，发信日即子敬初度日，亦奇也。家中自母亲、伯母均安适，尚为曾孙作满月，聊足慰老怀耳。林廉访差接，申正过江，泊襄河口内，较为稳妥也。署汉阳令赵世兄（德辙）差接，夏干园前辈太守亦差探，然俱未来。船泊时，着人持锚缆到江中流测水，共深十丈零二尺，挑除斜势一丈余，约深九丈。江流愈往下愈深。昔闻人说武昌江深四五十丈，心窃疑之，若果然则九江以下当如何深耶。今亲测之，乃得其概也。此间夏水大极，比辛卯年止低一尺五寸，而此刻水落，则较常年为甚，约比常年嘉平月河面窄了四五丈矣。此处为周敬修制军审李太守入情实事，有钦差麟梅谷、吴瀹斋两侍郎来讯结。闻太守得活，则制军当得失入处分。又闻其郎君为他事下狱。制军有威武而过于严断，昔作漕帅，约束水手极得名，于地方则非所优也。若因此斥退，才具亦正可惜。

吴其濬，字瀹斋，号吉兰，清代植物学家，曾任户部侍郎、湖南巡抚。

失入，指轻罪重判，或无罪而被罗织入罪。

初六日 （12月29日）早，因船户有事，不得即行，止好且泊。榦园前辈来谭，知唤夷尚未退出定海，真不得安帖矣。干园请入署，余因从未入人公署，兼此间杂聒，不敢片刻离船，因辞之。旋着李元送程仪来。孙方伯着人送奠。何江夏送水礼，收二色。陈东平司马（坡）来奠。昔为我州牧，甚有名，不见七八年矣。闻在此官声亦甚佳也。因言及少穆丈于被议后仍上一折，论唤夷事，极恺切，当索其底也。署令赵世兄差人送祭幛。买冬笋，十六文一斤；黄牙白，四文一斤；油鱼，三百六，比扬州贵四十文；墨鱼，一百八十文。

初七日 （12月30日）早，顺风开行，向西南直去矣。卅里至串口。又卅里金口。又四十五里东江脑泊。将泊之一二里，向北行，逆风拉纤甚费力。船户胡光明未上船，各水手佳者亦多散去。老榜之不得力如此。三更，光明回。

初八日 （12月31日）雇短纤曳行。此间有北行十余里，所谓望也。出望后，顺风行，约卅里余至牌洲。走夹河内，沙滩水浅，不足四尺，而船亦毂过，然榜人甚当心，不如走正江为妥，但稍远耳。至上牌洲泊。赵静山世兄（德辙）差人送奠，因作书复，并致书陈东平司马。二更小雨。

初九日 （1841年1月1日）早向东行，带北风，十余里仍顺风，九十里过嘉鱼。上夹口，候对差人不至。酉初复行。十余里至龙口泊，江面不狭而沙滩浅处颇多，非从前江势矣。竟日阴。

初十日 （1月2日）大风，船户说不好走，遂未开船。午间雨冻珠旋，下米头雪。至夜，风仍不息。坐至丑刻方眠，仍不寐。

十一日 （1月3日）风少和，雪已住。开行，过六矶口、祭风台，恨不得上去，共行六十五里，至新堤泊。上坡，到闸边看水，系由内小河出江，恐其驶而渴也。既为之闸，复树石以拦其前水，遂涌起六七尺如银花然，内河可往樊城矣。对差人到来，因趱至前路，复折回也。新堤建一楼颇大，未成而止，上已挂扁，云"东跨黄鹤，西控岳阳"，其言侈矣。

十二日 （1月4日）早，大晴见日，而甚冷，然墨尚未冻也。顺风西南行，四十里至罗山。又廿里至白鹿矶。矶石三四棱，出江面，好在无庙盖之。又卅里至荆河口，水势颇大。又廿里至岳州西门，岳阳楼下泊。因南星涧水渴，不可泊也。着人告汪宅，老七、老八来船，知老二、老满俱往柳城任去，蔼卿丈到广东翁源任，九日而殁，官途可叹。去冬十一月殁，今年已回矣。两兄在此同晚饭。吴瀹斋少农丈差人送奠，闻暂护湖广督印，周敬修制军已褫职，裕余山中丞升湖督。夜，有参将率守备等四人来行礼。

十三日　（1月5日）因船户会吃、答价，住一天。
半阴，作寒。巴陵县吕（裕安）来拜，旋送路菜。闻吴瀹斋丈已放湖南巡抚矣。有汪三丈（高士）之子老九来，与□姻翁为亲兄弟之子也。申刻上坡，谢参将、大令步。到汪家，看其大哥、群儿共二十余人。又老二于前日得孙，姻丈为见曾孙矣。出城，上岳阳楼，新修，颇好，惟最高楼为老道茶所，殊不爽雅，真可厌也。仙梅亭、望湖楼俱新修。出城，回候吴中丞、易比部、九兄，俱不求会。回船，则汪氏七、八两弟来上祭，仍同饭而别。

十四日　（1月6日）船户事未清，风又转西南，止好又住矣。有汪府之戚李明试（绩堂，四）来祭。与芝房丈亲家，即四门亲也。谈及临湘地师陈全德专讲峦头，人亦朴雅，且留意焉。汪老七来送路菜。午间奇冷。上灯后，王平舫广文来，云及益阳周姓地理尚佳，胡云阁丈所信也，而忘其名。

十五日　（1月7日）南风，不得行。天晴转暖。早晨，上坡至河街文德堂、三让堂两书铺。三让无

峦头即山峰，因风水主讲"峦头气理"，故指代风水学。

可观，文德堂颇有几本书。买得《梅氏丛书》一部，一千八百钱耳。下午，复步至宝塔前，沿岸归。沙石上碎螺蚬枯者极多，皆长水时所积孕者也。夜大月。

十六日　（1月8日）南风虽不大，仍不得行。钦使船仍回至南门前，由陆路去。午饭后，夔守廖鹿柴来奠，亦丁艰归粤。知陈卓堂于前月廿四日始接任也。鹿柴前在水曹，为老人所最赏识，朴实任事人也。言及白盐、赤甲、瞿塘、滟滪之胜。滟滪堆石高数十丈，山脚系三足支水中者，果奇也。复过船回奠，适杨诚村军门船北去，闻升陕甘督，不审确否，若果尔，则又踵忠武后矣。

十七日　（1月9日）西南风，不得行。甚晴暖。船前木樟渐坼尽矣。午后，汪老七来（勋伯）谈，求挂屏。夜月，不甚清。

十八日　（1月10日）早有东风，少顷，即转东南风，各船俱开动，我未敢行也。竟日暖。老七、老八来索字，留同饭而去。

十九日　（1月11日）寅正后，乘残月，顺风开船。披衣起看，有烟雾，不见君山，湖水落甚，尽成河形，无不见岸处，向来未遇也。行百五十里至白鱼岐泊，上有石塔七层，在龙王庙旁。庙中无僧道，嘉庆十八年新修，又丙戌重修，有新碑记七八坐，不及遍观矣。晨起冒风，下午不甚适，戌刻即睡。闻雨声风势少歇。

廿日　（1月12日）天明行，过云田□、芦陵塘，有河，西南往益阳，通常德路，此为湖口，今则□入河流矣。东南行至浅滩，上不得过。曳纤扯锚，约二时方过，已申正矣。过湘阴县，至扁担峡口泊。停滩时，彭十八（申甫）同年北上搭铁船，搬滩不得行，过来一话，托送口信与府围后义顺烟袋铺。岳州葬事，棺底不漆，土不筑，而两旁及前后砌砖为郭。彭十八兄说以樟树叶泡水做三合土，比糯米尤坚实。

廿一日　（1月13日）天明开船，甚顺利。入三十六湾，水窄而多浅，又不能走，风殊为费力。过湾河口后略好。至清水望，又敧侧而行。拦江沙浅多处，俱在乔口以南，为从来所未见，从前但知乔口有浅耳。江山之势，日有变迁，况人事乎。酉初后，抵大西门泊，风雨更大矣。着人付信与刘穉泉明府、唐应云二兄。穉泉着役来，又着仆来照应。风雨仍大，终夜摇兀，不敢安寝。

廿二日　（1月14日）早到铁佛寺看屋，嫌其潮暗，未定而归。早饭后，到洪恩寺，定得南屋，甚开敞，先定金刚院遂不用矣。唐应云来看，并着人送到家信。晚间，熊河亭、刘穉泉来。又李梅生来，询悉一切。复得家书。张振之学使上船。吕丽堂署道过来拜，适余再到洪恩寺去，故未得面。

李杭，字梅生，湖南湘阴人。

廿三日　（1月15日）早差人告知各衙门于廿四日厝殡也。裕余山制军行，差人道念。熊大兄来早饭。张辅垣世叔来即去，因同河亭到洪恩寺审视，即留李淦去彼督其收拾。张第蓉来，未得晤。张见臣之弟老八来。先是，得吾二兄来，旋知是今日生日也。晚间熊世兄启咏来，日间旧仆杨太、张捷来。夜半大风雨，甚忧虑，恐明日如此也。

廿四日 （1月16日）五更时风定星出，天大晴朗。船中收拾，一早全清。候执事人等，至巳初始奉先公枢及毅弟枢行。进大西门，出南门，到洪恩寺，约有八九里。晴后路便好行，兼且无风，吾父有灵如此，何不多享寿几年，且慰且痛也。午初安灵，得吾、辅垣诸先生咸集，张学使来，孙司马来。行李起坡，至晚方齐，因人客未断也。今日小年矣，怆极怆极。刘雨耕来，痛悉七姨姊于前月病逝，此番竟不得一面。内子亲姊妹二人，今遂独矣。如何如何。夜仍不安寝。半夜大雨如注。

廿五日 （1月17日）仍阴雨不开，昨日真大幸也。抚、藩、臬、道公祭，于未刻行礼。吕丽堂太守又独祭。客来络绎，至暮乃罢。书物收拾将清矣。

廿六日 （1月18日）竟日雨不住，好在风不甚入屋耳。杨韫山师来，道貌胜前，官声极古，政教也罢了，止累重不知如何办法。作十六次家书，送至中丞处。

廿七日 （1月19日）冒雨入城，各处谢步。得吾房屋更新矣。晓雨耕、第容、韵楼、李年伯母、西台及沈栗翁、应云，共廿八处。归寺，已暮矣。穉泉明府来，季眉兄弟来，俱未晤。

廿八日 （1月20日）雨连日，夜不停声。昨夜大雷，亦奇事也。今日大寒节矣。张紫垣世叔来。胡雪门、叶桐卿来上祭。恒太守来上祭。

廿九日 （1月21日）早行，雨少住。轿夫走醴陵坡，甚窄滑。归浏阳门大路，三十里至兰陵渡河，此河北流至北门外五里归湘者也。又八里至麻坛，又五里至指路碑处，问蚌塘，遇黄姓孩童，引向伯父坟。周九佃夫来导，坟前一恸，遂隔音尘者五年矣。坐南向北，山势尚好，惟面前塘水似不甚顺眼，明年再来看也。天色不早，即行。踏泥买烛，约头鼓后赶至兰陵万家店住。屋黑如漆，被褥可想。与舆夫烧柴烘衣，吃甜酒数杯。就寝，略得睡便醒，而舆夫坚卧，至天大明始起也。

卅日 （1月22日）天大明行，雨变为雪矣，比昨殊冷。三十里至浏阳门，由城内行。午刻回寺，黄泥粥中过了一天半，却未害冷，可幸也。张振之、刘穉泉、叶桐卿诸君尚纷纷馈岁，慰我怆寂，亦可感也。由直隶、山东带回梨、柿、枣、楂各食物今日分送张太师母、李姻伯母、张得吾、张第蓉、刘禹耕、唐应云、杨韫山师、熊河亭、刘二十婶各处。昨日铺地板。作十七次家书，夜雨未住。

道光廿一年

元旦 （1841年1月23日）天阴，雨。一日无客，悲寂自叹，仍照京中年事作水饽饽上供。

初二日 （1月24日）有拜年客矣。桐卿、季眉俱来。

初三日 （1月25日）客来多，竟日少暇。午后欲晴。李梅生在此晚饭。

初四日 （1月26日）早，步行至城南书院，回憩颍流亭。天雾解而日出，遂大晴。

初五日 （1月27日）早复阴，且有雪矣。早步至江边，水清浅甚。杨韫山师来。胡湘琳来，索先公诗墨，将刻入楚碑中也。闻常德兵将到，顿宿于颍流亭次，即在寺门前。问中丞要妥弁来弹压，差蓝朝栋来。夜，作寄道州书，报回籍日期也。南店尾及芷庭银信都交去，脚子姓彭，辜铺所说。作书致署道州薛文超，浙江人。

初六日　（1 月 28 日）脚子来，领信去即行，来回说明七千文。第十七次京信仍取回，闻除折差外，无可寄信处也。河亭来早饭。

初七日　（1 月 29 日）早大晴，见日。昨夜本见月也。作书与何积之，邀其来。脚子姓刘，杨太所觅。杨世叔（家楷，号模山）同两世兄来（又恂、又懿）。张六叔同蕃官来，张老四来，告困，少有所照。唐应云许惠兰花二盆，何日去取，旋即付来，并玻黎二块，是明日矣。青皮秋梨七百余枚，止百五十枚差好耳，仍不送讹友。

初八日　（1 月 30 日）暖，遂阴。客来五六次，遂竟日少闲。夜雪，蔗农丈来，蒋奇男之世兄亦来。

初九日　（1 月 31 日）雪不住，至夜仍落。今日无一客来，寺中亦无游人，雪太大也。因□午庄同年明日北行，破例往回拜。踏雪持伞，身上甚暖。便到文光堂书铺，殊无善本书，仍冒雪归。本意过元宵方谢步也。夜雪大。

初十日　（2 月 1 日）大雪未住，计当深一尺许矣。南方雪易化，存地上者四寸耳。午初雪住，令仆辈掬置火上化成水，各得两坛，为早茗之需。屋后竹有被雪压倒者。今日无一客来，甚静。

十一日 （2月2日）昨夜见微月，而今乃无日出，然雪不下矣。有风，颇冷，但不冻墨，比北方总暖也。王司马（宾）来奠，由湖北告病归。

十二日 （2月3日）内子生日，不能不痛七姨姊也。竟日阴寒，无客至。夜微见月，下半夜暖。

十三日 （2月4日）大晴，日色极明，雪化雨声，山寺如注，亦奇境也。李载庵来，共食面，为谈地学，殊爽直可人也。先公行述欲另刻一板，昨夜校清一本，今日付陈如崧去。月夜，本寺有龙灯出去。夜暖。

十四日 （2月5日）天阴，尚未雨，雪融亦未毕也。夜小雨，复微见月。

十五日 （2月6日）竟日阴，有小雨。龙灯至半夜尚有来者。陶子立处看坟人许姓来叩，在新开铺，亦系耍龙灯来。未到寺中，我不管他，遂罢。

十六日 （2月7日）早饭后，进城谢步。得吾、应云、杨老师、河亭、临川处俱少坐，余则投片而已。归已暮。夜仍阴而暖。

十七日 （2月8日）总作十七次家书未毕，又得嘉平十九日京信，出江后信俱未到京，可怪也。

信由杨临川四兄交折差，内有伊寄银信一节。粤东夷匪警报日闻。永州尚仁庵太守来，言彼中三炮台已失其二，现有钦差奕山及隆云章尚书、杨诚□通侯为参赞前往，而林丈尚未见起用，是彼夷所最畏慑者，奈何奈何。今日阴。

奕山，字静轩，满洲镶蓝旗人，鸦片战争时督师广东，讳败为胜。

十八日　（2 月 9 日）早饭后，杨老师、张第容来，师笙陔又郭粹庵、张赤山同年来。即出门，进城各处谢步，到北门外文昌阁姨姊灵前一奠，可痛也。进北门各处谢步。至禹耕处少坐，仍归，又暮矣。今日大晴。

十九日　（2 月 10 日）早微阴，竟日时阴时晴，殆难晴准也。午间，诸客沓至，沈栗丈来，携开成井阑拓本去。李老九家亮（号半农），莘农四姻叔之子来，照应姻母汪恭人柩也。因言张恭人坟柩久知朽烂，当谋重敛。然则老毅前配之棺必类是矣，可痛可痛，宜急易敛方妥也。曹福明日回贵州，因作书致双圃丈。

廿日　（2 月 11 日）大晴。得吾来奠，因留饭，食面。

廿一日　（2 月 12 日）饭后，李载安来，少许，河亭至，张辅垣、紫垣世叔来奠。余星堂丈来奠。河亭、紫垣、辅垣及蕃侄、荻舲同饭。饭后，与河亭同步至后山而别。

廿二日　（2 月 13 日）早起，与紫翁同渡河，至坦子平，西南行至李家山，又南行至灵泉寺而反。

廿三日 （2 月 14 日）脚子由道州回，得鲁泉七叔回书并薛州尊书，知回籍呈子已递，系写正月廿八日到籍。早饭后，到应云处，复各处谢客。余星堂丈说有张书田先生（再彝）之子地学专恃目力，而不多看书，想是有天分者。阴，薄雨，微雨。

廿四日 （2 月 15 日）大晴，寺中有亡僧，付茶毗会者数十人，可叹也。熊韵楼来奠，即作书约鲁泉叔于三月间来省，信交韵楼去。柳七星之子（堃）来。刘穉泉送席，不可解，然不能却，尽可惜耳，却本不佳。

廿五日 （2 月 16 日）五更即起，舆夫天大明始来。到蚌塘看墓，龙脉不见真切也。复到老虎坡看生基，未得其后龙过峡处。雨来，遂行。到兰陵搭得于姓倒扒船（一百七十文）。三十里至怀夕渡，已定更后矣。上岸，五里至小马门，闻放二炮，由城外绕南而归。幸雨时止时作，故赶回耳。

廿六日 （2 月 17 日）到应云处，即各处谢步去。到得吾处、次原处。天妃宫手植芭蕉尚好，惟补绿轩扁甚污黑矣。遇出兵，甚威武。

廿七日 （2 月 18 日）发第十八次家信，因李乘时信行有银脚子去也。（何积之回信到。）下午得家中人日书，大都言唭夷决裂事耳。熊河亭来早饭，复来宿。

廿八日　（2月19日）与河亭过河去，到云界湖湾看子谦兄坟也。戊戌秋一别，遂此一抔土，可痛可痛。饮乡里酒一盏，头疼，急归，半夜始愈。河亭即住彼矣。

廿九日　（2月20日）步至应云处，因其初头往江西去也。旋至栗仲丈处借《经典释文》。与谢蓉裳谈地学，约初八日同看山也。归寺后，应云来上祭，载庵亦同来，旋别去。张文裳来作别，将往粤东，家中窘甚，约过节时送钱去。新任善化令沈君（洽）来祭。夜大风雨。

初一日　　（2 月 21 日）大风少住而雨脚不停。孙仲乔（颐臣）来。

初二日　　（2 月 22 日）雨且雪，甚冷。李西台、季眉及眉生来上祭，因留晚饭。

初三日　　（2 月 23 日）荫云行，往送，未值。归寺，来别。载庵送至跳马涧，说明日方回。余进城谢客，暮归。熊河亭来宿。觐觐今日出嫁矣。（得十三日家书。）

初四日　　（2 月 24 日）早，张紫垣丈来。早饭后，与河亭三人步，从山后看黄土岭陈家坟园，余、贺各坟园。到马云庄花园内少坐，饮白沙井水，旋同至社坛街而别。李半农在此，与商前二娣枢事，约一日内有回信来。

初五日　　（2 月 25 日）

初六日　（2月26日）大阴雨。早饭后往金盆岭杨家回拜，留款半日而别。禹村、铁心学书之意甚勤也。走省龙正干都向东去矣。雨竟夜。

初七日　（2月27日）载庵昨晚来宿，谈至半夜，今日出地学书，对雨看之。张学使来作别。

初八日　（2月28日）早雨住，与载庵即行，由朱张渡过河。新到川兵，兵船沿岸如鲫也。午间到小冲，又到大冲，回到李家，吃饭后，绕出谷山后，望见尖山。到谭家山看地。至载庵家中住。

朱张渡，位于今长沙天心区，为湘江古渡口之一。宋代朱熹、张栻在长沙讲学，常在此渡口乘船往来，故得名。

初九日　（3月1日）早饭后到香草堂。过尖山脚，又到郭师桥午饭。回头至延寿庵后，再看前日所看之地。雨来急行，由中渡过河，风甚大，可怕。回寺已上灯矣。竟夜雨。

初十日　（3月2日）雨不住竟日。作第十九次家书，交抚署。（说明日有折差行。）

十一日　（3月3日）雨如昨日。两日与载庵谈地学书，无一客来，惟欲看山去未能也。

十二日　（3月4日）雨未住，午后方歇，而风甚大。进城谢步，归。夜略有月。

十三日　（3月5日）早薄阴，旋见日。早饭后，与载庵同过河上尖山，山路陡而尚可行。石曜奇崛，山顶平如一席，坐谈久之，方下。到载庵家。饭后看香草堂水口，罗星师象甚佳。

十四日　（3月6日）雨，不能上谷山去。门对尖山，时忽不见。午后，到高椅坡略一看，回至乾八山，小憩归。

十五日　（3月7日）雨不住，到高椅坡后过峡处细看，至戴公祠，又过龙姓家午饭。连日宿李家，载庵呼其子出见。出题课之。

十六日　（3月8日）雨小住而阴云不开，止好回去。同载庵回寺。

十七日　（3月9日）早进城，至唐家，过登隆街。又至西长街，寻七星未遇。过第蓉处，留吃点心。至得吾处，未遇。归。

十八日　（3月10日）早，载庵来，即过河归去。竟日雨不住，且甚冷，令人缩栗。时过惊蛰，忽春寒若此，意者天之创割暵夷乎？体中受寒，不甚适。左胁作痛。

十九日　（3月11日）竟日风雨，冷如昨日。

廿日　　　（3月12日）风雨比昨少差，而亦时止时落。寺门望隔江山却无云雾掩覆，举头则满天云雨也。或者明日可晴乎？

廿一日　　（3月13日）雨略住，过河去而雨复来。宿载庵家。

廿二日　　（3月14日）竟日大雨，未尝出去半步。李龙同晚饭。

廿三日　　（3月15日）早饭后，同到高椅坡一看，殊觉有疵。午后雪珠进下，傍晚雪大，遂竟夜，甚冷。

廿四日　　（3月16日）雪住，略见日而旋阴，因即回寺住，久亦无益也。申初到寺。雨竟夜极大。郑辛田给谏来。

廿五日　　（3月17日）入城谢步，季眉、得吾处谈久之，雨仍不绝。闻粤东消息不佳，关提台、祥镇台俱死于王事，虎门已失去矣。第二十次家书交杨四兄，折差说廿七方行。

鸦片战争中，水师提督关天培、总兵祥福英勇牺牲。

廿六日　　（3月18日）　雨大，寒略减。杨蕴山师来索作书与李花潭，时已补应山令也。师已改教，无归资，嘱其伙助。熊大兄来晚饭，言及左姓外科甚好，住樊西巷。

廿七日　（3月19日）竟日阴而未雨，或者可望晴乎。上半日极冷，下午略好些。柳世兄来，约同至胡百顺木行。与地师吴文彬谈，自改祖坟三穴，止一穴有骨四根，余二穴皆泥一堆，可惨也。杨临川送回第廿次家信。折差未必到京，故不带信去，其实因杨四兄托寄银两而却回，可叹也。家信之难达如此。

廿八日　（3月20日）竟日未雨，午间略见日色，亦不算晴，而寒气顿减矣。问蒋维扬要书单。维扬名环，以一穷秀才从前刻《国史·功臣》《名臣》《贰臣传》等书，以利学者也。复往江南载书而归，多长沙书坊中所无，固是豪士。

廿九日　（3月21日）雨复竟日不住。自昨日来河水大长，船都泊入菜园内，低坟多在水中矣。今日是李家起土日子。

卅日　（3月22日）仍雨竟日。夜忽见星，且甚暖。

初一日 　（3月23日）无雨，亦不见日。着人至竹子
　　　　　冲者说瓦店铺一带长大水，须渡船方可过矣。

初二日 　（3月24日）早，着王德到麻林桥李老九处，
　　　　　因前娣氏重改殡事也。早饭后，到荫云处，
一话即归。竟日未雨。

初三日 　（3月25日）雨竟日，却不似前此之寒矣。
　　　　　李载庵抵暮来。陈如嵩刻先公行述，今始刻
竣，迟延可叹也。

初四日 　（3月26日）荫云来早饭，即同到荫云处，
　　　　　有所待，竟日未得成。明日是其母寿日，人客
如织，花园中枯坐大半天而归。王德自李家归，得半农回书，
知娣氏改殡，棺底坏而其中无损，止易被褥而已，殊可慰。

初五日 　（3月27日）　早饭后欲往松树嘴去，适雨
　　　　　小住也。坐兜行，出北门，至陈家渡过河，

雨大来，风极冷，仍渡河回，出城十里矣。入北门，至紫垣丈处，看刘雨耕，方病足，小愈矣。早间访蒋维扬，谈少顷而别。

初六日　（3月28日）起稍迟，昨夜不眠也。早饭后入城，到师笙陔处、唐应云处、李季眉处。回到天心阁看省龙，到浏阳门开幛而入也。到沈栗丈处。出城看熊雨胪，归寺已暮。家中绍濂弟及士林侄同来看，问家中光景，怆慰兼之。载庵夜来宿。

初七日　（3月29日）载庵一早到杨家山去。四弟、大侄饭后往城中。张老四来索助，因初十须上馆，无铺盖也。今日始闻四弟说鲁泉叔于二月十一日去世，闻之惨痛。家庭多故，仗吾叔支持一切，自三叔、十叔于去年逝，四伯父亦于今年二月逝，凶信叠闻，复有七叔之事，从此诸父行仅一二人矣。闻广东杨侯以奇兵制胜，英事将定乎？

杨芳，字诚斋，晚清名将，封二等果勇侯。

初八日　（3月30日）阴雨竟日。两弟侄做起讲二，俱有秀气，殊慰望也。陈屏南来，少坐。

初九日　（3月31日）雨甚大而略住。早饭后进城，得吾处少坐。看从前住处，俱有仓装谷，殊为怅叹。第蓉处吊慰，见其尊人。杨临川辜铺，到临云阁书坊、三让堂书房买书未就。到应云处，未值，即归。载庵来晚饭，出城时遇大雨，街上水骤溢。得二月十六家书。

子敬言嫁女之凄凉，闻之惨淡。琦相查抄锁拿，大快人心。又闻杨果勇侯于十七日出三路奇兵，大获全胜，竟已有歼艻之势。国家太平之福方长矣。

初十日　（4月1日）雨竟日，甚冷，人人思烤火。载安来宿。

十一日　（4月2日）天晴见日。自初四以来，将四十日不见日矣。然又时阴时阳，但不雨耳。熊河亭来饭。先是，李枚生来，因与同到寿田丈墓所，顺步至对面太乙寺而回。

十二日　（4月3日）早起，同弟侄往谒蚌唐伯父墓，路泥泞甚，不好走。登穴上却看得明白。回到兰陵吃饭，雇乌江子船，由淮西渡上坡，入小乌门，出南门，归寺二鼓矣。幸一日时见日，途中飘雨数次，尚不至沾湿。暮后略有月，故未免灯烛。

十三日　（4月4日）复阴，又将雨矣。早饭后，步入城，路遇陈屏南，谈久之。过应云处，遇苏州马姓者持鲁公《竹山联句》墨迹来，可想见之。到李家，与西台谈。到三让、令德两书坊，归寺，天甚黑，对河山尽为云掩尽矣。夜大雨。

十四日　（4月5日）清明节。吾父之逝，遂再阅清明矣。痛切痛切。早饭后，谭同年来，邀往城南书院后山。高峰寺看地形，甚开敞。小雨时止时作。归，周姓说有苏帖，过几日送阅。今日忽患胯下痛。

十五日　（4月6日）胯痛殊剧，士林侄为开方服药，用丁香、炮姜等，亦无效也。

十六日　（4月7日）痛如昨，李景春、丁植两茂才来。早饭后，用麦麸拌醋包熨较减痛矣。刘稚泉来，留食面饭而去。夜大雨达晓，有雷。

茂才，即秀才。东汉时，因避光武帝刘秀讳，改称茂才。

十七日　（4月8日）早雨，饭后忽晴，有日色。弟侄归去，寄归行述二百本，祭挽文八十本，寄蓬仙叔信一封，付回柿饼廿斤、梨六十个、枣十斤、阿胶各一斤，其三里红坏尽矣。午后进城，得吾不在家，闻弹压难民去。到维扬处取《名臣传》一部归（三千六百）。接得河西信。复入城，到荫云处，适得吾、霁南、唐三俱在。三君去后，甫数语而季眉来。余归寺值大雨，将起更矣。维扬说用烧酒糟炒敷腰胯，果然好方。闻粤事甚险，省城盖被围矣。

十八日　（4月9日）大晴，为两月来第一次。痛腰略好些。午饭后出北门，十里至陈家渡，又十里至高岭，看枞树嘴生基，尚清秀，但不厚大耳。丈尺内被蔡家葬却一坟，因无人经管也，并界石全毁去矣，可恶可恶。饭铺前看尹家坟，乃小富地，无秀气。饭时有人持舒家滩地图见示，不见佳妙。归沿大河入北门，到荷亭处，归寺戌初矣。

十九日　（4月10日）早起，先到小西门看晏筠唐，即过河到小冲。由右手过山，到青石沟看张大兄，登山看其葬母地，留午饭。由大路归，便路看龙王岭杨家所买茔地。归寺，又往苏家巷商议，二鼓始出城晚饭。竟日大晴。晚阴，夜雷，雨复竟夜。

廿日　（4月11日）雨未住，筠唐来，遇雨久谈。同到浏阳门外，过峨眉小饮，到蒋家段看地。雨大，不得下田，遂归。中途雷雨风大极，而兜子不可住，浑身透湿。至南门街饭店略歇足，仍冒大雨归寺，急换衣，风雨遂竟夜。筠唐自入城去矣。

廿一日　（4月12日）早，载庵来，知山事有成矣。同饭后，进城，到得吾处，文光堂催书。出浏阳门，至杨家山。午饭田父蒋姓。回到苗家湾，走白沙井一路归。得研孙书。

廿二日　（4月13日）天明即起，与载庵同行，至龙王市始遇荫云，同到谭山下。下山，到李家庄屋食鸡蛋。归过霁南处。唐宅遇西台，知粤中消息果好。

廿三日　（4月14日）早，看陈尧农，子敬寄到书二包。晏三兄来，共早饭。有地师胡椿林，系杨老师所荐，忽自来拜，自称精于地学，负书十一大本，皆手钞者。单宗蒋氏三元，余不敢信也。又自言年将九十，恐未必，老态殊可怕耳。与筠唐到栗丈处，遇毛青园共谈。天黑欲雨，各散，归而复晴。作廿次之三家信，交抚署。今日因托稚泉饬差护山，着人探候，至晚方得。

廿四日　（4月15日）早，过河到李家庄屋。吃饭后，上山周视，有未释然者，复到老载处邀同上山一看，事定矣。

廿五日　（4月16日）早饭后，仍到山上一看，即由尖山下，复看一地，颇有致。归寺时，季眉同两友来看帖。闻谭家早间有人来，前事似有摇动。

廿六日　（4月17日）闻山中人哓哓，不知其族人如何隔阂。凡事有定，只好别作打算矣。老在午后来，亦将束手。我寻荫云，未值而归。写对联数十付。阴雨。

廿七日　（4月18日）小雨不晴。早饭后，独至蒋家段王家庄屋看地，不见束气处，未可据也。

廿八日　（4月19日）过荫云处，即过河北行，看地两处，均不惬意，到小冲吃午饭，归。出门时遇德和等，甚多事。今日复患腰疼。

廿九日　（4月20日）腰痛甚，未出门。坦丈来，亦不得侍，可怅也。紫垣叔来晚饭。雨复落，遂竟夜。

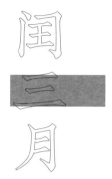

闰

三

月

初一日 （4月21日）早饭后，河亭来，共晚饭而去。李梅生来，知其初三日往县应试也。昨服药，晚间发风团，遍身奇蚌。今日大晴。载庵二鼓来。

蚌，应作"痒"。

初二日 （4月22日）晴。午后复阴，然不雨也。师笙陔来，约看山，答腰痛风蚌未愈，不能定期。辅垣丈来，同吃点心而去。丁净吾来，问知昨日来，言唐倬伊祖竹心先生曾作永州教官也。

初三日 （4月23日）大雨竟日。腰仍未全愈。曾六来。

初四日 （4月24日）晨雨忽晴，遂见日。至暮，王实堂（汝诚）自广东解差来，知彼中仍以和为主。和者，通商也。嗟夷不能陆居而我师不能水战，岂陆则我胜，在水则彼强？相持多日，迄未正战，而我兵将被炮死者已数千人，将就了局，亦属无奈也。

初五日　（4月25日）雨甚大，竟日不住点。晏筠唐来，将暮方去。大风奇雨竟夜，后山大树有失根者，可悸之至。

初六日　（4月26日）早闻昨晚河中坏船极多，损失舟中人知数者六十余，真是怪风。今仍不息也。午间，胡湘琳来，致陶世兄书，求书文毅公入祀贤良祠碑。雨少住，即入城，回谢数客。荫云、实堂俱晤。到府学宫周视，得吾、霁南俱在，吃点心归。今日冷甚，仍穿大毛褂矣。风夜息。

初七日　（4月27日）阴寒有雨，难过得狠。王实堂来作别。今日看书坐久未动，腰胯不如昨日。河水大长，船近寺门，不得下乡，徒深焦急。

初八日　（4月28日）阴寒如昨，大裘亦不甚暖也。国老师着人来别，即作第廿二次家书付去。早饭后到船送行，即过河，河水极大，又唐家湖水亦大，须过渡，到瓦店铺，一路雨不住点，将昏黑始至竹子冲宿。

初九日　（4月29日）早饭后，同载庵往凤头坡看地。归，午饭后，上谷山螺蛳就，真大观也。是日晴竟日，山间琢石声出于山胁。螺蛳就者，谷山之中根上平宽而枝脚由南、东、北三面去。

初十日　（4月30日）早到九子冲看地，即由尖山发

脉者也。早饭后归，河水更大，甚难过。到家，得三月
十七家书，知孙孙于十五日出天花夭殁，可伤也。河亭来
宿。

十一日　　（5月1日）大晴，甚热。唐荫云来话。胡
　　　　　老四来。体中疲倦甚。

十二日　　（5月2日）晴热。胡湘琳来，为陶文毅书
　　　　　碑事。

十三日　　（5月3日）阴而尚未雨。筠唐来话。得载
　　　　　庵买地信，甚慰。

十四日　　（5月4日）雨而凉。入城，过书院晤贺柘农，
　　　　　又到荫云处、杨老师处。到太平街苏州会馆
对门石头铺，买得谷山石研归。得芝亭书。沈栗翁说生香
馆砖。

十五日　　（5月5日）晨风，大雨竟日。着人至尖山
　　　　　问信。陈姓刻字两兄弟来，住清泰街文会堂。
作第廿三次家书，交郑莘田给谏去。

十六日　　（5月6日）大雨竟日，冷，仍棉袍、棉马
　　　　　褂矣。杨福田约看地，且荐地师吴姓。申初，
雨少住，遂往金盆岭一行，即归，尚未暮也。雨仍不住，
风亦大。

十七日　（5月7日）冒雨晤筠唐，即过河，至尖山下宿。

十八日　（5月8日）到尖山左右看地，凡六七处，俱不甚惬意。自得一女开九子之梦，即注意于九子冲。又前日所看凤头坡地，复以朝北而疑之，既而解曰：凤头者，一女也；开九子者，仍当以九子冲为主也。

十九日　（5月9日）雨竟日，地事未成。夜复得梦，已得地而图上无穴，疑未得穴也。语载庵，亦遂疑之。

廿日　（5月10日）载庵从九子冲归，果然说前穴非是，向前乃得地。雨未住。

廿一日　（5月11日）雨未住。载庵往郑家，说山事有成矣。予连日为课其次子，苦闷。急读《国语》《小雅》。

廿二日　（5月12日）早到郑家屋后看所说地，果然平妥有秀气。其子毅葬处即在竹子冲向尖山一穴，亦尚放心然。早饭后归，到岳麓书院，谒坦斋丈，年七十七，甚健，有曾孙六人矣。留午饭。过河归寺。廖家表弟斐秀、松秀于廿日来看。（四次信）

廿三日　（5月13日）往金盆岭，杨氏兄弟约看新买山场，颇有幽致。回寺后，仍入城，到蒋奇男、李莘翁钓楼馆、唐荫云处而归。

廿四日　（5月14日）载庵巳刻到寺，同往前山一看而归。恒太守来话，刘荻舲、朱同年来，又罗一憨子来。客去，即过河去细阅九子岭地。到李家住。

廿五日　（5月15日）早，由宅后山周视而归。早饭后即行，到寺未末矣。罗沁吾、蒋惟扬来。两次到荫云处，均未值。今日热晴。

廿六日　（5月16日）早，陈宅上祭。归，辅垣、笙陔来谈。楚同年来。大雨至夜。连晴四日复雨，真闷人也。

廿七日　（5月17日）早，陈宅送葬后，即先到拗子塘坟场晤易地师。冒雨归，遇李晓村刺史往彼。甚矣，地学之难也。风雨竟夜。定明日卯时入窆，又草亭向北，可念之至。余为竟夕不寐。归途晤荫云。

窆，墓穴。

廿八日　（5月18日）雨甚大，午后略小些。邓老七来话。

廿九日　（5月19日）半晴。早过河，至郑家山，已午刻矣。山路兜竿断，临时借易始行。载安后来，同饭郑兰亭处。屋极大而少人住。午后，至李家宿。

两表弟行。

卅日 （5月20日）早归，河水大长，又南风大，甚难过。两表弟昨日上船，闻尚未能回也。到霁南处，托其择日。载安同其子来宿。

初一日　（5月21日）作第廿五次书，折使今日方行也。到应云处，又到得吾处，遇霁南，三人同步至学宫而别。闻粤事先通商而后奏，奉严旨不准，而商则已通，且通者尽鸦片，日内省中烟火贱矣。可叹也。陈五峰来住。（五）

初二日　（5月22日）雨竟日。撰先公墓志。

初三日　（5月23日）初刻墓志。雨。

初四日　（5月24日）入城谢各处步。问荫云觅磁板。小雨。

初五日　（5月25日）刻磁板《老毅志》就。大雨竟日。

初六日　（5月26日）雨住而尚阴。

初七日　（5月27日）早起，子毅殡，由颍流亭下，登舟，直至龙王涧入口，到磨桥始陆行。乡夫甚不平稳，当心之至，幸天大晴，路透干。未刻，到载安处西偏屋内住下。余因劳热，不甚适，痛老毅之长归矣。

初八日　（5月28日）早行，到龚家湾定杠，因昨日误用乡舆也。归寺，未刻后矣。得闰月十八日家书，甚慰。

初九日　（5月29日）客已渐来上祭，因恐明日拥挤，转致今日不闲也。筠唐来。大晴竟日。

初十日　（5月30日）客来不绝，佛殿及对面屋俱铺设。酉刻，祖奠，收拾竟夜。

十一日　（5月31日）卯正后，请柩起行，一切尚为早备。入南门，走坡子街，出大西门，府县有路祭。上船时甚耽阁，人亦拥挤之至。龙杠卸下，止罩子过河。至磨桥，换龚家湾杠，灵巧异常，行田间小路最便。申初刻，到郑家山棚内安灵。五峰同来。

十二日　（6月1日）晏筠唐来。早饭后，到竹子冲开窨子。

窨子，地下室，此处指墓室。

十三日　（6月2日）竹子冲开金井，未刻竣事。酉刻，葬老毅，即督工筑旁土。夜宿墓下屋。

十四日　　（6月3日）仍看筑。下午归草庐，乡客来往不息。

十五日　　（6月4日）早到毅墓处。午后，张得吾、刘霁南来。归，看开窨子。

十六日　　（6月5日）开金井，土色愈下愈好，甚慰也。天色正大晴。申刻起枢时，忽阴云有风，上山少待，即下窆。夜宿枢旁，仍大晴。

十七日　　（6月6日）大晴。筑土竟日。宿草棚下。

十八日　　（6月7日）阴雨不大。计自初五日大晴，至十七日诸事适毕而天复阴，真幸幸也。

十九日　　（6月8日）往竹子冲看碑阴。

廿日　　（6月9日）午后，毅墓竖碑，雨未住，申刻，祀土神时，雨住，乃建碑。第廿五次家书着董顺送抚署，未归。（廿六）

廿一日　　（6月10日）午晴。陈五峰归去。董顺回，知今日卯时已发折，并闻粤中夺获夷人火轮船一、铜炮一，我人亦被炮伤无数，系初一事也。

廿二日　　（6月11日）雨。到毅墓请石工。

廿三日 （6月12日）到各处拜邻社李满爷、李寿山、沈三爷（小帆）、关山堪陈三爷、李金玉父子、郑大先生。归寓。张辅垣、紫垣世叔、师三爷来，早饭去。

廿四日 （6月13日）复阴雨。

廿五日 （6月14日）早饭后，踏泥路过河。到洪恩寺写墓志，僧留饭。到得吾处宿，霁南同坐。

廿六日 （6月15日）城内谢步。禹耕复病，可怜也。闻粤耗殊不佳。

廿七日 （6月16日）早饭后，出南门拜尧农，即到金盆岭杨家少坐，即行，至晏筠唐处晤邹叔稷，携湘潭王船山先生书，殊无佳处。叔稷好学之士，得见为幸。冒雨归山，熊河亭在此。

王夫之，字而农，号姜斋，明末思想家，因晚年隐居衡阳石船山，故后世称"船山先生"。

廿八日 （6月17日）雨不住。孔秀归去。

廿九日 （6月18日）为河亭撰《子谦墓表》。州牧办差人两付、存道台差一付、刘福一付、查太守仆一付。裕制军、署中丞王□□廉……府，长沙县、善化县、同知、粮运、学院、沈栗翁，各候补县须考。□六爷、张得吾、唐应云、刘禹耕、张第蓉、张之臣、贺八爷（大、二）、□三爷、项四爷、余心翁、李亲家、杨紫卿、熊大爷。……此石刻□□□□先于此者□□共买山地。

又云选此不他盖为后邱之□也。题大书为之相阴阳而得。昆弟六人将同为小宅于此，友于可□，□不着姓名何也？朴也。大江南两京石绝少，况又摩崖大书，信为奇货。余昔到绍兴，手拓禹陵窆石，及欲再访此刻，为雨阻而止，至今未能忘也。默深兄往游，何不一往寻之？拓本复命不陶乃述而许忠。（隶书）古韵、廉沂、黎极新、钟沅《青典》、黄育梗《沧州》。送行述单，查文经、琦相、张又轩、张椿年、陆立夫、德顺《天津□□》。

初一日 （6月19日）天稍晴，河亭入城去。昨夜雨，今夜仍雨，闻河水复大长矣。

初二日 （6月20日）不雨而阴，潮闷颇甚，闻河水入大西门及草潮门矣。郑氏两侄来，课其起讲，即留与乃祖同饭。

初三日 （6月21日）晴而热，南风极大。谢同年来话，家苦竹塘，往南去数里也。陈梁诸考童来。至□□。□僧送到四月人来。郑家给米，每人半升。□系合田□团，按田出米，数年来未尝歇也。夜甚凉。

初五日 （6月23日）乡间无节意，买得杨梅、枇杷、桃、苦瓜上供。近邻诸童生集课，共五人，李章灿、陈逢恩、陈选、梁楹、李先昭也。今日甚凉爽。沈小帆之子来拜节。小帆屡饷食物，可感可感。夜阅课作。

初六日 （6月24日）晴热。许茂才定理号㙫堂来。

午后，步至沈小帆处，出观董香光字卷，甚佳。生纸涩墨，难于圆熟，故无平日习气也。手札册多梁仲泉、百菊溪两先生札，与小帆尊人雪友先生者，亦可珍也。夜，兰亭携馔来谈，有月，甚热，蚊闹，竟夜不寐。

百龄，字菊溪，
汉军正黄旗人。

初七日　（6月25日）辰时立先公墓碑并表归窆，倏已两旬矣，无夜不梦。尚属妥适者，且怆且慰也。晴热，傍晚有雷，小雨一阵。是日兰……庄事，颇难议也。一日□□□后□□□般会，闻有百三十余席，演戏十余本，可云盛会。

初八日　（6月26日）晴热。午后沈小帆来话，谈粤西山峰之秀拔，不审何日得往游也。夜有月。

初九日　（6月27日）晴，甚热，乡中客来不绝。是日石罗围起手矣。夜热甚，且蚊多难寐，阴无月。

初十日　（6月28日）早阴，寿山翁约早饭，其姻朱老及龚三同座。午间甚热，小雨一阵。夜无月，是日郑家田屋业成契，尚未定局。

十一日　（6月29日）阴热，午后大雨沛然。叶介唐来，系闰三月十六日出都，求写大扁数方。夜凉甚，雨未息。

叶兆兰，字介唐，
永州东安人。

十二日　（6 月 30 日）未晴。介唐早饭后去，做堂屋隔扇，因系冲涂，不便坐也。午后绍休、绍箴两堂弟来，亦弃儒学贾，可叹也。得家中四月十七日书，甚慰，云粤事得了且了，又是太平世界，似乎彼中已宁息者，而省中尚……，要紫苏子。大雨竟夜。……长水天气也。陈家两学生来，课诗一首。买得鲥鱼，生平初见鲜者，果然细致，味亦不过尔尔。作第廿六号家书。夜复雨。紫苏子寄去。

十四日　（7 月 2 日）着人送家信往抚署（误作廿十六）。绍休、绍箴两弟于早饭后过河去。李老七送到闰月晦日家书并会墨，系送到洪恩寺转致者，内有黎月乔京信，因复交老杨送抚署。祭文刷印百本送齐矣。晡时与兰亭同步至田坝周围一看，雨不住，持伞归。昨、今家信俱无子愚字，可怪也。雨竟日。张得吾着杨打杂送果食。

十五日　（7 月 3 日）阴，大雨竟日。二陈、李、梁四人来作课。石工、土工俱停。

十六日　（7 月 4 日）雨略住，土工贴草皮，而石工仍停，因盖瓦石未到也。刘盛堂送到闰月卅日家书，亦无子愚字，然后四月十一日书有之矣。到……归步至西边看水势屈□□甚□□到陈家门口见荷花，乡间少有种此者。张紫垣丈属题张少伯画竹，为杨竹师作者，题数字去。夜晴，有月。紫垣谓地不佳，而赞李嗣昌地，嗣昌实绝坟也。

十七日　　（7月5日）早大晴，为小帆题董卷及画帐。
　　　　　早饭后适送去，而小帆来，话至过午而别。
与石工定碑式，高八尺，广三尺八寸，螭首龟趺，在外，
皆石尺也，比裁尺每尺少二寸。丁、黄、龚三秀才来，皆
沈家教读师。今日小帆送来伊尊人雪友先生《经说》二册。
夜闷热，不可睡。

十八日　　（7月6日）早阴雨一阵，旋住，午后晴。
　　　　　是日交二数与兰亭。午后甚热，夜颇凉而复
阴矣。是日自己收拾子毅墓志，刻手甚不佳也。遣人至陈
如嵩催所刻先公墓志，得拓本归，亦瘦弱之至。当初当以
纸书双钩付石较为得劲，悔之悔之。

十九日　　（7月7日）亦雨，甚热。

廿日　　　（7月8日）……作课，余未来。小帆着……
　　　　　画，午后步往，兰花盛开，止两盆耳。看帖
十余本，看画，有蓬心山水幅甚佳。西席丁君颇习知碑版。
吃点心，归。河亭来宿，亦遇雨。

王宸，字紫凝，号蓬心，江苏太仓人，曾官永州知府，善画山水。

廿一日　　（7月9日）河亭住此，雨大雷大，山水声甚宏。
　　　　　载庵过河去。休、箴两弟复来别，给钱八千去。

廿二日　　（7月10日）半阴晴。河亭回去。杨禹村铁

星来，杨世叔来，同吃面去。蕴山师往衡州去，约下月初起身归滇，尚短盘川，嘱为措办也。闷热甚，夜稍凉，西南方电影如织，想彼又大雨矣。

廿三日 （7月11日）未雨而亦不见晴，闻廿一日白鹤山下出蛟，水淹屋一座、田数十区。问小帆借画。小帆旋过我，留与郑翁同饭。今日不甚热，夜复大雨。

廿四日 （7月12日）竟日阴而不雨，甚凉。陈如嵩堂收捡……陈氏兄弟送园蔬。小帆同……雨，二陈、一梁、一彭来课。大雨竟夜，为前此所无。山水大发，枕上闻之可悸也。

廿六日 （7月14日）早雨奇大，山水陡发，没菜园，将入屋，急令决围墙，水乃入田，而菜园墙已冲倒丈余矣。四面水声如海涛震耳。午后忽大晴见日。载庵来，大塘冲事清矣，因吴、李两家争坟山，吴谓李侵吴，李谓吴侵李，实则两家皆窃葬，乃载庵私山也。两家结讼多日，花钱不少，官诘契据，皆不得据，载庵被传去投契，断山归主。乡愚之好讼若此，可叹也。

廿七日 （7月15日）晴，竟日未雨。午间李章灿来，课诗一首，其赋颇有笔意。石工今日安墓门，石柱斜欹，须别竖。自石工动手以来，诸事粗心，要我将就，乃知乡下石工真不可靠。载庵力保，也是外行耳。

廿八日　（7月16日）……坳看小帆所买地，缘小……

然殊不解其佳处，来回约八九里。甚热，不

可耐。

廿九日　（7月17日）晴热，然不似作雨天之闷人也。

已入初伏两日，亦是时节矣。

初一日 （7月18日）晴热比昨更甚。陈、李三人来
作课，不避热，可嘉也。墓志于申刻入土，
自丈做享堂，基址未定准，与载庵、百石餐于田畔，就风
凉。绍箴弟复来借钱卅千去，盘川、本钱俱罄，何苦学生
意，可怜亦可恼也。附一字收回回澜公祭田百金，为买田
计，并请启铨叔领首事。

初二日 （7月19日）晴热甚，定山中中线，拔树十
余株，殊为可惜，然无如何也。夜热。

初三日 （7月20日）晴热，似比昨差可耐些。买王
家石、木、砖瓦已成而复散，今日另谋矣。
大小树共拔去三十余棵。有秀才张六来谈。李百石馈蚌肉，
甚鲜美。今日因刘刻字过河作弟……署。

初四日 （7月21日）……事，热殊甚也。午后，杨
蕴山师来，要黄州信，并写册页，呵京烧酒
一钟去。绍濂弟复从湘潭来。薄暮起风，有雨一阵，惜不

大耳。夜蚊多极。今日闻蕴山师说林、邓二丈俱遣戍，可叹可叹。

初五日　（7月22日）早，绍濂饭后行。梁、彭二生来作课。小帆饷西瓜。

初六日　（7月23日）竟日有风，得不甚热，与昨同也。惟乡间人日日醉午酒，不怕热，为不可解。

初七日　（7月24日）母亲寿辰，不得叩膝前，但深悬慕，且日久不得家书矣。甚热，因无风也，夜尚凉。

初八日　（7月25日）无风，热甚。享堂开地脚，竟日往来，汗浃不得干也。兰亭、载庵于日暮时催砖去。夜热难睡。

初九日　（7月26日）早起祀山神，卯初开工也。今日极热，行坐皆不可耐。

初十日　（7月27日）有南风，不甚热。李满爷来，为道石匠多运到麻石二百余丈，已无用处，不知何所……陈家三次送园蔬，苦……后极热。

十一日　（7月28日）微有风，热尚不至剧，然不必昨日凉矣。洪恩寺送到五月十七日家书，一切清适，甚慰。着人送信到城去。闻蕴山师将行也。得荫云书，知粤事不可问，而乡勇奋志杀贼。

十二日 （7月29日）子愚生日，不知家中是何光景。午后极热，有板塘坳李生来，课诗而去。到竹子冲。

十三日 （7月30日）热如昨日，惟早间稍凉耳。午后，寿山三人来，说石匠多运石头事。

撰，古同"寮"。

十四日 （7月31日）早，与载安、兰亭同步至杨林冲，看竹树山颇有致，相去一里余。竹有极大者，早饭后遂热不可耐。竟日撰松枝作棚，又苦屋黑。夜热不能寝。

十五日 （8月1日）两陈生来作课。热更甚矣。晚阴稍凉，不见月色，自正月十五以来都如此。

十六日 （8月2日）早雨，未甚畅耳，然亦凉意，足解苦热。……吾处，应云、季眉俱晤。送……准可登舟矣。夜宿张家。

十七日 （8月3日）早寻梅蒋圃不遇。回看罗研生，并晤陈岱云，习颜书者，画竹有笔意。到维杨、小浯、栗翁处，仍到应云处，看画数十轴，有王绍廷、马、董山水各种，佳。有持陶密公楷迹来售者，给价未成而去。

夜仍住张家。梅蒋圃、曹又白、罗研孙先后来话。栗丈处借八大山人画册归。

十八日 （8月4日）早起过河，到山才上早供，土工舁舆亦可谓速矣。到山即雨，尚不甚密。夜大雨，通宵未曾住点，系心新砌之墙，不能成寐。又腹泄数次。今日兰亭、载庵为说成杨林冲田屋小段，欲为二娣阴地也。

十九日 （8月5日）发第廿九次家书，由荫云处去。腹泄未止，颇苦，睡味重。研孙下午来，起谭似好。

廿日 （8月6日）自昨日来遂阴雨，与研生竟日谈，夜及幽明之事，殊令人难成寐。

廿一日 （8月7日）……所买菜果各色，而天……无味矣。借到各画幅。

廿二日 （8月8日）为研孙作字，竟日不雨，亦不甚热。今日立秋。

廿三日 （8月9日）早仍为作字，饭后研孙冒雨去后，雨更大，遂竟日，念其必返，而竟不复来，恐今日不能到城也。理出阮师所作神道碑文，半夜方毕。金玉老相送园蔬。

廿四日 （8 月 10 日）仍雨，甚大，却有作辍，不似昨日之不歇气也。午得研孙手札，知昨日到城。

今长沙望城区有戴公庙，供奉戴公三圣，即宗德、宗仁、宗义三兄弟。相传为晚唐人，曾率乡民抵御黄巢，乡人感恩立祠。

廿五日 （8 月 11 日）雨竟日不住。昨夜有戴公庙龙灯来，谓之清吉灯，因田中有起蚕处，故禳之也。雨之累人，不独农夫，连日砖不到山，砌匠止好歇手，享堂不知何日得竣工矣。

廿六日 （8 月 12 日）砌工未来矣，刘姓砖不到也，样砖及前次砖俱大，后来砖遂小多了，而乡里人抗诈难说话，真可叹也。今日书碑第一石，伏石面书颇觉疲苦，真无用之至。竟日小雨不大。

廿七日 （8 月 13 日）……刘姓砖窑，即到竹子冲归□□□砖□□□矣。熊河亭来，小帆、百石、载庵俱来，话久之，河亭、小帆同晚饭。夜不能睡，今日刻碑动手，张、于两石工。

廿八日 （8 月 14 日）李、陈两生来作课。尚不甚热，晴。

廿九日 （8 月 15 日）早到万福桥，归过关山嘴，树山极好，盼眺久之，四围绿荫皆座平宽。是日享堂竖礩柱。

礩柱，柱子底部的础石。

卅日　　（8 月 16 日）比昨日热些。河亭午间冒日行。

　　　　夜尚凉。王大吉逊园来，一饭去。同小考朋

友也。

初一日　（8 月 17 日）比昨又热些。闻黄荆园朱家昨夜有逃荒人数百住宿炒 [吵] 闹，至于拆屋伤人，有垂毙者。闻省中流民来有七八千，草潮门将为闭市。湖北水灾年年不绝，或且甚剧，至此不安静，可叹可叹。螺海老表同美勒姐夫来。

初二日　（8 月 18 日）作第卅次家书，着董明送进城去，并买朱纸等件。渐复热矣。

初三日　（8 月 19 日）□□昨又□□□恐将复前。得六月七日□□可慰。□□□子敬说墓前石人、石马可以不用，令我好生踌躇也。

初四日　（8 月 20 日）一早往白沙洲，过河，到丁子湾看石像生等件，均已齐全，人、虎尚好，惟马嫌低、羊太小耳。风大，赶紧过河而归。望齐家山于廿里外，近看却不甚大也。甚热。

初五日　（8月21日）热如昨。柳世兄从城内来，索书而去。老表索书数件。

初六日　（8月22日）两老表行，约共赠将卅金，然不满其望也。送客后往竹子冲，载庵留早、午饭，因久坐，并为文告毅墓而归。湘潭文春谷兄来，持子立书求荐馆。春谷者，内子姨表兄也。

初七日　（8月23日）春谷回城去。昨夜居停被窃衣物不少，并前石工棚内，见两次矣。小帆催《万福桥记》，即为删润去。今日极热，自前日来打谷扬土矣。送第卅一次信交荫云。闻□□□准有折差行也。

初八日　（8月24日）□□时享堂上梁，一切都为顺适。自为文告毅墓，后山下一切安贴矣。甚热。许生来送课作。

初九日　（8月25日）南风大而仍热。杨铁星来，索写对联兼呈近赋，因留宿。夜凉，坐颇久。

初十日　（8月26日）铁星早饭后去。甚热。南风仍大。李捕衙遣四役来缉郑家窃贼。刻字人刘姓回去。

十一日　（8月27日）写第四碑石。竟日无客，甚难得也。月下，沈小帆来，小饮而去。夜凉，有北风。

十二日 （8月28日）阴凉，有北风。早饭来，李半农梁来商量葬事，甚妥便也。约十六日由伊处起殡，十七八可到白沙洲，我处定于十八日探领，十九日着夫役往接。半农吃午饭去，说粤事全翻和局，现在已撤之兵沿途截留，奈何奈何。琦相失计于前，杨侯复失策于后，叹慨而已。小帆馈脯蔬。薄暮小雨一阵，夜微有月。

十三日 （8月29日）第卅二次信交荫云去，闻日内有火□□也。午间□石匠来，因同到铁石塘看碑，石工颇艰巨，取大碑，四面起沟将二尺深，又要无石断肋文。石工云自作此技以来，未有此番工程之巨者。信乎？夜甚凉，添刻石人，亦张姓。

十四日 （8月30日）郑家尝新谷，请早餐，甚迟。午刻到竹子冲毅墓上烧锞祭奠。与载庵同午饭，甚热。归，上祭，得六月初九日子敬书。

十五日 （8月31日）早饭，起身过河。午前到城，得吾、霁南晤于府学宫，吃点心。到荫云、西台处，甚热。夜宿张家，月色殊好，为今年望月第一次也。闻河南河决，抚台上城办事。

十六日 （9月1日）五更吃饭，顶南门城出，到蚌唐伯父坟上祭奠，前后光景妥帖。周九佃留餐吃祭余，时方巳正。午初行，热极。沿途歇息，约申酉间到西台处晚饭，邀应云同坐，梅生新□学，贺客颇多也。

十七日 （9月2日）着胡三买菜先归，早饭。为九侄改削文字，仍冒热出。看尧农、第蓉、雨耕、临川。雨耕病好，可慰之至。第蓉老相见矣。仍到季眉处吃凉粉，回忆儿时饱啖，将四十年，今乃再见，味亦略相似也。到梅蒋浦处观朱年伯所藏各古董字画，多佳品。夜携方正学、王叔明、董香光三画幅归。霁南、得吾共饭。

王蒙，字叔明，元朝画家。

十八日 （9月3日）天明即起，饭后行。北风，大凉。过河无渡船，雇小舟而过，到山将巳正矣。着王德往白沙洲探李氏娣枢，薄暮归，知已泊洲□矣。竟日大北风，极凉且阴。夜竟冷。

十九日 （9月4日）五更后雨不绝，尚不大耳。北风甚大，着人往白沙洲迎枢，天明即行。早饭后与载庵、兰亭同往杨林冲山屋看打草棚。午后开窀子，有石脉宽约半尺，亦奇也。申刻，枢到山。安灵后与佃夫一饭，在山照料。□归，天遂昏黑。竟日风凉，夹衣合式矣。

廿日 （9月5日）天明起，吃点心后到杨林冲山，先祀土神。辰刻下窀，土色甚佳，一线红色约三四寸宽，两边俱黄色，可见有气也。天阴无风，一切顺适，即在山早饭。午初归，李蓟门秀才来，送其姑葬也。留午饭，兼持文、董、张、陈字迹索题。晡时见日，旋复阴。蓟门由墓归即回城去。

廿一日 （9月6日）早，与兰亭、载庵同至板塘冲之西南潘家冲看刘家屋场，田盘颇佳，惜屋向西耳，此系尖山之西南护障，另为一枝者。伊两人留彼午饭，我自归访谢同年于苦竹塘，不遇。回至吴家花园，至杨林冲墓次，回山午饭。即到小帆处，其兄大先生与黄、龚两西席同席，盛馔，殊非所安也。

廿二日 （9月7日）阴凉，北风。遣人进城买酒，借到王仲叔大令藏书十四册，映云代借者。载安乃郎来课。

廿三日 （9月8日）山上复动工挑土。早到杨林冲一看，墓堆已就矣。归，饭后书陶文毅公贤良碑。小帆来话，去后，湘农及黄、龚两先生来，竟日□北风甚凉。

廿四日 （9月9日）阴凉，微雨时作，秋气满山矣。沈闻衣来吊。彭佃送蕹菜一篮。

廿五日 （9月10日）风雨竟日，凉，大约是长水天也。刻字人刘字来，因令持第卅三次信送。《陶文毅公碑》交胡湘林，并买锡板纸也。换李木匠来打样子。夜，院上号房来送信，说月底有折差，复作书一封。

廿六日 （9月11日）阴凉竟日，幸无风耳。享堂前田今日动手填起，前二娣墓碑写石，闻蔡玉山前辈观察到省，仆人求荐者纷纷，何苦何苦。得映云信，知患脐突未愈，殊为念念。

廿七日　（9月12日）早有微雨，饭后，沈家谢闻衣步，归吃炒饭一碗。复出往南，到盐龙寺，遇门人梁楹在彼设帐，坐许久。前写"妙德莹然"扁已做好矣。归，沈小帆同文侄、湘农及龚、丁两西席，丁、李两茂才来话。小帆即留同晚饭，适□□得兼共啖之。小帆归，甫出门，遂雨。

廿八日　（9月13日）阴雨竟日。新换李木工同郭伙计来丈地，扯线，谭砌匠同在。雨中经营，午后方毕，而载、兰两君出去吃酒，夜方回也。定用石头做地基矣。

廿九日　（9月14日）早冒雨过河进城。午餐后到映云处，所苦脐痛已渐愈矣。得京寓七月二日书，甚慰。京抄中阅悉粤事于六月四日大风将夷船与马头全行吹坏，扫除一空，浮尸满海，真异事也。唯汴城河决，为患甚巨耳。潘廉浦老师尚未到省，蔡玉山前辈留饭。夜宿张家。

初一日　（9 月 15 日）雨不住。到北门张辅垣世叔一话即归。玉山前辈、振之学使同来便饭，并邀尧农前辈。

初二日　（9 月 16 日）早剃发，与得吾同早饭。雨略住，遂行。过河，幸无风，未刻到山吃炒饭一碗，仍同载庵往韩家屋周视山场。归过万福桥□沈小帆，说定牯牛山石头。回，夜有雨。做凉粉不成，可哂也。映云处代买菜物送来。

初三日　（9 月 17 日）阴竟日，略有雨耳。张振之学使着人送香烛。夜甚凉。

初四日　（9 月 18 日）阴而无雨。神道碑第二石到山。张振之学使来谒墓，因留午饭而去。暮往水口冲张家看屋场，约西北行七八里，载庵宿此。

初五日　（9 月 19 日）黎明起饭，往白鹤山去。西南行，过罗家冲，出白叶铺大路山势堆垛，颇不好走。白叶铺，又十里始抵白鹤寺，寺门外景殊佳，而佛屋未敞雅也。出寺后向左行，路迂险，至山庙处，望山顶石崖悬立，不复可上，遂下山。至白叶铺饭，饭后，由大路至巴巴山，转长田湾。至板塘坳，归路平直无险阻矣，但稍远二三里耳。

初六日　（9月20日）从新丈量，前栋地盘定矣。往南三四里，至白水塘看山场归。竟日阴，暮有雨。前日移树一株于田畔，都说不得活，今乃生气勃□殊甚，可慰也。老杨看胡百顺木柱料，二鼓方回。

初七日　（9月21日）山上填石基并筑土，自昨日起第一大碑，六十余人曳之，闻吴石匠足为石伤，奈何奈何。每日行一二里而已。载庵、兰亭为下手，山事两日来甚费力。今日成契，已夜半矣。

初八日　（9月22日）一日静甚，无一客来，止载郎来作课耳。河亭暮到来，买树未到。

初九日　（9月23日）早饭后过河，到胡百顺木行，闻树子知昨日一早下河，因西水上涨，致一日不能廿里耳。过洪恩寺，遇枲署高、俞诸君集此赏桂，拉入座吃点心，别去。至金盆岭，铁星在家。九兄旋归，一饭行。至尧农处，与玉山前辈同饭，同席者有黄树皆编修、徐□□，皆初面也。夜过映云处谭，宿张家。

杨彝珍，字湘涵，一字杏（性）农，湖南武陵（今常德）人，知名人士。

初十日 （9 月 24 日）早至蒋浦处，并晤杨杏农，同饭后，与杏农到府学宫看碑式，并新制乐器。□遐龄街至洪家井陈岱云处。至皇城堤，访汤小浯，小东街寻晏云唐，俱不值。到营盘街熊河亭处，吃鸡蛋两个。走杨风拐角出东长街藩司前至钓楼公馆，晤季眉叔侄。至晏家塘访沈栗翁，已往湘潭去矣。师笙陔不值。文光堂看书，善化学宫大树下久坐。至映云处夜饭，小帆、梅生、少云同坐，映云忌口，在旁看着。席散，少云为小帆画扇，梅生题诗，俱少年秀笔也。余亦为题闲话几句。回得吾处，谈至夜深方寝。街上恭办万寿，灯烛满城，闻京师今年停办万寿。

十一日 （9 月 25 日）早，谢学使步。与得吾同饭后即行。过河，风渐大，未初到山。杨杏农随后来，夜话甚久。梅、曹两广文馈羊臂。

十二日 （9 月 26 日）杏农索书半日，午初别去。载庵过河买砖瓦，着人到城买物，并借到《长沙府志》。午后风极大，壁上画俱飞舞。

十三日 （9 月 27 日）早，载庵来，今日拆正屋石门。小帆率□子令侄来看作书。吃水馎馎去。夜风甚大。

十四日 （9 月 28 日）第卅五号家书交映云去，十六有火牌行也。石门全卸下，享堂做沟。载庵

来算清土工、木工、小工各帐并酒肉各帐，甚缪辕也。风
比昨更大，入夜风定月明。（卅五）

缪辕，交错、杂
乱。

十五日　　（9月29日）早供月饼席，兰亭处饭。大碑
　　　　第二石柱今日到山，与兰亭同往金塘看了一
回。夜邀寿山翁及子与孙来饭。饭后月忽明，到小帆处谈，
归时月大开，山色清异暗淡，非画可到。日间谢春亭同年
来，丁逊斋持颜帖数部来索看。

十六日　　（9月30日）写神道第二碑，其第三石今日
　　　　到矣。午后李蓟门、刘春禧来，春禧名康，
住宁乡檀树湾，收藏书帖颇富，人亦颖慧。罗洋山下砖今
日初来，亦大小不一样，真淘气也。

十七日　　（10月1日）砖来，参差费事。第二碑补写完。

十八日　　（10月2日）早饭后往乌山，先至乌龙庵，
　　　　由寺后上山，四面皆水脚田路，望湘江由北
转，惜有烟雾，不见洞庭也。由北首下山，甚斗峻。至狮
子石、鹰嘴石、望母洞，下山行至竹子冲午饭，载庵不在
家，即归。小帆同丁先生来同饭。刘姓坟葬狮子口下，杀
风景矣，况言地乎。

十九日　　（10月3日）寅初即起。饭后趁月行，廿里
　　　　至桥头铺，日始东升也。石塘冲、萝卜冲、
过龙洞一带，高山长溪，略有武夷光景。复过岭至华林禅寺，

寺宇颇宽敞，却无甚异景。后堂有会昌二年《尊胜经》拓板本尚旧，问系由玉皇殿来者，知客僧即玉皇殿僧也。四山环绕殊有致，惟阴气盛，的是方外局面。回到桥头铺午饭，由板唐坳归。至杨林冲墓所，归时申初矣。谢春亭同年来，因留宿。沈小帆昨晚约同去而天明始到，宜其迟误矣。

廿日　　（10月4日）早，春亭早起看九子山去，早饭后别去。巳刻安石门限。张辅垣世叔、师笙陔来，午后去。

廿一日　　（10月5日）早饭后往三沙矶，舆人误行，纤道六七里。至陈氏砖窑买定三千夹砖，路遇四川二人甚狞狠，想见出阵虽无勇而兵气难戢也。得应云回片，火牌五十日未回头，望家信殊切。绍纹、绍濂着脚子来讨信，不务读书正业而思为贸易，令我闷闷。

廿二日　　（10月6日）作回书，令脚子去，须查油行事，俟自回州再说也。薄暮，闻间壁人伐树，急往看，则已倒大树数株，可恨之至，即令人搬取过来，大约速宜清庄矣。

廿三日　　（10月7日）早着人致谢函于杨果勇侯，闻在水落洲住多日，昨日已扬帆去矣。早饭后往刘家砖窑，复往李文锦家，遂留午饭，因遍看屋后山围，种树多橘，养菊如矮康。塘边有见人羞，手拂之，叶遂低敛，久乃复展，真奇怪也。回山，诸郑来，为昨事缓颊，未允。

廿四日　　（10 月 8 日）文竹塘及陈光顺两处俱送砖，石虎一只先到山矣。有易生、季生同梁生来许家洲。许姓来，言许家洲自其始祖于康熙年间撤闽兵安抚驻洲上，种洲地为世业，遂有今洲名，当初名窑步洲也。近日出元隆三年墓志一石，惜未拓本，遂复埋之矣。蓟门遣人持来文、董各迹，为题去。有董迹《玄览师》一轴，吴匏庵游穹隆、玉遮各山诗记一轴，皆暂留玩，以其别有风趣也。老九于昨日到来。

吴宽，字原博，号匏庵，明代诗人、书法家。

廿五日　　（10 月 9 日）父亲冥寿，正七十寿矣。怆痛何极。享堂前栋已刻竖架，尚大致妥帖。熊河亭来。

廿六日　　（10 月 10 日）竹子冲午饭，甚热，天将变阴矣。夜得八月初三日家书，甚慰，惟时事颇殷，粤闽夷务未熄，黄河大溜，由陈留、杞县东南直出洪泽湖，江淮河浑而为一，竟不知将来能复故道否矣。

廿七日　　（10 月 11 日）五更小雨，竟日阴。午间书《万福桥碑文》。周塘李生文锦来，小帆及其友侄来话。石马一只到山。

廿八日　　（10 月 12 日）五更大雨，天明乃住，土木工照常。河亭午后回去。作书与振之学使。夜雨。

廿九日　　（10 月 13 日）　昨雨竟夜，五更大雨如注，上半日未曾住点，下半日始歇，砌匠耽阁半日。

卅日　　（10 月 14 日）　卯刻上梁，午刻安门。一早期起，雨竟住矣。阴风竟日，不开耳。为文祭土神及土木、石工各祖师，保平安也。

初一日 （10月15日）天不雨，且有晴意。作第卅六次家书，交杨临川并语胡东有补买树两根也。载公昨为买砖不到，往白沙洲，今日无信，不知如何。夜作书托得吾买纸筋。

初二日 （10月16日）天欲晴而未果。杨铁星、张雨人先后来。午饭立石柱，酉刻始定。铁星要写关庙扁"一点丹心"四字而去。熊世兄来宿，课以起讲、诗各一。夜有雨。

初三日 （10月17日）熊侄早饭后去。阴雨甚，开土工颇费力。初坼屋后围垣，前栋安瓦，为蔽雨也。初更时大雷电，雨如倾河，甚可骇也。雷渐缓而雨竟夜，闻山水声殷屋。下午为兰亭书联数十付。

初四日 （10月18日）早雨住，有风，申刻见日。食柚子佳。（阅《史记》起。）

初五日 （10月19日）伯父生日，若无丙申五月廿日之事，今七十八岁寿辰矣。本拟今日叩兰陵墓，雨不住，不得往，为位而奠焉。小帆下午来。竟日阴，略有雨。

初六日 （10月20日）雨竟日，午后更大，不可解。余工俱歇，止木工未住耳。

初七日 （10月21日）雨不住，风极大。午后小帆来，接去写碑及联数件，留饭，食菠菜，甚鲜，亦此时希物也。肩舆来往，风揭起，可哂也。送还前借书画各件。

初八日 （10月22日）早雨歇矣，昨夜仍未停，但差小耳。竟日晴，夜略有月意，田水声甚壮。

初九日 （10月23日）天晴准矣。早饭后往城去。过河风极大，可悸。到胡百顺木行，东有不在家。进南门，到学宫，不遇一人。到张家，得吾他出，与少□吃点心后，到映芸处，父子俱出门去。往坡子街辜家，问往永州船。詹彦文处买小砚。回晤映芸，得八月十六日家信片，甚慰，并得余宗山借银信片。回张宅晚饭，胡东有来，为说定杉树百根。又与得吾商定石工、瓦头并桐油行事。课九郎起讲。与得吾、霁南登城看月，从城孔中上下者不绝，殊可叹也。知初三夜雷击饭馆灶。

初未嘗感人以言故聽者悟

集稧敘字

有不及致察之事是極其清

子貞 何绍基

初十日 （10月24日）早过河回山，风息矣。得八
月十六日初发家信，系在昨日信前者。闽粤
事俱平定，河溜径走安徽入洪湖，捐例在所必开，尚未议
定条款，朱纬斋前辈由河道径升东河督矣。午间，兰亭处
饭后与在庵同往铁石塘郑家竹山场一看，兼到香草堂而
归。夜梦悸怆。

十一日 （10月25日）大晴竟日。砖瓦到山不歇。
午间，潘廉甫先生来，五弟房师，与余皆丹
溪师门人也。未刻别去。谈及骆道长及颜制军参奏粤东事，
殊为慨然。

十二日 （10月26日）天晴而忽阴。屠老八着人来吊，
并寄杏官靴帽，来人鲁恺，先到洪恩寺，闻
僧人说我回州，遂寻至道州住十日，又下来，行路欠肥帐
如此，问知屠府一切平安。老八共有七子，年才卅三耳。
今日写对子极多。沈小帆同两西席来，留饭，并虎臣、兰
亭、在庵同坐。夜有雨数点。

十三日 （10月27日）天小晴，略阴风。复屠小如书，
鲁纪行矣。昨日恭书谕祭文碑未完，今日接写，
并御碑文俱缮毕。字大，颇费力也。潘廉甫先生处借到梁、
颜各折底，粤事可慨之至。果勇侯一时名将，晚节乃至于
此耶？得吾回书，言换帖事殊不易易。应云言黄花市田。

十四日 （10月28日）早饭后写神道碑第三石，共

九百余字，幸无客来，因有小雨也。

十五日 （10月29日）天阴，时复见日耳。作赵竹泉方伯何、祥垣都转、王睢园直牧复书，并与刘稚泉大令、吕丽堂太守书各一对。兰亭处午饭，食新菌，甚鲜。计不尝此味将二十年矣。郑家写总契。

十六日 （10月30日）早晴。饭后往沈家，晤闻衣、问香、草堂丈人。到竹子冲看毅墓，载安不在家，即归。写字半日，闻出谕帖各纸留此。朱家送酒鸭。

十七日 （10月31日）早饭后别墓过河，山中事安排数日，想略可放心。到店家卸行李，晤尹臣，多年不见矣。旋到应云处，遇王仲叔大令。坡子街问船到李家，知石梧眷回家，三郎两年不见，长高尺余矣。唐家晚饭。归，与得吾后园看月，子初方寝。卅七次家书送院上。

李星沅，字子湘，号石梧，湖南湘阴（今汨罗）人，参与鸦片战争抗英，官至两江总督。

十八日 （11月1日）早剃发。饭后，到映芸处并到小瀛州拜王仲叔，未值。园亭水竹之胜，城中第一处也。潘廉甫处叩谢，并送奠。出小西门，到柴马头看得刘三有鼓篷船，定十二千钱，饭钱四十文。河干泥泞甚大，五更后大雨也。归张家，胡东有来，与霁南、得吾同饭。到学宫一看。下半日雨，入夜更大。

十九日 （11月2日）自昨夜大雨，至今晨更大如注，而得吾处早饭亦甚迟，因其妹适董家者于丑

刻病故，甚忙痛也。巳正饭后，收拾行李下船，余到映云
处别。到船买菜后，未初开船，天大晴，三十里东洋港泊，
见月甚大。

廿日　　（11月3日）开船甚早，尽曳纤行，未刻至
　　　　湘潭泊。多年不泊此转，盖阗咽帆樯无数也。
买菜后复行二十里泊。

阗咽，喧闹的样
子。

廿一日　　（11月4日）比昨更晴，午间颇热矣，欲卸
　　　　棉衣也。舟多向东北行。过马家河，颇喧盛。
约行七八十里，未至渌口，十里象石嘴泊。

廿二日　　（11月5日）竟日阴，午后雨不住，尚可行。
　　　　过观音岩，甚清致。过贯田，又二十余里，
梅冲泊。今日约行八十余里也。雨，泊。午后有顺风可珍
之至。夜大雷雨。

廿三日　　（11月6日）半晴雨，行浅滩时见船底有声，
　　　　山色愈清奇，入佳境矣。过贯田、朱亭，至
三江嘴泊。夜雷雨比昨更大，可畏也。

廿四日　　（11月7日）早雨不住，略开即泊，大雨倾
　　　　盆，风亦猛恣，午初平息。曳纤行，旋即顺风，
到衡山路泊，买菜后好顺风，天亦晴朗。曲折东南，面面
望岳，回思乙未重阳岳游，忽忽七年，中间许多人事也。
过雷家司，有河通茶陵、攸县。又行十余里，老粮仓泊。

老粮仓者，想系从前上四郡运粮时积输之处，后经陈中丞以路险奏停，尚余此仓址耳。今日共约行六十里。

廿五日　（11月8日）顺风行而小阴雨，但不大耳。午间到霞岳寺，上坡步，街颇长，小雨。归船复行，至幕鱼市，过七里滩，向北曳纤行十余里，乃复转南行，顺风。入夜二鼓至耒河口泊，上游水长，一片黄浪，力甚猛，然免却多少滩头也。今日约行一百一十余里。

廿六日　（11月9日）小雨，行约十里，至衡州府，望合江亭，树石团峭，旧游忽十四年矣。舟人买物耽阁，至午后方开行。廿里至中原渡泊，今日共得卅余里耳。风雨竟日未大住。

廿七日　（11月10日）小雨竟日。顺风行约百余里，至大鱼湾泊，颇寒，亦不知何日立冬也。

廿八日　（11月11日）阴，时有雨，又竟日，计不见日者五日矣。廿余里北行至柏方驯小泊，买菜无所得。复行六十里至河洲泊。夜，仆子买得肉归。今日甚寒，行约百里，向北行者三次，幸尚有北风，曳纤处不甚多也。

廿九日　（11月12日）阴，无大雨，寒如昨日，竟日所过多悬崖峭壁，石气苍雄可观，而向北行处多对北风，曳纤上滩甚为可悸。日暮乃向东南，顺风十里而泊。今日共行六十里至归阳。昨夜梦父命写福字两个，先则中间大，后写中小乃可观，谕令悬之享堂也。梦甚异。竟夜大风。

享堂，供奉祖先牌位的地方。

十月

初一日　（11 月 13 日）颇寒，仍阴而未雨。归阳六十里至白水，又十五里柴步头泊。两山一川，树石多峭异，然崖壁不似昨日之可怕矣。

初二日　（11 月 14 日）寒少减，阴不见日，时有小雨。向北行处多，左手有石岩甚幽异也。四十余里至祁阳县泊。上坡买冬笋、花生等物。舟人复久耽阁，仍开行六七里，浯溪对岸泊。有雨，又暮，不及往游矣。不见日八天，雨竟夜。

初三日　（11 月 15 日）早雨不歇，移舟泊浯溪下。冒雨拓得颜碑十余字，因碑石湿透，择干处拓之，止得"匹马北方独立一"及"盛德之兴"也。登吾亭、峿台，水石幽异如旧游，而元、颜两公祠则易明府学超新修者也。至中宫寺，问有拓得碑否，乃无之，遂回船。早饭，雨住遂行。至滴水岩，回环秀杰，惜不及往眺矣。至二十四矶下泊。下午忽见日影，旋复阴，夜小雨。

今永州祁阳浯溪公园内有碑林，存有唐道州刺史元结撰文，书法家颜真卿书写镌刻于江岸的《大唐中兴颂》。

初四日 （11 月 16 日）伯母黄太夫人七十五寿辰。

早略有雨，午后晴见日，可照人也。竟日过山壁，石窍玲珑处极多，皆黄鱼司以南也。约共行有六十里至黑狗滩泊，石势奇变，恨不能图画也。

初五日 （11 月 17 日）早过滩，约十里到冷水滩，得顺风，行六十里至永州浮桥边泊。先十五里至老埠头，湘河向南去，入潇水向东南行也。雨住，上坡，入西门，到府署拜谢尚仁庵太守，并晤洪宅伯。回船后，太守来晤。雨脚不住。

初六日 （11 月 18 日）早收拾行李，洪宅伯来同早饭。兜夫来甚迟。夫头陈本阳今日忽然不去，延至巳正方行，共两兜两挑行。过河廿五里窝家桥午尖，又卅里至雷音宕住，赶泷牌不能到矣。途中有石头山甚奇俏，舟子带回菜坛、酒瓶、茶碗、帐竿。作一字寄荫云并李淦去。昨闻尚太守说浙夷事决裂，裕鲁山制军有阵亡之信。奕冢宰、文孔修复带兵到浙，又赛将军带兵西去，未知何故。

初七日 （11 月 19 日）早行，廿五里至相见湾打尖。又四十五里，五里牌何家店宿。一路山坡险陡，有役夫被山上石落打坠二丈余，血流被面，幸未落水，襆被亦未沾湿。陈二亲兄来何店，同饭。

初八日 （11 月 20 日）早行二十里至角江口尖。早间过源源亭、澹怀亭，俱新修者。尖后行过熊山，何家赤源铺边遇何显昭先生，话久之。过斜皮渡、五里亭，以上下树无一株，平原将七八里，至州北门外转左行，到家，将申刻矣。叩祖宗堂后即叩四伯父、七叔父灵位前。西院、东院各伯叔兄弟，均相见，虽苦贫而人丁殊不凋零。止是我简在公以下人太少耳。晚饭绍濂弟处。

初九日 （11 月 21 日）做灶未得竣，人客纷至，不得闲暇。午后过二家，叩谒各位伯公、叔公。晚饭东院共两席，自启钧三伯父、飞熊三叔以下共十六人同坐，子初方散。闻十三叔公谈粤事。

初十日 （11 月 22 日）早午俱饭四伯娘处，晚自起火作饭。写对子数付。郑表爷、黄璧山来。夜间西院二家各位伯叔公、伯叔兄弟来话。

十一日 （11 月 23 日）设灵上供，伏念吾父主讲鹤鸣轩者九年，今灵爽想不能舍此也。早饭后到清明堂细看，商定修理事。洪老八来。何代权、代樽兄弟来。周四姑爷来。

鹤鸣轩为何凌汉所设书塾堂号，也是何绍基兄弟出生地。

十二日 （11 月 24 日）午后拜州尊邓蕙畴刺史、游击孙□□、捕厅□□□、两学李老师、石老师。到周家坊濂昭姑丈处。归，写字如昨日，甚多。阴雨。

十三日 （11 月 25 日）邓州尊、两学师来回拜，捕厅彭玉清来拜，俱会。孙游击来未遇。午后，敬谒祖父母墓。墓堆及罗围俱有损塌处，急宜修培。又谒曾祖姚周太夫人墓，粹庵叔公墓，六伯爷、九爷墓，千七公墓，七叔婆墓，归时已暮。濂昭姑丈陪老师在此，略话即去。鹤鸣轩中旧生儒与先公同时者仅姑丈一人矣。连日夜话，今夜尤夜深方得睡。

十四日　（11 月 26 日）早饭后往谒曾祖度昭公墓，由泥湾过板桥，出小江口南行，略向西约十里至甘溪铺，又二里到墓。叩奠后，同绍箴弟走后龙鬼子岭周视，来龙甚旺而对岸太近且高，似朝不出也。回到甘溪铺，何开龙饭铺午餐后，向西北行四五里至永明大路头塘。又西行约二里至鸡公岩，看子敬所买地，朝向有致而穴脉难寻。回至周克明四姑爷处茶饮。归，晤赵姊夫，同饭绍魁弟处。夜小雨，今日阴竟日。

十五日　（11 月 27 日）早，孙游击来会，问以勒四讨盐店事，据云以修城也。客去即行，由下关过渡，走宁远大路到龙江桥，左手行一里余，叩谒高祖简在公墓，碑已仆而墓围亦为水洗，急宜修培矣。田屋一刘姓、一陈姓。陈金桂屋内煮饭吃后，向西南行。至东园看地，所谓猫儿头、猫儿身、猫儿尾，山场甚宽，大约坐西北朝东南，可得穴也。由东南路归，过虎子岩小憩，回家已昏黑。过东岳宫一看，归。郑家表嫂来，老表卖田，出门七年不返，田虽卖而饷不去，累及妇人者多年，真可叹也。夜，客甚多。清明堂太平醮，今夜还愿。

十六日 （11月28日）雨，不得出，写字竟日，得联百余副也。赵实天、廖斐秀老表同晚饭。

十七日 （11月29日）早，斐弟同饭即去，余亦坐兜行。由水南行十二里至石马。石马者，明黄公葬处，有故石马在也。唤升儒同行，又十五六里至泥湾洲，谒享水公墓。墓前石耀被佃夫蒋士元茅铲毁烧灰，大出情理之外，止中间一石尚在，左右两峰俱碎剥矣。睹之惨甚，不知涕泗之横流也。又墓左界被邹姓光（亮月）告状谋占，家中人都不理论，奈何奈何。冒雨竟日，衣鞋湿透。四伯娘处晚饭，南唐尾老表钟護同饭。

十八日 （11月30日）小雨不住。清理享水公墓田契券。早饭后往州署面恳传究铲石、占地两案，久话，归，并托其培植州北树木也。绍纹五哥、士大侄请吃面，面后往黄泥坝西汝亭公墓叩谒，地名峦头岭。左手枭米塘，右手东瓜岭，住屋两座，一姓陈，一姓王者。归家已暮。宗荣公子孙门请饭，志谷曾叔祖年七十九尚健饭，饭至，共三席。州尊送菜，送诸位伯娘、婶娘食之。

十九日 （12月1日）早起作书，饭后，往峋娄岭，为七叔觅地。得一处癸丁兼丑未，可用。复由后龙开灰窑处归。同去者篯儒及左妹倩也。午后写字极多。得京中九月十三日书，信脚忽由省来，殊为骇悸。披阅，则平安信也。夜饭谦儒弟处。

廿日 （12月2日）清明堂修理动工，公议出首事
七人监理。阴雨竟日。作第三十八号家书，
并作书与映芸，交脚力朱姓。早饭启周叔处。晚饭贤儒弟
处。罗石匠来，定碑两块。

廿一日 （12月3日）早，脚力行。无雨而阴。周濂
昭丈来，同饭四弟处。许四来，说宾兴事，
并要写《重修学宫碑》。夜饭康二哥处。公议回澜公祭田
事，康兄醉矣，三鼓始得归。草出四伯父堂祭文。

廿二日 （12月4日）早为四伯父开丧，以九叔之子
恩儒为嗣，九婶初不甚愿，数言遂决，亦可
敬也。接连堂祭，余自为文上祭，念老人之凋谢，感继嗣
之骤成，能无悲慰。午食后到岣嵝岭覆视前看地，转迟疑
矣。夜饭书房中，大厅枢前过夜，余子正归。今日晴而甚
冷。作书与先儒兄弟，为通儒过继事。

廿三日 （12月5日）早客甚多。巳刻，十二爷为四
伯父题主，巳正起枢出门，午初到山，午正
下建。地系我定，而地师蒋姓复移易其处，不甚可解也。
未初，神主入祠堂。余未终席而归。车头周庚爷来，言语
殊不近理。晚饭，绍纹五兄、士林大侄处坚约难却，非所
愿也。

廿四日 （12月6日）清明堂周视。早饭后，行十八
里到娄田，过濂溪夫子故居处，有大祠，旁

淳祐为宋理宗年号。1241—1252。至正为元惠宗年号，1341—1370。

熹定，无此年号，疑为景定或嘉定。

淳熙为宋孝宗年号，1174—1189。

有二碑，一系《濂溪故居新庙记》，欧阳玄撰，一系《濂溪故居大富桥记》，淳祐年间也。又八里到搭村，未进街。又八里到小坪，见舅娘，甚健，表妹足疾渐愈。遂英长得好。遂英者，斐秀初六日得子，余为取名也。到后园哭舅爷一场，万念怆集矣。饭后到月岩，见淳祐及至正各碑，多古气。熹定八分碑极佳。有仆石在地，有三两君徐步前行者，字颇好也。晚与斐秀、勤政老表同饭。各位舅爷老表都来，余上前各一看，分不清楚也。写对至半夜后方睡。

廿五日 （12月7日）善勒表姊夫请早饭，饭后即别去。外出云溪山谒外祖父母墓，双松宛然而路荆棘甚。下山，饭李家，杏花妹夫也。与斐弟别于月岩，即归。仍过濂溪故居，见田中高峰先生寿祠之记，系淳熙年间物，宜移庙中也。归家已暮。绍濂弟生日留夜饭，饭后写对子，至子正后方散。

廿六日 （12月8日）满爷处早饭，写对数十。午饭十三叔公处。各处劝捐，为清明堂事也。复由马王庙去后龙一带，谒回澜公妣墓，碑系嘉靖丙寅，字存者少而中有先公名，甚不可解。斐秀弟未行。表姐夫、黄老表同晚饭，饭后写对数十。

廿七日 （12月9日）与斐弟同早饭。早写对数十，即同行。到虎子岩觅地不得，斐弟别去，我往南塘尾，四位老表在家，其一未归，打荞麦去也。表侄麟祥已上学矣。有六爷及周二叔同席。归过水南，黄六亲兄及老四之二子俱不在家，与日乾子老三一晤而已。归家已暮。老四邀与二姑爷、四姑爷同饭。

廿八日　（12月10日）为学田事检理半日，午间立契，系绍濂弟白泥塘田分出谷卅二石也。打石之佃夫经州尊传责，着人来告，即请开释，其邹光月一案尚未得审，因作书促之。夜饭启垠叔处。夜甚热，大风。斐弟复来。

廿九日　（12月11日）阴雨，昨日热极也。早写捐，午间清各项义田券契，特置小箱收贮。夜饭七婶处。

卅日　（12月12日）仍阴雨，清出《重修学宫记》，题瑞堂叔遗像。周元成老表来问七叔处借字，遍检未得。小坪勤政、贤秀两表兄来。夜饭十二叔处，甚倦。

十一月

初一日 （12月13日）阴雨，甚寒。小坪两表兄去，而螺海两老表来，一神赐，一则有义也。书碑未完。昨失去笔二支，用之四五年矣，可惜也。夜仍饭十二爷处。

初二日 （12月14日）早写碑，甚冷。饭后往小坪去，到尚早而雨不住。草堂祭文，晚饭后写对子四十余付。烧柴烤火，夜深始寝。

初三日 （12月15日）早作文祭辑侯舅父，怆痛殊甚也。早饭后迁枢，为点主，以素服行事，礼成即起枢。我随送，甫出门，雨雪并集，寒气甚重。行至洪家宅，不可复前行，小憩打铁屋内。为斐秀觅庙屋暂停舅枢，我遂冒雪归。过濂溪故里，庙中买草烤衣，久之始行。雪下如澍，持伞冻重不可卷舒，到家已上灯，足僵甚，幸得酒而渐热矣。

澍，通"注"。

初四日 （12月16日）不雪而小雨未住。早饭后，

往州署，为泥湾洲事也。学署、游府署俱谈片刻而返。钧
三伯爷处午饭。望儒处晚饭，今日敬备一切，明日祔祀也。

祔祀，在祖庙内
后死者附于先灵
下合祭，泛指配
享。

初五日 （12 月 17 日）阴雨。辰刻，奉神主入祠堂，
赞礼者凌汝、凌雯两叔也。一切事濂弟办理。
羊豕庶肴，两伞、两锣而已。文系自撰也，凄惨可知。祭
后按启字辈分肉，回澜公以下凡四十三分。午后写字极多。
雨声长注，客来不绝。夜约三位叔父十一、九、十二及勤、
贤、箴、京同饭。

初六日 （12 月 18 日）天晴有日，而寒风颇劲，惟
南方风力较柔，劲其外而中不甚冷也。午间
到白泥塘哭仲宾三叔，先儒弟兄留饭。与蓬仙叔、石葳弟
同往，兼到青棠岭为鲁泉叔相定葬地，归时已暮。安儒弟
处晚饭。散后，到书房为廉泉弟、守先侄作大字极多。斐
秀表弟偕十三表弟来宿。

初七日 （12 月 19 日）仍阴。两老表午间始去。表
妹奁赀亦至。周庚爷复来。周修园表兄来。
廉泉处午饭。饭后写字极多，兼清一切公账。晚到濂昭姑
父处饭，归来尚早，方二鼓也。

初八日 （12 月 20 日）箴儒处早饭，饭后同凌雯叔
往鬼子岭谒玉泉公墓，墓左手水槽新开塘二
口，查知杨姓田业也。即往草鞋坪杨文锡处，借看契纸，
其旧契云下塘田二号，新契云小塘二口，皆伪造耳。即袖

归，勒令填塘换契，应允乃返。午饭满叔处，夜饭谦谦处。写字极多，各火炉说话亦不少。（邹光月占地一案，今日审结。光月杖枷，光绍杖余，具结如令，可恨可叹。）

初九日　（12月21日）早清理各件，祭田契箱交翼堂叔，账簿交满叔。宗荣公田簿交回志毂曾叔祖，未了账单交濂弟，并清明堂捐簿亦付之。巳未叩辞祖堂及伯叔弟兄而行。相从送至东岳宫，甚为恋恋。纹兄、濂弟、林侄送至五里亭而别。今日天色大晴而冷，三十里赤源铺午尖，江村宿，见陈义门姻翁及三爷、四爷、周鉴堂先生、五峰兄弟等。新屋不复相识，高下陂陀，颇费力也。夜饭后早睡，因昨一夜未眠故，然甚冷。有挑夫一人未到。

初十日　（12月22日）早起，写对子、条、扁尚不甚多。大伯娘前叩奠，早饭后即行三十里。午尖，又卅里单干宿。挑夫仍未到。天复阴，尚不雨为幸。

十一日　（12月23日）早行十五里，泷牌尖，酸咸甚好。又廿里窝家桥午饭，酸咸更好且多。又十五里至婆婆岭，又五里过河，又五里到府城。进城寻店不得，因往府署尚仁庵太守处宿。宅伯兄同饭。夜谈，知浙事，绍兴已被兵矣。

十二日　（12月24日）早起剃发，与宅伯早饭后到河边看船，太守着人为定胡姓船，小而敞，不可坐，因易王姓船，小鼓篷，钱十千。太守复赠船价。到高山寺镇永楼濂溪书院，过紫卿家。归署，写大字十余件。蒲象山来，小话。太守请夜饭，陆乔峰、林小溪、洪宅伯同席。夜归船，复赠锡盒大砚。今日挑夫赶到，物件如数而失去钱四鉼文。专人回州取对子本。

十三日　　（12月25日）阴寒，风大。开行十五里至老埠头，久泊，风略小，始复行。至冷水滩，买笋不可得。又行至黑狗滩，船浅阁沙石上，撑支许久不能动，遂泊焉。

十四日　　（12月26日）早阴，午后晴见日。出浅后畅行，过黄鱼司、滴水岩，一路石壁不似来时之峭厉，以不傍石岸行也。遇杨鹄臣船，因过谈久之。紫卿昨由白水坐兜回永，因迫欲会我，转成舛错，可叹。鹄臣托办就职事照并咨付来。过祁阳，乘大月，复行二十里，至凤凰滩泊。夜与董仆谈时事，遂不寐，鸡鸣后始睡，梦伸纸写对子云"新冷始将花迸发，闲居且与竹为邻"，不甚可解。老母自磨墨，命书联；父持瓜汁与啜，命作云诗。醒后一痛。

十五日　　（12月27日）仍阴，甚寒。向南行处多。午后冷尤剧，曳被抱膝而坐，然看书尚得三十叶也。百余里至归阳泊，买酒菜。夜无月星。

十六日　　（12月28日）早起见日出，遂大晴竟日。

六十里到河洲，甚早。又六十里至大鱼湾。又卅里月大，至芋头滩泊。今日共行一百五十里。午前冷甚，午后稍和。

十七日 （12月29日）早略阴，旋即见日，大晴，且无甚风，不甚冷也。申初刻至衡州府，仆子停船买菜，余因闲步至回雁峰寺。坐南向北，揽全城内外之胜，有高左□右书"回雁"二字尤别趣。其"雁峰"两大字康熙年间人书。下山后觅岳屏书院，向西行里余方到，殊少趣，即回船。仆子买得水酒、肉等物，不觉至醉。有查盗者船来，余令仆停，欲问其原委，遂遁去，亦可叹也。今日中途遇安南贡使巴杆船十五六只。夜行六十里至一字塘泊，今日共行一百八十里。

十八日 （12月30日）早大晴，竟日不阴。近日所仅遇也。至衡山县小泊。舟人卖米，却甚不多，才两三石耳。北风太大，不便行，然亦未甚歇。夜泊三江嘴。今日约行百二十里。

十九日 （12月31日）竟日阴风雨，不甚寒。五更即开船，过朱亭、贯田，至昭陵滩上，不复能行，风太大也。今日约共约行百里。

廿日 （1842年1月1日）晴而大风，不得顺利。竟日行，过石灰窑数处，过马家河桥洲。至湘河口泊，约共行一百廿里。夜风奇大，幸船泊入涟河内，稍得平静耳。梦吾父赐书扇，跪而受之，扇上小签"刘沄敬求法书"，殊不可解。复梦文武官两人决狱，亦奇。

廿一日　（1月2日）早风略小，行十里至湘潭，到十总王济泰家。访邹叔稷，阅所校定王船山先生书，甚多古义，半是叔稷成人之美也。半溪出晤，多年不见，竟忘却矣。因留早饭，饭后，谈久之，相送到船，遂别，余即开行，已午正矣。风复大。至张公石小泊，复行共三十里，至昭山泊。王半溪（士全），船山先生族裔，现为刻遗书，请叔稷校正。

廿二日　（1月3日）五鼓开行，五十里天明，已至猴子石矣。昨闻叔稷说猴子石者，殆即趺石也，未知确否。一路雪意甚浓，尚未挥洒。早饭后，到小西门即上坡。过霁南、得吾，到映云处。得家书，知吾母以下皆已出京，暂往金陵矣。同小帆到天心阁刘猛将军庙，问邓湘翁，翁适已于昨日开船回宝庆。下阁，到沈栗丈处看小浯画册。到坡子街访陈庆覃，不遇。夜，得吾、霁南、载庵同饭，商知王德被殴事，颇费踌躇。

刘猛将军庙，祭祀元代将领刘承忠，相传刘将军因能驱蝗而深受百姓尊崇。

廿三日　（1月4日）早起，往晤庆覃，详述都中事情。夷匪猖獗，然尚据宁波。又台湾已得胜仗，乃因天津防守，虽无匪船，圣心忧虑，以致京中甚觉张皇。可奈何！到映云处早饭，仍回得吾处。午初方行。过河到山，已申刻矣。享堂工程尚未尽竣，而种树百余株，甚可观，为坟茔护庇，皆沈小帆、郑虎榜、郑兰亭、陈氏兄弟门人之力也。

廿四日 （1月5日）阴寒，微有雨。吴、张两石工俱到山，商催一切工程。分赠小帆、兰亭、在庵各乡味少许。客陆续来看。

廿五日 （1月6日）早往毅墓，即在彼饭。在庵未在家。饭后，到沈家及郑虎榜、陈门生处。归，小帆与丁君来话。今日石人安置，上距墓前二十六丈。李翁□玉傍晚来，送桂、桃各小树。从映云处借到京报，到十月初头，未见宁波失守事。今日早略见日，旋复阴。

廿六日 （1月7日）阴雨，甚寒。石人、石马、石虎、石羊俱摆妥，并种树数株。约李在安、沈小帆、陈老相、郑虎榜、郑兰亭晚饭，客来迟速陆续，而我与载安先上席矣。

廿七日 （1月8日）阴寒甚。山中种树。小帆处送来棕四、石□一、海青一。杨林冲彭佃来，说有人偷伐树株，因作谕帖付之。

廿八日 （1月9日）早饭后往城，有日，稍和暖。是日先将大碑拉至享堂门前方行。到大西门，步向草潮门各麻行问价，约贵者十二千，差者九千一石也。访熊河亭不值。杨临川处看报。李梅生处小坐。应云一晤。回至得吾处。河亭来话，复有在安、霁南同饭。夜与河亭同榻宿。

廿九日　　（1 月 10 日）早起，同到府学宫。出南门，晤陈尧农，留饭。知陈筠心已早过省回家，王芷庭亦回州去矣。回得吾处，即问砖窑大方砖，知各窑砖胚俱于十月、十一月间冻坏，无现成砖也。过河回山，看种树。郑虎榜送香橼树一对。陈门人送桂、冬青各小柯。

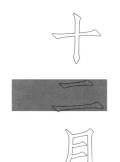

十二月

初一日　（1月11日）天半阴晴而不甚冷，砌匠九人，毕工者七人，尚存二人耳。补做沟道。看小工种树。杨砌匠送树数柯，两大桂树移栽甬道。

初二日　（1月12日）大晴。着人催得吾处麻力，因初八日可竖第一大碑也。种竹二十竿，种桂、柚、梅各树。砌匠做龛台动手，木匠做龛动手。早饭郑□大处。李文锦来夜饭，尝兰亭甜酒，甚有道州风味。

初三日　（1月13日）杨林冲李氏娣墓立碑，午初方毕事。小帆、虎榜、在安、兰亭来晚饭。小工拉树未归。

初四日　（1月14日）天晴见日。打碑地基。熊大兄来。夜，小雨一阵。灯下围棋。

初五日　（1月15日）四十三初度，怆甚怆甚。着人往毅墓焚纸钱。改塘基动工。

初六日　（1月16日）着董顺进城买石黄、大墨等物。竟日阴风而不甚冷。小帆处送樟树二、小柏树四。朱同年偕伊侄月轩来，旋往兰亭处去。汪老七（允文）来，怆坐。芝房丈于九月十二日病逝南宁同知署内，老七从家往粤迎枢过此，索一书与吴菊裳，并送赙十金而别。李春轩来话，留与河亭同晚饭。

初七日　（1月17日）大晴，为近日所罕见。山中做碑座，砌庭沟，木工则于昨日竣事矣。林世兄（经光）专人来索致书方伯，难之。夜间，麻力取到而铁锭子未来，奈何奈何。（大麻力两根，长三丈四尺，每根用麻五十斤，小挽子十八根，每根一斤。）

初八日　（1月18日）阴寒颇甚，却是南风天也。杨临川处附来报四本。杨杏农书来，并《九子山记》一篇，甚古致。铁锭子午初始到，申刻方得竖立。谕祭文碑搭架甚坚，引麻力曳碑，悬空落笋。午后，雨不绝，夜尤甚，并起大风。

初九日　（1月19日）雨住而风未停。昨夜逃荒人五十余住夹巷内，甚喧唧，可怜也。给钱，今早始往沈家去。复林世兄书给来使回去，并盘川五两。与映云、临川各札。河亭兄午初入城去。未刻到小帆处啜栗、柿各少许，即同赴载庵席。薄暝归。风大竟日。沈家有结红子开黄花，盆植殊佳，当觅其种。

初十日 （1月20日）阴而寒减，风定故也。小帆送到樟树二枝、茶陵松秧八把。茶陵秧瘦小，少旁须，本地秧则多须，然不如茶陵秧之易于成林者。其根锐而直下，故上发者直而速也。今日兰亭始亲督塘工，工勤快多矣。竖华表不得平正，久乃定。夜得子愚十一月十六日家书，知母亲于十八日自京起程。得应云复书并十一月半前邸钞。祁司徒，许司马，阿、李两司寇，沈大中丞同时赏穿朝马，从来无此多人者。近日老成凋谢，大位亦多新陟者矣。（付陈吉堂钱挥廿五千）

十一日 （1月21日）天晴而日至午后方明朗。栽松秧四把，而或谓仍系本地秧耳。且过两年方能准，人言果难凭定也。神道碑前三石俱曳上享堂，塘基已筑，动手矣。今日写字极多，两月字账几乎清楚。夜饭时，陈三、老相、郑虎榜、兰亭同酌数盏。

十二日 （1月22日）竟日阴，复杏农书寄去，从得吾对门左聚堂陈家去也。午间试安大碑，头仍卸下，刻未竣也。建神道碑第一、二石。写条幅极多。薄暮小雨，载庵来晚饭。

十三日 （1月23日）阴雨甚寒，山中忙竟日。泥深没屐齿矣。刘姓来拓碑，竟不得干。孔秀遣伊弟来。薄暮，安左首龟座，因神道碑第三石尚未竣事。夜然烛，令诸匠刻字。

十四日　　（1月24日）黎明即起，催齐各工，竖立右首大碑。收拾检点至午初方竣事。丈量马头形址略定。兰亭移到松柏树各四株，趁雨雪透湿种之。张老四着人送信并纸来。李淦得十一月十五信，知子敬于十一月初九过扬州矣。虽无家信，不啻有也。虎榜、兰亭、载安来。晚饭后，邀魁大来，批销屋后生基。竟日雨雪交加，寒气颇甚，夜复大风。老刘拓得两大碑样本，尚无大谬。

十五日　　（1月25日）雨雪住矣，然未大晴也。孔三早行，今日马头起工，塘基复接做。郑家老满为其母做佛事，用道士吹笙唱经，今日起头，乡愚无知，徒悦生人之耳目，花钱不计也。

老满，兄弟中最小的一个。

十六日　　（1月26日）不雨亦不见日，然寒气减矣。小帆处午饭，同坐者载庵、虎榜、闻衣也。甜酒甚浓，腊梅盛开，香亦烈。（夜略见月）

十七日　　（1月27日）昨夜大雨，早起雨住。写大碑额字，刻石主字。午后见日。小帆处移来栀子、腊梅各一，植享堂庭中。又从龙家转索梅树一窠甚大，并紫竹二，苗尚稚。问韩漆匠为做扁事。夜又雨，比昨更大。

十八日　　（1月28日）早雨不住，午后时雨时住，兼有雪珠。韩漆工来商扁式，令木匠锯杉木板，用火烤之，待干透方可用也。载安来，晚饭去。二鼓雷雪电交作，继以大雨，下半日寒甚。今日刘光銮来结砖瓦账，所开账与我收砖瓦数目、日子无一符合者，竟不解所开何事，因照我账付钱，比伊数多给钱二三十千也。雨竟夜。

十九日　（1月29日）早雨不住，午后时住时作，寒气颇甚。木工做扁胚，石工安两御碑额，雨水泥泞，遂至薄暮始竣事。

廿日　（1月30日）雨住而阴，寒气之甚，为今年所未有。石工幸不停。神道碑四石次第安就，俱倚北面，南中留龛地，亦适合也。拆两大碑架，竟日未毕。连日湖北逃荒民曾宿门内者，顷得应云信，似闻崇阳有民变，想亦灾民为之耳，可奈何。又闻浙信不佳，余姚亦归夷手，可叹可叹。

廿一日　（1月31日）早冒雨雪，寒甚。过河，到得吾、荫云、梅生处，知崇阳今已被戕，典史、教官尽节，把总降贼，可叹也。贼首一和尚、一武举。中丞于明日寅时带兵往岳州防堵，以崇阳与临湘接壤也。见桂儿与梅生书，借悉一切，稍慰。夜宿张家。罗恒泰船行来。

廿二日　（2月1日）早到荫云处清账，并买纸墨、菜。回张家吃面后起行，一路雨住时作，到山薄暮矣。

廿三日 （2月2日）雨自夜接昼，遂竟日。清理书籍。山中工人甚发奋，然亦甚艰迫矣。关山嘴陈老相请午饭。祀灶。

廿四日 （2月3日）早晴有日，午后仍阴。促木石各工，阑干、马头俱于申酉间竣事。作文谢山神。兰亭、载安、虎榜、陈三老相来晚饭。

廿五日 （2月4日）早洒扫飨堂，请先公石主入堂。羊豕庶羞上祭，幸天晴日朗，为多时所无也。早饭后过河到城。闻崇阳贼复掠通城，抚军驻湘阴防守。到尧农处，值请客，念园、庆覃、柘丈，皆京师来者也。晤沈栗翁。夜宿张家，与得吾同往四兄处，问苏州消息。复自往汤右尊处，裕制军促令即往武昌，因约伴同于廿七开船。

廿六日 （2月5日）早到荫云处，归写信，尚太守、邓刺史、杨紫卿、洪宅伯及凌□叔、绍濂、绍箴弟、凌汝叔各一封。仆辈、行李均于昏黑时到齐。郑兰亭同来，因将小帆、载庵两信付之。往应云处晚饭，聘三同坐，新从建昌署归。开南城麻姑山光景剧清佳。归寓，开一切账目。夜深始寝，而所雇船尚未到，奈何奈何。

廿七日 （2月6日）早料理一切，不得出。张学使来，一话即出门，到刘盛堂处奠，晤张星楼、金同年、谢同年。

王铎，字觉之，河南孟津人，明末书法家。

廿八日 （2月7日）早出门，应云处早饭，为写对子数付，赠我王孟津直幅。饭后，到杨堤塘刘禹唐处，七姐于十二月初二葬矣，在南门外黄土岭。第蓉处复久坐。归，张六叔师生皆同饮。买刀四把，为防身计。噫，京朝官出都者甚多，我之买刀意与彼殊矣。应云赠福橘并《练兵实纪》。

廿九日 （2月8日）早偕得吾往学宫，上魁星楼。回寓早饭。谭九和船到，即收拾行李。上船，与得吾作别。学使处谢步。应云处一话。到李家，见桂儿与梅生书，知伯母以下于十一月廿日抵金陵，住钓鱼台公馆，而子敬无一字来，殊不可解。即上船，而晏筠唐来，一话去。检点一切，约申初始开行。至三沙矶泊。

卅日 （2月9日）得南风，行甚便。日色时隐时现，午后不冷矣。过湘阴，遇粮道船，知抚军已往岳州去。至红毛滩，船浅阁，有拨船拨起煤铁各数十石，仍不得动，遂泊焉。四无人烟，舟悬江心，幸无风报耳。

道光二十二年

初一日　（1842 年 2 月 10 日）早起泣叩，匆匆离墓，怆惶不可言，倏已六日矣。天晴，顺风，约行二百里，至布袋口泊，湖面颇宽，比前年过湖水大多矣。入夜尤暖。

初二日　（2 月 11 日）晴而有雾。早起过湖，风甚大，至荆江口渐平和矣。共百六十里至新堤泊。过岳州，粮船排列。天太暖，恐有风报，故泊颇早也。至夜，北风报起，雨甚大，竟夜波浪声喧，船尚稳实。

初三日　（2 月 12 日）北风太大，午前雨不住，不能行。午后复冷矣。上水船极多，渔舟亦夥，爆竹声甚闹。

初四日　（2 月 13 日）风雨如昨，船不得动。买鱼极贱，大鱼廿余文一斤，醋太不佳，镇江独流之类也。

初五日　（2月14日）阻风雨不行，开船三四里，复回原处。

初六日　（2月15日）早有雪，催开船后，雪转大，趁旁风行。午间晴见日，得西风，甚利。过石头口、六机口、龙口、嘉鱼县，至小州头泊，约行百六十里。闻此处不久米船被抢，舟子颇有戒心，然载铁无虑也。夜微月，时有响动，不成寐。

初七日　（2月16日）早晴，午后半阴矣。得风行而周折殊甚。牌洲东郭脑本多□也。共百十里，弥陀洲泊，盖即小沙湖矣。鲟鳇鱼长嘴大口欲啮人，已买得，旋还之，不忍其有灵性也。

初八日　（2月17日）东北风打邪，行竟日未息。百里余到武昌塘角泊，闻制军以下、提督以下均出省防堵，亦无确信也。作一书寄南京，夜暖。

初九日　（2月18日）塘角泊。至申刻，舟子始得关票开行。约五十里至五龙口泊，时风大天黑，颇费事。武昌泊船，乞钱米者不绝，闻崇阳城中人不多，而我军未能前进，四郭皆山也。夜起大风报，舟舵摇响竟夜。

初十日　（2月19日）雨水节矣。风报未息，不得行。有小船抢风行者，皆上水也。甚冷。李淦患症，于仙拈方中得一方，捡药未得。

十一日　（2月20日）早开行，风顺，船由南行，至叶家洲，遂不顺风，止好泊矣。共四十余里耳。

十二日　（2月21日）早开行。天晴见日，为今年第一次也。过黄州府，城楼清照，武昌县甚喧，还在过年也。共百五十里至兰溪驲泊。昨夜遇邻船广西西隆州放炮鸣锣竟夜，殊为不必。

十三日　（2月22日）早，大晴，得西北风顺利，过散花料，不知其地名所指。过道士㳇，江流曲折。过蕲州钓鱼台，水比前年大。至田家镇一带，山石峭秀，有永州及严州光景。至鞭鱼峡泊，共约行将二百里。两面山青，一条水窄，船泊甚多。月明夜静，难得之至。夜间抠窗贼来几回，颇难寐。

十四日　（2月23日）早阴，不久即大晴。西南风而向东南行，不为甚顺，尚不碍行。江势曲折。过邬穴、龙平、卢家嘴。至九江关前泊，着人往魏观□丈（襄）处讨关并借阅京报。得夷匪欲得奉化，已退出余姚之信。奕相闻将驻嘉兴，不审今年头如何矣。闻石梧升江西藩司，或可于道中相见。夜大月。见山东托中丞办大炮折底，重八千斤者，装药二十五斤、铁子廿斤，六千重者、四千、二千重者以次降。

十五日 （2月24日）大晴。巳时得免单，即开行。得南风，至湖口县转北风，仍邪行至金刚料，在江心泊，约得百里耳。彭蠡出江，一片水极大，恰即有山障之，与庐山为前后映带，真是天造。庐山上雪积未化。夜半阴晴，月色微略，元宵难得月如此。

十六日 （2月25日）早阴。开船过彭泽县。山城空阔，屋占平地而三面皆斗山，然是古县也。小孤秀峭可观，因坐小舸往，登石阶，太窄而斗。到圣母殿，足已酸疲，且寺屋寒，满目少所见，亦不欲上绝顶矣。有阮师诗幅，亦舟过未登山之作也。摇橹行过华阳镇，至东流县泊，共得百十余里。遇陈福兹太守，将往浙营也。往返谈至子刻方别去。申刻至夜雨未绝。福兹说奕相移驻嘉兴，颜鲁舆制军褫职。福兹叔善六壬，言夷事须夏秋间方了，想仍是和局也。姑记于此。夜有抠窗者，不甚得睡。

十七日 （2月26日）早大雾，开行。福兹早已解缆矣。午间雾散日出，大晴。过安庆，不泊。得西风行，过李阳河那吒矶。至棕阳口泊，上洲散步。月出，未甚朗。今日共得二百余里。福兹未到，想在皖城寻徐柳臣太守去矣。柳臣前守颍州，大兴水利，闻甚得功效，甫调首剧，即致星使审案，幸无大谴责耳。（夜闻舟人失□）

徐思庄，字柳臣，号孟舒，江西龙南人，书法造诣极高。

十八日 （2月27日）打邪风行。午间风长浪涌，即泊。是猪婆峡，又名凤皇夹。得三十五里耳。

午后风更大，暖热。舟来益多，颇喧，多尘土。

十九日　（2月28日）半阴晴。开船甚早，过池口驿，见池州宝塔，过大通，竟不知船未走峡里也。到铜陵泊，水比前年小矣，洲岸长出许多。共得一百余里。天无大风，船重人少，不能摇橹，搭船之闷人如此，止是平稳得极。

廿日　（3月1日）开船两次，俱去而复回。天阴黑，风雨大来也。着人问孔馥园，已调阜阳县去矣。福兹船昨夜住此，今早遂去未回，船轻快也。

廿一日　（3月2日）早开行，约有廿余里，北风大而北不可行，复折回走顺风，仍泊铜陵。雨竟日。食鱼冻佳。

廿二日　（3月3日）昨大雨竟夜，今早雨住而风仍不顺，遂复竟日。想不到在此已是三天。

廿三日　（3月4日）早开船行，风渐大，东北风也。三十里至沙洲夹，不可复行，遂泊，而后来船渐多，泊至三四十里。此地属无为州管，北距州四十里，风长浪涌，船不得安静。至夜更摇簸，且大雨达旦。

廿四日　（3月5日）早雨未住点，午后雨歇，风亦略小。大家开船打邪行，午正至戌初中间，向南行，顺风一段，到鲤鱼料泊，论正路止得十五里耳，实则走了四十里矣，比不走好。轻船走夹里去。夜大风雨，不安睡。

廿五日　（3月6日）风早大，见上水船去极多。雨复竟日，不得行。夜风仍大。

廿六日　（3月7日）同上。

廿七日　（3月8日）早开行十余里，至荻港，又五里至板子矶。东北风大，不可行，遂泊。先开各船陆续俱回矣，因携一仆回至荻港。上坡，过三栅门，至义和饭铺前雇小轿，行十五里至旧县住。主人方人清（次夷），老童生而行医者，家有田谷数百石而俱在水中，遂开店铺，仍带着行医、读书也。今日乘轿，一路所见皆田在水中，高山都被冲坏，房屋一片瓦砾，人民稀少，奈何奈何。饭后，课以一诗，因摆茶，一话而寝。

廿八日　（3月9日）早启行，三十里横山桥尖，地方颇热闹。又三十里至澛港，过河，水溜甚，河以北便是芜湖地矣。方筑圩，人如蚁分段，以工代赈也。十余里至芜湖。河南一片瓦砾。至浮桥，适过船，不得过桥，即住汪元吉店。着人问晏心田，已卸县篆，在公馆也。今日被北风吹得身热头痛，不能晚餐，即寝矣。

明清科举制度，凡习举业者，不论年龄大小，未考取生员（秀才）者，皆称童生。

廿九日　（3月10日）早起，步至心田处，借得轿子。

早饭后行，留书与周芝生观察，为船上讨快不讨关也。临行遇晏柘乡，辛卯同年，四川人，行二。出北门，一路水灾后情形如昨日。至太平府南门外过浮桥。此河由东坝来，南与澛港通者也。到府前觅店不可得，因造太守舒苏桥前辈处宿。苏桥前奉调到军营，告病而归。奕相国由苏州往嘉兴度岁后方往杭州，谦恭下士而莫展一筹，至前所闻在苏州行乐等等，则皆谣言也。石梧仍调苏藩矣。符世叔（瀚）得晤见，示星图二幅，三更始寝。

舒梦龄，字苏桥，湖南溆浦人。

卅日　（3月11日）与苏桥早面后行。天大晴，转西南风，二十里至采石。步至荷包山，仍回大路，过慈湖、铜井，至江宁镇宿。共八十里，甚大也。过桥始入店。自谷平府以北田埂干露矣。

二月

初一日 （3月12日）早行二十里至板桥尖，又十里蟠龙庙，小憩。又三十里至南京南门，城外十余里尽竹林，一大观也。进城即转西行，至寓处，幸母亲、伯娘以下均清吉，无小恙。子敬、子愚俱强壮，为一慰藉也。惟吾母痛我舅、二娣痛其父、三娣痛其伯母、内子痛其娣，不复能□□。已着轿夫回芜湖。致一札与心田，夜来话，至子正后方寝。闻浙事颇有头绪，夷船闻奕相至杭，各处俱退步，若果尔，真太平气象，第不审确否。

初二日 （3月13日）天晴，西南风大，或者晴定矣。为汪芝房丈设奠。周子坚来，谈叙半日，言及芋生、定庵、小云皆后吾子毅相随而逝，伤感何可言。舒苏桥着人送藕粉。午间到房东钱同年处一话。黄倩园来晤。与石梧书。子坚袖杨季子书，为荐馆事。

周诒朴，字子坚，号寄东，湖南湘潭人。

初三日 （3月14日）自五更甚冷，遂闻雨声，天明阴矣。早饭后清理书籍，移前厅铁梨木长案来，案底有字刻云"康熙戊子闱署置"，计一百三十五年矣，一古董也。钱三兄来回晤。未正，与子敬冒雨步过南门口雇船，东北行约十里，到子坚处，看邓石如墨迹，即饭焉。夜归。亥初，雨未歇点，却不大。

初四日 （3月15日）大晴，竟日清书未完，写联扇数件。符禹门世叔来觅馆。子坚来，携到石斋、青主字卷，俱精妙。尊丈侍郎遗墨，俱索题跋也。

初五日 （3月16日）晴。先公忌辰，瞬两周年矣，辞墓忽已四十日，不知山中佃人料理如何，怆念无极。午后，陈榘生先生来，杏、鼎、联、彤、祥俱上学，令桂儿移坐伴我。连日盼船不到，渐焦急。

初六日 （3月17日）晴。书籍捡理渐就绪矣。周子坚处送满月礼，伊得孙也。子愚说汪致轩来信，正月廿八我师各路获胜仗，改道宁波西门已收复，真国家之福也。子坚来作别，勒写对，为写"曾从古佛国中过，又坐大鱼身上行"，殊雅切。与苏桥书交张太去。

初七日 （3月18日）晴。早饭后与子敬携桂儿、杏儿步行西北转东，复向北，过江宁县署。至三山街尽头，雇驴西行。至朝天宫后阁，俯视满城光景。出寺吃点心，到邢园水边，梅花不多而艳。回思旧游，忽九年矣。子尹归，谈话少顷，老翁已归道山久矣。出北行至随园，红梅盛开，树色深翠，柳谷、香雪海、紫雪轩俱到，且坐。出向东北行，至妙相庵、屈子祠，庙屋闳敞而

随园位于南京小仓山，原为曹雪芹祖上园林，原名隋园，袁枚购得后改名为"随园"。

树石尚少。见石庵书联云"花底振衣清似鹤，灯前书字小如蝇"，字甚佳。出寺即归，路约七八里矣。两稚骑驴，殊轻便，不似我两人之累重。街前问卜，为船事，断云明日午刻可到。

初八日　（3月19日）早阴复晴。符世叔来话。午间船果到，李、董两仆来，一切平妥，甚慰甚慰。黄石琴来，署藩司，已到任也。谈知正月廿九日寅刻大兵改入宁波，复退出城，未为全胜。水战则焚其大船一、火轮船三、杉板船十余，夷帅义律早归去，现在有大头目在彼而夷匪都有归志，离心二意，想不日可全荡平矣。闻崇阳、通城事尚未净，虽得胜仗，然何迟迟也。李石梧信来，言浙事陆战我胜，水战贼胜，与石琴话又不符，不解何故。

初九日　（3月20日）晴。午间与子愚出南门，至报恩寺，有刻寺图云，吴赤乌年间建，唐显庆重修，明永乐重修，我朝嘉庆间重修。永乐时修，用帑二百四十余万。然赤乌时尚无造塔作佛寺事，盖相传者妄也。登琉黎宝塔，至五层而止，以上封闭矣。下塔茶憩，复步至竹院两寺，从敏学上人索得古多节杖，看半泉上人围棋，同步竹园，叹赏一番。归，甚热。夜作书与石琴，为符世叔事。见邸钞，湖北连获胜仗。噫！彼嗷鸿耳，乃铺张武功若是。

初十日　（3月21日）晴。借得京报阅之，从倩园处来。周子坚来，留晚饭，剧谈，送其乘月舟行，至夫子庙而别。仍坐小船归，卧船中被风，头痛。

十一日　（3月22日）迟起，头痛，至午间始愈也。甚暖，两棉都觉难受，昨日已春分也，尚未闻雷。夜作书与子立、鲁之、默深，交子坚带去。

十二日　（3月23日）晨饭，出门到署，方伯黄石琴、江宁县李介亭、彭龄、唐九爷（镇）处未会，黄南坡太守处一谭。周子坚处晤其世兄，汤雨生都尉处、蔡友石丈处、冯晋惠之世兄处、周子愚观察俱晤话。杨小参、黄笏庵及樊幼甫太守、黄葡园、方伯雄，严、易两同乡，汤同年瑞均回拜。承恩寺寻符世叔未得而归。竟日雷雨，未甚住，继以大风，雨始小些。一晴半月，今日出门遂值大雨，怪哉。

汤贻汾，字若仪，号雨生，江苏武进（常州）人，官至副将，工诗词书画。

十三日　（3月24日）雨住而未晴，步至街头，泥泞而归。寻得邓姓裱画人来，又顾晴崖刻字人，甚可厌。夜食螺蛳。

十四日　（3月25日）晴。早步至状元境书铺。吴孚言铺买得扫叶山房"廿一史"，连装订四十二千文，廿日去取草定本。到东头南转，在抱梓堂刘松亭古董铺买得板桥兰竹横幅，周忠介画竹一幅，共三千三百文。仍由旧路出扇□坊，至后桥雇驴，至四松庵，登楼一眺，是即博山图也。受庵僧曰："得非何子贞，欲寻潘少白先生乎？"大奇大奇。旋晤少白先生，住此十六

周顺昌，字景文，号蓼洲，明代官员，因反对宦官专权遭魏忠贤迫害。崇祯元年昭雪，谥"忠介"。

月矣，爱其花竹，四时不歇。腊梅树下于去岁产灵芝，果奇瑞也。茶点，别去。至清凉翠微亭，风大猛，不久停。傍城墙出旱西门，南而西而北而西，至莫愁湖，寺屋淹圮而湖曲有情景，花柳映春，是一佳境。回入水西门，约二三里到家，少翁处见牛镜塘制军信，云闻大西洋有灭嘆吉利之信，不知确否，然果确，则侵内地之夷船将不复归，恐为困兽之斗，奈何。

牛监，字镜堂，号雪樵，清代名臣，曾官两江总督。

十五日 （3月26日）天晴。取回周、郑两画幅，皆奇妙也。邢子尹来话。石梧书来，言浙事甚不佳，大帅退守杭州，下文不知如何。夜，与子敬邀钱三兄步月至夫子庙，月地宽大之至。坐小船归，小酌。

十六日 （3月27日）早阴，午间见日，风大，复阴。冯世兄（元熠）、汤丈（义宾）、汤雨生都尉来晤话，知退守杭州之信非确也。作长沙信，唐应云、张得吾、杨裕田、陈尧农、刘雨耕、李在庵、郑兰亭、沈小帆各一件，总交应云处。并取山中书箱，由李乘时信行也。李淦回家去。寄阮相国师信并碑拓等物。晚复石梧书。

十七日 （3月28日）半晴，竟日大风。早写影格三纸。饭后，禹门来，为荐馆事，大约难矣。同步至邓裱铺一看，见杨升庵条幅，未审确否。归，作周忠介画竹石记。子愚往汪三处，得浙中信归。菊人夜至。子尹来，约十九日看字画。今日捡砚、笔、墨箱。

杨慎，字用修，号升庵，明代大才子，博学善文。

十八日 （3月29日）半晴。方伯雄来话。汪老三来。今日彤云生日，十岁矣。捡蔡友石丈所刻陶贞白（删除一行"大帅退守杭州，下文不知如何"）馆坛碑以校集中文，多所是正，并补脱句。子敬从外归，得浙信，大帅于初七日退守杭州，因初四日文参赞在慈溪战败也。真奈何奈何。"搔痒不着赞无益，入木三分骂亦精。"郑板桥书联，汪三说。

十九日 （3月30日）早步至邢园，子尹未起，催促久始出。李仪庭携所藏字画册卷轴来，绰略观之，约百四十五件，顷刻毕事。拣出石涛、八大画各一，余少佳者。出示乃翁醴泉丈诗集，有余甲午年题词诗一首，尚恍忽记忆之。未刻一饭，归，甚热。黄石琴来，言东河于初七合龙，王定九师相于十一日起程回京矣，是可庆也。留观正月廿八日以前京报。

廿日 （3月31日）杏侄辈除服，子毅死遂廿七月满，我已多活三年头矣。作书与张渊甫。邢子尹处送帖来，还即璧还。早间作书与石琴，为符丈馆事。夜，黄倩园来饭，见二月初头京报，闻城内怀清桥有屋倒躺廿余间，压毙数人，亦奇事。

廿一日 （4月1日）半阴晴，甚热，棉衣不可耐矣。符世叔来话。杨季子由扬州来寓。邓子久来话。夜雷雨，热郁当有此，尚不畅耳。今日作《井天记》，殊累赘。帐子中蚊虫甚多，何其早也。

邓尔恒，字子久，江苏江宁（今南京）人，邓廷桢子。

廿二日 （4月2日）早起剃发。雨住而未晴。午间，街头小步，烦热而归。约符禹门丈晚饭，榘生、季子同坐。子敬从致轩处回，说将军回杭，兵勇散尽，不知如何设措。晚风大，凉甚。

廿六日 （4月6日）昨夜畅雨，今日仍阴，时有点滴。作书与石梧，中有与倪朗峰字，问班书《地理志补》也。旋得石梧廿三日书，言东河工竣，而林丈行不免谪戍，甚不可解。符丈来。

廿七日 （4月7日）早，画小照人吴一峰来，不得似也。陈雪峰之子伯辅来，因同步至秤托巷张容原（宝德）家，看孙渊如校订《金石萃编》，又所得宋板《说文》半部，即平津馆覆刻底本，笔法、行数一切肖之，不易一处，而底本乃分为二，其半部闻在苏州也。元大德二年建康路造铜权有古意。归至孝顺里陈家，到雪峰灵前一拜。伯辅出乃翁所撰《访碑录重编》《补编》，较孙书增多，又分省府县，殊佳也。归后，石琴来，言元帅于十五回守绍兴，兵未散也，散者义勇耳。现请增兵，而刘玉坡中丞则奏请伊相复来，不审如何计议。得张渊甫复书并唐经幢本。

孙星衍，字渊如，号伯渊，清代藏书家、著名学者。

刘韵珂，字玉坡，号荷樵，鸦片战争时期任浙江巡抚。

廿八日 （4月8日）晴而热。早饭后出城，至能仁寺吊周芋生。同寺僧万纯周览山势。院中有覆水梅，云六朝物，古干枯立，县枝高耸，亦已巨矣。掘笋十六枝见赠。至天界寺，寺基甚广而俱隳坏，有明碑，三山林瀚撰文，起意云："太祖高皇帝定鼎金陵，所崇者六经圣人之道，乃召寺僧，谕以佛寺不当与民居杂处，择清敞地重建此寺。"立言殊妙。到宋郓国公坟，又南至邓宁河王坟，坟地甚高敞，御碑、石人马等俱无恙，然闻其子孙微矣。泗州人今有十七世孙邓贤良新立碑，乃芜关一书吏耳。东北行至普德寺，寺后山高秀，有抱负，僧长耀导游，石楠树极可观。此间坟顶植之，可辟虫虺，我乡无此也。登雨花台一览，下至海公祠，有八分书《忠介本传》，有笔势。入城，至侯府，晤汪致轩，吃点心。拜汤雨生、蔡友翁，俱未晤。同赴十老会去。至蒋山寺、鸡笼山、旷观亭、见后湖。回拜周道源，未晤。回仙桥古董铺一看。到邓子久万竹园，竹上白鹭栖满，奇观也。借灯笼归寓，吃晚饭，与季子、子敬、子愚同酌，颇醉。石琴处送夷报。

廿九日　（4月9日）晴。得石梧书。禹门、子尹先后来话，子尹言及诗人陶子静（定申）住油市。容原、伯辅来。容原赠《天监井字》，太漫漶，言《三公山碑》别有八分一碑新出者，又言得《裴岑碑》。韶韶生日。

卅日　（4月10日）晴。季子早饭后去，回扬州，托代求吴熙载图书，并买《地名分韵》《纪元编》两书。彭雪嵋自江都来，即当归去，因欲回盐城县任也。

初一日 （4月11日）晴。早饭后出门，至油市访陶子静，晤谈久之。至古林庵看鹭鹚，竹松皆满，一鹭一巢，又无上覆，长颈长脚，本难巢栖，幸不畏日雨耳。寺僧云春分来，秋分去。方丈然修未在家，与化铎及学书僧人一游，书联二付而别。寺后壁海棠生于砖缝皆满，亦奇。东南到陶谷，有三鹤主人张澄斋，未在家。至邢园吃点心。南捕厅访甘石安（祺仁）弟兄，未晤，晤其七弟心农。由状元境书坊归，将暮矣。

鹭鹚，即"鹭鸶"，通常指白鹭。

初二日 （4月12日）晴而热。寄唐应云、张得吾、杨杏农书。严近村来，知夷人添来船四十只到宁波，伊相已奉命复来矣。陶子静来晤。

初三日 （4月13日）晨，与子敬携桂、杏往万竹园看鹭鸶，真奇观也。上竹山，见前面火起，不久遂熄灭矣。午后得石梧书，无非为浙事慨叹耳。今日雨生请凭虚阁禊叙，辞不往。

禊，古同"禊"。

初四日 （4月14日）晴。甘祺仁来晤，知其弟石安系张筱谱门生也，集有古今金石诗三千余首，已成稿矣。邢子尹来，围棋，索书。汪致轩来晚饭。余体中忽不适，昨夜眠受风也。买得《天发神谶碑》，尚佳。

初五日 （4月15日）上月忌日供。张澄斋来晤，问我归批《史记》，伊从温明叔学士处转过，明叔则从余所得本转过者也。昔余得此本于内城护国寺书坊，借石士侍郎丈所过姚姬传先生旧本校之，则余本精审多矣。然归太仆阅《史记》之法，余亦不甚心服也。汤雨生都尉来，持两帖见示，又属题其尊人孝义公遗照也。与石梧书，董顺回京去，寄黎月乔、魏条三、赵子舟书各一封。雨生说诗人赵昆峰住石灰巷。

归有光，字熙甫，号震川，明代散文大家，因任太仆寺丞，故称"归太仆"。

初六日 （4月16日）自昨夜得小雨，今日略凉爽，阴竟日。周八兄（本巍）来，留与小饮而别。见杏官所苦，言有草药所疗，出城觅之未得。吕未入朝佐，从江苏来，带到石梧信并笋脯，信云闻花旗国与唉夷争产烟地，战于吕宋，唉夷大有挫损，现掣宁镇船往接应。果尔，则内地事将靖矣。恐仍是谣言，且何以又来船四大只也。周氏兄弟及魏世兄来（炳礼）。

初七日 （4月17日）阴凉。子愚往邢园，子敬亦出游。张石安来话。赵四弟来。作书与梅生。闻各处花园牡丹有信矣。庭前芭蕉萌芽日茁。

雪峰处作吊，归遂雨，竟日廉纤，苦不畅也。梅蕴生晨来晤。

十七日 （4月27日）得雨后稍凉，然日已出而潮烦未解。为甘实庵作《金石题咏景编叙》，捡金石零星拓本付装池。吴履吉（坦）先生之世兄（会）来拜。下午阴凉。

甘熙，字实庵，晚清文士、金石家。

十八日 （4月28日）晴，风，早凉午热。石琴来，知唤夷复至四十船果谣言，闻现在瘟疫大行，或者天心厌乱乎？张渊父之子耜（次耒）带到天监井拓本。吴东生来晤。

十九日 （4月29日）甚热。作书上阮师，并与李淦信，交管升带去。张次耒来。

廿日 （4月30日）作书复渊甫并寄折扇去，交次耒处。杨季子书来并《地理韵编》《纪元编》两书，熙载刻印四方。天极热如夏，殊不可解。作字与石琴。今日无客。

廿一日 （5月1日）检理金石小拓件，分排安顿付装池，遂致竟日，皆徐问蘧、六舟和尚、曹秋舫、吴圣俞、吴康甫所赠。惜乎旧所蓄赵晋斋本及汪孟慈、何凤明所赠本均未带来，不得一例装池也。倪朗峰寄到《地理志注》两本、书目一本。晏心田世兄差人来求字。申刻，大风疾雨，遂透凉。（眉批：复季子书。来人回去，带回印二，又石四方。）

廿二日 （5月2日）半阴晴，风不甚大。写字极多。方伯雄来话。与石梧书，李淦来，尚未接到我信也。子愚买得酒杯三，甚佳。夜，复晏心田书，交来差去。

廿三日 （5月3日）晴，凉甚。作书与默深，交李淦带归。午后，往张家吊，子实死矣。回拜梅蕴生。到皇城内东北半山寺，荆公故园也。有泉从钟山来，铜管安城下导入寺，作声，即往宫中去，宫中无之，但余故址耳，乃明基也。寺有古柏二，传为荆公手植者。归过状元境、石渠阁。

王安石，字介甫，号半山，抚州临川（今江西抚州）人，曾封荆国公。

廿四日 （5月4日）早起，欲往雪谷，不果，无舆夫也。阴天大风，幸而未去。作书寄吴瀹斋抚军丈、王菽原方伯，俱交应云处。又作书复倪朗峰，交石梧处。黄子湘来晤。汪老二来晚饭。早间与榘生访张雪鸿园，未开门，因至花盝冈看西园，对面即所谓吴园也，但余古柳数株，澄潭一曲，颇佳。

廿五日 （5月5日）早起，稍不静。邓裱匠来，检拓片，守视竟日。作书与六舟、木庵，交马艺林世兄，正署歙县也。由石琴处去，得石琴回字，言郑鼎臣焚烧夷船事已入奏矣。苏州艺海堂书坊来，无甚佳本。致默深书。

廿六日　（5月6日）伤风，尚不大愈。拓片至申刻方毕事。甘石庵送钟鼎拓片来。李叔虎从湘中来，重三日起身，廿余日到，可谓速矣。连得石梧书并茶、蓥之饷，当即复一纸去。来书言沙川、宝山一带复有夷船游奕，或者亦是谣言耶？

廿七日　（5月7日）着人迎石梧两姬，携其七郎来。早饭后，陈心农三兄来，午饭后去。余送至新桥，顺步到张容园处，见孙氏《重刻徐鼎臣许长史井记》，篆书颇佳，云从赵晋斋处得旧拓本者。又《孔彪》《李孟初》二拓均精，借得《萃编》四本归。魏默深来，匆匆一话，借银百六十两而去，在龙潭新买地也。今日闻心农说，知陈云心于去年十一月到家，数日即作古，友朋凋丧若此，慨何可言。今日烦热殊甚。

陈文田，字心农，号秋舫，晚清浙江名士。

廿八日　（5月8日）石梧眷别去。连日得书，知镇江口水涸，不得进船，先拟在此地觅小船，今竟不必到彼自雇也。黄石琴来，正值与子敬小酌，吃鲥鱼，遂同酌谈。知夷人大疫，又谋首郭士利被毒酒死，揆帅计也。得石梧书，知伊、耆两公已过苏矣。鲥鱼者，黄笏庵所饷，味不过尔尔，较之去年五月十三在九子山所荐者似不如也。

郭士利，德国牧师，鸦片战争期间随英军在浙江进行侵略活动，后赴南洋传教，并未被毒死。

廿九日　（5月9日）早与子敬到黄子湘处，即同游方家河干园，峭石澄潭，殊幽奇，惜园房多坍败耳。到承天宫青莲社寻符禹门世叔，见所造日晷，合直景、倒景图景为一器，颇精，惟按各省分度数，难移易耳。黄石琴饷鲋鱼二。检字画箱。

初一日　（5月10日）晨起即行，由南门东北入皇城，
出朝阳门至孝陵卫，饭于饭铺。东北行至灵
谷寺，寺门外树木千章。入寺，与沙弥长元遍游，志公塔
甚高而梯仄，惜不能望远，看周辟邪钟、元至元二年铸篆
字勒记。泰定钟楼管钥人不在，不得入，从外望之。引山
泉迸入，竖竹倒流出，亦小技耳。西院有芍药。出寺西行，
至孝陵，登陵山一望。既出，到碑楼看神功圣德碑。曲折
行，看石狮、豻、象、驼、虎、马，每皆两对，二伏二立，
立者皆牡。石柱二，在西者击其上如宫钟声。石人八行，
路多遂热。归至利涉桥，遇东岳会，极繁喧。归寓园，才
未正耳。周温甫在此。余宗山来。今日赵老四、汪老二来
饭，赵四生日也。子愚有不快事，可叹可叹。

初二日　（5月11日）自五更小雨，至天明地犹未湿，
午后仍晴。剃发甚早，移床堂屋，苦夜热蚊
多也。与石梧书，中有与王亮生书，问沈小畹"班书注"。

初三日　（5月12日）潮热甚。得石梧廿八、廿九两

书，说烧船事竟属子虚。周老八同王三福来，一话去。得蒋誉侯信，知笙陔丈于正月廿六日卒于汉阳寓舍，可悲也。夜极热，半夜雨，廉纤达旦。睡醒闻之，甚为麦慰。

初四日 （5月13日）透雨竟日，天甚阴黑。王受亭、周焕章来，因留午饭。与石梧复书。昨日得李淦来信。

初五日 （5月14日）早上供。雨时住时作，时复见日。汤雨生来，言鸡鸣寺下窟室甚宽大。

初六日 （5月15日）雨不住，颇复望晴矣。得石梧初三日书，言逆船已退出宁波，有用小船分扰苏杭、扬子江之说，不审消息如何。若果尔，则疥癣之疾，日耗元气，尤难奈何矣。周焕章来，晚饭去。得张孟龚书。

初七日 （5月16日）阴，旋晴，日甚炅，午后复阴。王受亭、周焕章来。焕章送药草名蒲公丁，又名凉伞草，治瘰疬、肿毒等症。符丈来一话，送日晷一个。石琴处借得京钞。

初八日 （5月17日）晴。受亭、焕章来别，所要书之五匾、四屏、十二联、二祠联、二十九扇俱齐，即付交。五匾者，夏口濂溪祠自去春被回禄，现在新修，其中有先公及彭丈、熊兄三匾补做，又二匾则余所

蒋元溥，字誉侯，湖北天门人，善楷书，能诗文。

回禄，火神名，借指火灾。

新题于夏镇及仪征两处祠馆者也，一"风自依然"，一"欲天下拙"。石琴来话，知宁波退出，是廿六七日事，且有初二日退出镇海之信。夷人其将潜遁乎？与蒋誉侯唁书并奠八金去。夜有月。

初九日　（5月18日）晴阴相半。潘少白先生来，草帽蹇驴，殊有逸致也。步访汪梅村（士铎）于金沙井巷，未值。门对皆篆书，果奇士矣。八十文买得《乙丑年搢绅》六本。

潘谘，字少白，号诲叔，浙江绍兴人，著名词人。

初十日　（5月19日）晴复阴，有风。汪梅村、张容园来话。梅村讲《水经》地理，能为诗，容园则专嗜金石文字也。三省堂后小竹数十枝，一春觅笋不得，今日忽见巨笋直上二丈余，已成大竹，尚未尽脱箨箨，甚奇。更奇在大家不曾看见也。母亲、伯娘都来看，因小饮亭中，孙男女俱侍，适值大雨，饱看之。

箨箨，指笋壳。

十一日　（5月20日）早阴，往邢园少坐。至陶谷，登楼。至雨生处少坐，蔡丈处吃切糕，俱不遇。五人至黄南坡处谈颇久，归。与季子书。与石梧书。

十二日　（5月21日）晴，甚热。章观察（廷榜）来拜。得应云三月十□书并书箱三只俱到。得石梧书、王亮生书、沈小帆书并郑兰亭信，说及九子山中树竹俱活，亦有损失者。

桂馥，字未谷，号雩门，清代书法家，以分隶篆刻知名，山东曲阜人。

十三日　（5月22日）杏儿生日，十四岁矣。检拓片。天阴风。致轩来。晡时同子敬、桂、杏坐船到夫子庙状元境，买得桂未谷《印考》《仓颉碑》《武荣碑》。帐铺人姓桂。今日闻乍浦于初九日失守，乃知宁波退出，垂涎在彼，地处杭、嘉、松之间，大非妙事，奈何奈何。得季子书。

十四日　（5月23日）祖母郑太夫人忌辰。黄石琴来，知乍浦事尚无的信，但闻夷人上岸，陕甘兵方与接仗，或者有捷音也。晡间闻城门早闭，遂有盘获奸细，病亦久矣。夜月甚佳。昨日得觐云侄女书，殊可怜念。与石梧书，中有与亮生书，问沈小宛班、范书注，《水经注》等。母亲早饭苦鱼刺，孙妇咒水愈。

班固著《汉书》，范晔著《后汉书》。

十五日　（5月24日）晴而不暖。午后与子敬到武定桥，子敬上坡，余至状元境，问智永《智永千文》，不得见，归。酌，闻乍浦失守，苏州三日始得信，且甚安静，亦非好事也。

十六日　（5月25日）甚冷，重棉上身矣。得石吾书，言乍浦失守，都统不知下落，巡道退保嘉兴，闽勇竟为贼用，可愤之至。竟日雨未住。与唐应云书，中有与小帆、兰亭、载安、临川各信。

十七日　（5月26日）冷如昨，天晴矣。邓子延来检拓本，遂竟日，得吴丽白寄到《字诂》三本，国朝黄生撰，采入"四库"者也。黄倩园来，知乍浦于十四日尚闻接战失陷情形，不审何若。子愚先出，子敬同倩园出。

十八日　（5月27日）早起一饭，坐船由南门桥、武定桥、文德桥北过数桥，又转西过太平桥、北门桥，又转北至石桥蔡年伯处，吊其次配，上祭者甚多。友丈白衣冠，如丧嫡妻也。观所藏字画。任元谋龙岩，金时人，画书韩公《秋怀诗》卷子，纵横奇妙，胜《古柏行》。《古柏行》相传为宋人，不知实任君书也。祝京兆《金刚经》精妙。鲜于伯机《张公神道碑》稿，极肃穆。其怀素、二米则赝鼎也。仇石洲《东园观奕图》，清笔非凡。板桥《兰竹册》十二幅，厚逸可爱，此册借归。汤雨生、汪邺园、邢子尹俱相晤。归至夫子庙，到抱梓堂看古董，携八件归。有黄石斋画最好。得洪子香书。倪朗峰寄来《地理志补注》。黄石琴信说浙西兵进援，颇有杀退夷船之势。

鲜于枢，字伯机，元代著名书法家。

十九日　（5月28日）着人送回各件，止留石斋、蓬心、孟津三件。符丈来话。与石梧书。旋得石梧书二。

廿日　（5月29日）风比昨更大，昼夜不息，可怪也。晏心田之侄来。刘松亭言有太清楼、星凤楼《家庙碑》各古拓当送阅。与开甫书，索《元靖碑》。容园来看颜书《放生池》钩本，留饭，食松菌甚美。

廿一日 （5月30日）风大，已四日矣，不审是何祥也。邓姓来检版片，竟日毕。作《裴岑考》一篇，真破空独得，与前日作《司徒残碑考》同也。得唐应云四月初头信。食黄花鱼。

廿二日 （5月31日）风略秀气些。午间步至夫子庙后松亭处看字画，太清楼拓佳而太少，文《楚词》小楷精绝，而余又素不喜其笔也。石渠阁定旧书、聊复尔尔斋检得数小片归。石琴饷黄花鱼，已不似昨日之美矣。子愚看汪少海丈去。乍浦失后杳无消息，大奇大奇。

廿三日 （6月1日）早，风小矣。写联幅甚多。石琴来。乍浦半月无消息矣。

廿四日 （6月2日）大晴，极热。早饭后出门，黄石琴处谢步。晤汪少海丈，观所上着将军书。十年不见，亦觉老矣。遇刘瀛客二兄，旋即往拜。二子出见，于园中一游，尚少竹耳。（回拜章观察，见玉坡中丞折底）。到博山园，与潘少□□楼看渊明祠，上复三层楼，有制军□□□□。回屋里，久谈而别。黄鹂冈何家拜汪梅村，兼晤茂垣同年。胡竹村来，因得一话，问其《仪礼疏》尚未毕业也。归，知邢子尹来。夜与石梧书。有倪信。复应云书，谷单付去。

刘瀛客，字用之，号慵鹤，江苏太仓人，著名书画家。

廿五日 （6月3日）热。两得石吾书。得石琴字，知浙中和议可成，伊、耆已归。杭州若果尔，得小休息，然彼夷多占马头，尚不定如何布置也。刘瀛客来。黄筊庵来。

廿六日　（6月4日）罗理问带到苏藩书。李戟门来，雷州守舟行过此也，因邀石琴来同饭。严近村来，亦同坐。汪少海丈来，我未晤。复得元和井拓，比前拓者远胜矣。戟门住此。

李廷棨，字戟门，号萼村，济南章丘人，清代藏书家、书法家。

廿七日　（6月5日）早，戟门早出，上塔去。余复睡，昨日多饮也。午间，戟门别去。子敬附书与邓行，为前债事。

廿八日　（6月6日）辰初一刻，儿妇免身得男，甚可庆也。一切平安之至。余昨梦一和尚来，今早仆子王贵荐□□□官来拜，占佳兆也。何同年其盛来。竹村先生来，赠《研六室文钞》，谈《仪礼》通洽，虚己之至也。早间与石梧书，报喜。今日极热。

廿九日　（6月7日）热极不可耐。杨小葭来话。少海丈惠绍酒大坛。得石吾廿六日书，言噗夷因嗑骨劳侵扰，撤兵船归援，耆帅回粤任追剿，想犹是退出宁郡折中谓所奉旨也。未刻云阴，略有雷，既而大雨畅透，炎氛一洗，雨遂竟夜。

卅日　（6月8日）孙孙三朝，取名钟曾，以钟山也。雨住，一切平善。蔡友石丈、汤雨生、黄筊庵、汪致轩俱来贺，因……

以上为中国科学院图书馆藏，题名《草堂日记》

道光二十三年

十九至阮世兄虞王艤軒看張令晬告身有魯公書

名押

廿日阮師虞拜壽八十賜壽也余送對句云如日星

河岳在天下含望爽伏鄭為一身

廿四日六湖借閱邵風卷兼示晉唐小楷帖

卅日朱建卿虞觀竹坨烟雨還耕圖王漁洋王蛟門

談詩圖朱昆田月波吹笛圖俱禹慎齋筆清妙無

比葉丈得宋南渡六印見示

二月初一日聞劉子敬藏有魯公中字麻姑壇記未

見

初四日得時帆學士移居圖

初六日飲韓小亭虞見陳居中女孝經圖精古之至

順治十八年縉紳尒極朴茂可喜雲台師相跋云

有家藏嘉靖縉紳尤當可寶也葉東卿丈說藏有

明會試錄數本法時帆有順治三年齒錄皆此類

矣

道光二十三年癸卯記

正月初三日赴倪梅生便飯有持宋帝邠風卷來售
者遂并蓬心卷攜歸

初九寫白摺三開

十一日楊墨林家看家廟碑尚好板橋復堂畫有佳
者從前曾見皇甫碑今日未得見也

十七日杜蘭溪處看董畫沈畫唐畫均佳子畏迹尤

妙

二月初一日閏劉子敬藏有魯公中字麻姑壇記未

見

初四日得時帆學士移居圖

初六日飲韓小亭處見陳居中女孝經圖精古之至
順治十八年縉紳尓極朴茂可喜雲台師相跋云
有家藏嘉靖縉紳尤當可寶也葉東鄉丈說藏有
明會試錄數本法時帆有順治三年齒錄皆此類

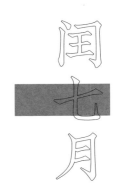

闰七月

十二日 （1843 年 9 月 5 日）早雨未歇。苏赓堂侍御处一话,云得史阁部书《归去来词》卷子,未及索观。归饭后,写大字多。为李季云侍御题元人丹荔图诗,无款董画诗。晚赴吕尧仙席。子愚游南星门外怡园,闻有水可坐船,亦佳也。

十三日 （9 月 6 日）早上馆。《松文清传》初稿已完。接办陈忠愍化成□□□□《一统志》副本。馆中到者,比前为多。未刻到杨墨林处写大字各件。韩季卿、冯鲁川俱在。吃全羊件数极多,然同一膻味也。傍晚阵雨。

十四日 （9 月 7 日）早阴。庄卫生处一话,罗椒生未遇。买酒二坛。酒店后园中石榴甚盛,摘取五枚而返。午间复出。访陈卓堂未遇。倪梅生处、杜蕉林处一话。归写大字、小册、各扇件。晚约庄卫生星使、甘实安员外、赵伯厚宫赞、阎镜泉侍御、吕尧仙、张石州两同年小饮。得子敬初九日到雄县信。

十五日 （9月8日）竟日未出。天气晴好。止早间略阴耳。兰花发两枝，清香来至。检阅《陈迦陵诗集》。写大字多。得子敬初十日河间府信。夜月佳，与致轩、菊士话。

十六日 （9月9日）早上馆。同到馆者四人而已。未刻与伯厚步出午门。伯厚曰：莫又有大考也？三月初六日亦两人步出午门出城，而初十大考之旨，故有此语。到秋曹看牛镜堂制军丈，出示在江南奏底三册。余因作《陈军门传》，须查其奏也。回家吃南瓜点心。张粲庭来话。晚饮赵心泉处。兰花盛开，有重台者一朵。竟日晴。

赵维仁，字心泉，甘肃临潭人，能诗善画。

十七日 （9月10日）早访王曼生，托查陈军门事迹。早饭后复出。屠夑臣处话。金湘门丈处，见张桂岩大幅画，殊静妙。吴松甫师处久话，归。未正到报国寺，冯鲁川做东。伯厚、石舟来甚迟，难等难等。月上方散。王曼生来夜话。盆兰开二枝，甚香。

冯志沂，字述仲，号鲁川，山西代州（今代县）人。

十八日 （9月11日）早甚凉，秋气深矣。剃发后，寄子敬书，由彭雪眉处去。早饭后，杨子言来。出门，陈淮生处，罗椒生俱晤话。黄琴隝得孙，三朝道喜未值。归写大字多。晚苏赓堂拉往刘晓川处，乙未世兄十三人饯椒生星使也。兰又出一箭。竟日晴，而夜月颇阴。与刘午峰书。

罗淳衍，字星斋，号椒生，广东顺德人，书法雄厚圆浑。

十九日　（9月12日）早上馆，遇苗仙露，于小市共话。今日到馆者，多至十余人。午正后始饭归。撰序一篇。复出拜两客。过魏条三，对小雨共话。庭前秋篱花草甚有致。陆解元飞《黄山图》，余昔题一绝云："梦里黄山醒后图，居然奇秀到天都。谁知云海苍茫外，灵气仙风不可摹。"竟已忘之，兹得见，因记于此。夜无月，五更雨。

廿日　（9月13日）早冒雨出门。陈卓堂处小坐。什锦花园伊相国开吊归。过古迹斋，取《钞选唐诗》四套。选固佳，而批字亦清妙。有紫琼道人印，未知谁何。赵心泉处剪兰二枝归。雨仍未住。得子敬苦水铺信（敬信）。午后晴。写大字。申刻复出，看程子渔守恭丁内艰也。月乔处话。王翰桥移居，殊幽雅。归饭后，王曼生来。到祝荀伯处，为房子扣俸事。

廿一日　（9月14日）早起，桂儿录科也。余竟日未出，作卷子书甚夥。白纸□不一，难尽好写耳。夜与曼生同请卓堂、寿臣，倚歌《游园》一折。今日与陈福杍、胡荪石（寄挽联）、唐印云信。

廿二日　（9月15日）早到华甫处话。归与印林书。晚请金湘门年伯，朱朵山、王若溪、邱小屏、赵心泉、汪致轩同坐。何根云来，略话去。

朱昌颐，字吉求，号朵山，浙江海盐人。

廿三日　（9月16日）早上馆。午饭后，拜麟见亭前辈、钟云亭河帅丈。到慧裕亭寓问年伯好。归少憩。周芝台阁学处观奕。夜饭后归。得子敬德州十三日信（敬信）。

周祖培，字叔滋，又字芝台，河南商城（今安徽金寨）人。

廿四日 （9月17日）早往廖玉芙大□师处，时奉使治东河也。到易问斋处，又赵心泉处，剪兰而归，条三处话。下斜街花局买兰花归。早饭后书扇及联幅颇多。海秋来话。灯下为赵平山同年撰其亡室墓志。又写程子渔母挽联。夜作书与黄石琴廉访、潘德畬观察，系月乔所浼也。

潘任成，字德畬，祖籍福建，世居广州，刊刻有《海山仙馆丛书》。

廿五日 （9月18日）早送卓堂行，未晓。归饭后，蕙西、子序、石舟、心泉相继至。石舟属桂儿橅《唐大安宫图》。晡时子嘉处看楚君小虫国手弈。归，条三来便酌。

《唐大安宫图》载于《永乐大典》。玄武门之变后，李渊自太极宫徙居弘义宫，改名为太（大）安宫。

廿六日 （9月19日）早到馆。《陈化成传》做成。到馆者寥寥数人。午初无饭吃，因提调俱未到也。同伯厚往翰林院，与清秘诸君同饭，酒甚佳，酌其五碗。看架上集部书。匆匆而出。过厂肆归，得子敬十四日住莘店书（敬信）。晴而颇热。闻河南黄河断流，未审何故。

廿七日 （9月20日）早。收检史稿。午间为程木庵题彝器拓本，得诗一首。题卷首"惜道之味"四篆字，用洨长语也。拜客数处。至武吟斋仪曹处，见余数年前书联云："香含鸡舌彤云返，韵写龙鳞玉露鲜。"

程洪溥，字丽仲，号木庵，著名收藏家。

孙思铭，字兰检，江苏通州（今南通）人。

龙鳞韵者，吴彩鸾所写唐韵，因吟斋夫人能诗，故有此句。余久忘之，聊记于此。孙兰检、黄琴隝处话。归写大字多。

廿八日 （9月21日）早。徐白华前辈、章荻帆舍人两处作吊。归，饭后，书联扇各件。寄子敬书于苏州。旋得十九日界河驿来书，途中不为阻滞也（敬信）。复程木庵及六舟和尚书，交子渔处。苗仙露来话。晚晤子序，明日下船也。话致轩、菊士处。

苗夔，字仙露（先麓），直隶（今河北）肃宁人，精于声韵训诂。

廿九日 （9月22日）早上馆，独坐久之。问云来巳正，因共饭。饭后而赵伯厚至，余先出。到安定门，吊萨同年。出城拜吴瀹斋中丞。又王荫芝处奠归。胡小蘧来话，酉正雨。郑小山来，为小西诊脉。

胡家玉，字小蘧，江西新建（今南昌）人。

卅日 （9月23日）雨竟日未住点，午间出门，甘石安处话。秋花小院，殊有致。邱迪甫出守松江道喜。彭春农丈病愈矣。蒋婿处话。黎月乔处送行归。晚饮郑小山处，雨至夜更大矣，半夜住。连日闻人言：黄河因函谷以下山崩，分为两路，一从汾绛一带漫溢，一由南阳一带漫溢入襄河。真奇异事。

郑敦谨，字筱山，又作小珊、小山，湖南长沙人。

初一日 　（9月24日）晴爽。早寻缪可斋、程容伯，俱不值。黄寿臣处早饭后，同游广市。买得八大画，鱼山幅，曼生联，香光题画幅，为寿臣买也。午后，暗史吟舟丁内艰，王介名兄丧归。写大字多。晚饮陶问云处，欢而未醉也。子愚请折桂客，席设致轩处。傍晚时，小山来诊小西脉。

熊开元，字玄年，号鱼山，天启五年进士，后出家为僧。

初二日 　（9月25日）作中楷幅，书《桃花源记》《归去来词》，竟因人客沓至未竟。学政单下，王晓林、吴松甫两老师处道喜。同年惟蔡麟洲得四川，乙未世兄陈杏江湖南，张小浦安徽，而万藕舲以大考第一竟不得。张石舟托查《宪庙诗文集》，有挽祭阎若璩诗文未查得，想在《雍邸集》中也。祁幼璋来话。

王植，字叔培，号晓林，直隶清苑（今保定）人，曾任会试同考官、礼部侍郎、安徽巡抚。

初三日 　（9月26日）早上馆。午正饭后出城。翁玉泉处一话，归。客来不歇。复石梧书。闻黄河复归大溜，由漫口出，洪湖甚涨。高堰石工危险，不审若何。

吴其浚，字季深，号瀹斋，河南固始人，官山西巡抚，工小楷。

初四日 （9 月 27 日）早与常南陔廉访书，中有与子敬信。复沈朗亭书，与王谷诒书。早饭后各新学使处道喜。林世兄士钤处吊。由厂肆归，复出才盛馆，高小岑堂上寿。归写艺甫横幅竟。复出至吴松甫师，吴瀹斋中丞丈处，均不值。曹西垣来话。

初五日 （9 月 28 日）早晤寿臣、蕉林归。检入闱各事宜。写大字多。根云来宿。

谢荣埭，字履初，号方斋，浙江山阴（今绍兴）人。陶恩培，字益之，号问云，浙江人。

初六日 （9 月 29 日）寅初三起，寅正二刻入午门，听宣。竟颟顸无从探确，但知我不与，而有同年谢方斋、王介名二君、乙未世兄陶问云，余不甚了了也。到内阁又一时许，亦无真正名单，遂大家散归，实不成话。出城见名单矣。张小西病好起来，与桂儿先后入城，住小寓去。晚饭后，到袁午桥、郑小山处话，根云来宿。今日主考正麟魁，副许乃普、花沙纳。

初七日 （9 月 30 日）天阴，间有小雨。潘师母寿辰，王鹿苹母寿，俱往拜。午后到小寓，邀致轩、菊士及桂儿到墨林处，看园□兰桂。小酌而散。余即宿其斋。夜热无月。

初八日 （10 月 1 日）早。到贡院前，天已晴朗。东左，东右，西左，三门三口。西右门迟至戌正后方□。搜检宽松，为从来所未有也。余□月至杨家，园景比昨尤佳。

初九日 （10 月 2 日）早吃点心，即到馆。旋归寓。

早饭后，吕尧仙丁内艰，往唁之。归写大字。
酉初下园，到根云处已月上矣。往祁春浦尚书处看《大观
帖》，帖已在淮生处。久之回根云处食宿。

祁寯藻，字叔颖，
号春圃，山西寿
阳人。

初十日 （10 月 3 日）寅正即起，与根云同饭。卯初
进内贺万寿圣节，行礼后即归。拜衍圣公孔
伯海。一别二十年，翩翩少年，今须鬓老成矣。出城到才
盛馆定席。归饭，写大字多。作书与黄新甫太守，荐汪汝
弼馆地。晚饮赓堂处。

十一日 （10 月 4 日）早。与子愚同往路莲槎处。归
饭后贡院送考，点名快极，未初已竣事矣。
与海秋同过杨园而归。晚饮刘晓川处。张小西因病移居养
息去。汪世兄今日行。

十二日 （10 月 5 日）早到小山、寿臣处。蔼臣晤于
途。写大字，清案头书。夜月佳。

十三日 （10 月 6 日）早上馆后，到贡院接场，桂儿
已回家矣。早饭后，等二汪未出即归。请孔
北海圣公未刻饮。潘星斋、殷述斋、蔡麟舟、两学使作陪，
饮甚洽。北海言：近得《鹤铭》古拓全本，有明人题跋甚
多。想是奇□矣。傍夜雨不大。

潘曾莹，字申甫，
号星斋，江苏吴
县（今苏州）人，
工诗词书画。

十四日 （10 月 7 日）早料理节帐。早饭后出门，各

老师处送节敬。潘星斋绂庭请巳刻饭。坐至申正始散归。少憩，至刘宽夫比部处，看《大观帖》。黄寿臣处公请吴松甫师，与蒋心香三人作东，朱朵山、陈秋门作陪。席间唱《游园》《絮阁》曲各折，饮甚畅洽。因吾师将视学浙江，一饯为欢，三年小别矣。中秋日，一家欢度可喜。午刻携册砚独游报国寺，写字、画，秋趣殊佳。赵伯厚忽来，同扰戒和尚伊蒲馔一顿。伯厚去。余仍坐至申正后归。与弟侄饮。乘月出，看汤稼生病，邀郑小山与诊。偕小山至雅集斋一话。归而内子病发，余竟夜不得睡。

赵振祚，字伯厚，号芝舫，江苏武进（今常州）人，曾为翰林院侍读。

十六日 （10月9日）早送北海上公行，握别拳拳可念。到馆无事，未初始饭归。汪致轩、菊士、白晓庭，在此轰饮。汤海秋、黄树皆后来。客皆畅醉。

十七日 （10月10日）因所请二十日之客，现改今日，二十日无席也。适王若溪请我今日，下场门，即附一席。与寿臣、心香，公请吴世叔。世兄□□有事先去。李寄云说：新得项易庵画册，极精妙。夜步月访汪致轩兄弟，俱已睡。因步至条珊处，主人未归。然烛看《辽史拾遗》一本而归。

李恩庆，字季（寄）云，直隶遵化（今河北遵化）人，书画收藏家。

十八日 （10月11日）早往东头拜客，便看小西病，尚未大愈，然差健矣。归早饭后，写大字多。申刻携看具到西曹与镜翁饮话，苍茫感慨之至。先逢陆雅雨前辈，先行出城，已昏暮。灯下和王菉友六十自寿诗。根云来宿，夜分方寝。

十九日 （10月12日）早由城内拜客，上馆。略检《河渠志》初草底，不审能收拾否也。午初饭后出城。未正赴王菉友、陈雪堂同请之局。夜月佳。昨夜发信寄子敬、应芸于长沙。

廿日 （10月13日）早作书上阮相国师，寄魏默深，均交石州带去。早饭后，略静，撰《罗笑山志铭》。晡时，同条三至厂肆，携《颂天胪笔》《明季北略》两书而归。饮至月上，话致轩处。

廿一日 （10月14日）早回拜数客。饭后，到报国寺作书。晡时步归。晚饮朱朵三处，陪吴松甫师，颇醉。

廿二日 （10月15日）晨起剃发。午间访徐同年不值。彭春农丈处久话，颇言钞法可行，所论不出亮生刍言也。看吕尧仙，归仍出，松甫师处送行。拜李芸舫漕帅。夜饮致轩处。

廿三日 （10月16日）阴。早饭后至张义门外普济堂，同门公送吴崧甫师。午正始到。师行后，顺路游天宁寺、报国寺，与寿臣茶话。归已暮矣。夜风。

吴钟骏，字崧甫，号晴舫，江苏吴县（今苏州）人，曾为湖南典试官。

廿四日 （10月17日）早到秋曹看牛镜翁，因有不归入朝审之旨，是好消息也。并晤姚石甫一话。出城，则才盛馆乙未乡试同年公请沈砚□、胡小蘧两学使，同年共五席。午饭便归。许畹、莫毅农来晤。

廿五日　（10 月 18 日）先公冥寿，早晚奠。竟日不会客。吕尧仙处开吊。写大字极多。复庄琪园书。得子敬扬州及镇江书。各屋安风门。

廿六日　（10 月 19 日）早上馆。午正始饭。出城，从厂肆归。晚请邱迪甫太守，宋寿甫、单藻林、饶载初、丁薇生、黄寿臣同坐。

黄宗汉，字寿臣，福建晋江人。

廿七日　（10 月 20 日）早回拜毅农不值。才盛馆丙申同年公饯王晓林侍郎师，演春台部，同年到者三十余人。搭席二，请客十人，皆秋战士也。竟日阴，颇冷。

廿八日　（10 月 21 日）寻阅《西河集》。写册叶半本。午间走访张亨甫，剧谈久之。归请阮受卿、蔡春帆、祁幼璋、李晴川、苏松□、郭雨三晚饭，醉。

蔡锦泉，字春帆，广东龙江（今佛山顺德）人。
郭沛霖，字仲霁，号雨三，湖北蕲水（今浠水）人。

廿九日　（10 月 22 日）早上馆甚冷。借梁矩亭小棉坎肩方好□。到馆者余与矩亭、竹朋、颖生四人耳。未刻，同到杨家园，看竹、晚菊，围棋一局，酒点赶城□矣。杨介亭、白晓亭、汪致轩、菊士来饮。

初一日 （10月23日）卯刻起出城，到九天庙，同年
到者约十人，候送王晓林少寇师。候至午初方
到，不免饥寒矣。归，炒饭一碗。即东之万柳堂，汤海秋请
陪姚石甫也。风声苇声，树色云气，殊多萧瑟之致。幸谈高
而酒美，野树密箁，趣不浅矣。海秋赠石甫诗七律八章，佳。

姚莹，字石甫，
号明叔，安徽桐
城人，师从姚鼐，
为著名古文家。

初二日 （10月24日）剃发，甚冷。午间检理书帖。
写大字多。薄暮到厂肆。过寿臣给谏处，便饭。
为书扇幅二事。归途颇受冷，夜不甚适。

初三日 （10月25日）早上馆。小毛袍套，尚不见
暖也。午正饭后出城。书室中安曲尺纸屏，
为御风也。致轩、菊士来共酌。与屠小如书，从誉侯处去。
夜梦，不审何谓。

初四日 （10月26日）寒如昨日。午后仍风。作小楷、
大行俱多。晡时到天宁寺，吊王小崖母丧。
夜约廉浴亭广文，王宜斋比部，陈□□、李晴甫、李书农

三舍人，王□山义曹饮。

初五日　（10月27日）寅正起，卯初，行至前门，门未开也。卯正后，天明日出，城始开。城内人顶门出者殆近千人，顶城入者甚少也。到午门前坐班，本衙门止余一人到耳。归祀先伯父光禄公冥寿。午后温稼生处吊，挽之云："生死太匆匆，回思几日清尊，同证□禅□□□；升沈原澹澹，不料一官水部，惨教归梦断湖山。"归写大字。晚饮苏赓堂处，陪邱迪甫也。散后朱伯韩处，谈诗甚畅。

初六日　（10月28日）早上馆，来者人极多，从来所罕也。午刻饭后出城。由厂肆归。约英毅农、张西丰、何小峰、王翰乔、牟一樵、周华甫晚饭。

初七日　（10月29日）早送邱迪甫太守行。归作小楷扇册。午间到天宁寺公祭王□母，同年到者共八人耳。归写大字。晚饮郭雨三、翁玉泉两处。俱未多饮。因先吃羊肉面，遂饱却半日，可叹也。

初八日　（10月30日）晨过魏条山处，问李西台校官事，知注册候选，无庸领照也。吕丽堂太守处话。石芸生处话。归写大字甚多。看《毛西河集》，颇少同意处，止《毛诗》名物有佳处耳。夜月，致轩来酌。河南试差今日始放。

初九日 （10 月 31 日）早上馆共到五人，嘱提调行片内阁，要河道图。归见报录人。申刻饮梅伯言处。南官二人，阮受卿得隽，殊可喜也。晚至厂肆。

梅曾亮，字伯言，江苏上元（今南京）人，师从姚鼐，文名甚盛。

初十日 （11 月 1 日）早见题名录。阮受卿、王子兰、许吾田、黄子寿，俱获隽。皆有根底者。各处道喜。夜月佳。与致轩小酌。桂儿复挑誊录。

十一日 （11 月 2 日）早到东安门内朝房磨勘。共派四十人。翰林二十四人。每人分卷七套。至午正，无应议签。与赵伯厚同出城，饭于裕兴居。复闲游，泥饮颇醉。复蔡凝堂书。

十二日 （11 月 3 日）早起未出门。午刻，文昌馆廉浴亭广文请一饭。步归，写大字甚多。留汪氏兄弟饭。菊花多本，殊与竹气相映成妙。

十三日 （11 月 4 日）早到馆。顺路回拜范雍亭凤谐，由南汇令保举来都，从练立人处见余书相慕访谈，书道殊有领会。申刻到才盛馆，周云浦同年祖母寿也。酉初回家。少憩，仍赴马湘帆前辈席。石甫、伯韩、海秋、亨父、庚堂、伯言同座，仍前约也。颂南、少鹤不至。得子敬吴门八月十九日书。

十四日 （11 月 5 日）早出门，拜数客，俱未起也。刘宽夫比部处，看覃溪所藏《鹤铭》三本，各有趣。唐林纬乾藻书札拓本极旧。宽夫云："岂吴匏庵刻？"余意明人刻石，未必有此手段也。晚汪致轩、菊士、桑十、子英、杨介亨、白晓庭来饮。蔡麟洲后至，菊院轰饮，客无醉者。

十五日 （11月6日）早送陈杏江、蔡麟洲两学使行。至姚石甫处，适已将登车，与伯昂阁学师同游西山去也。与亨父一话。汤海秋处、祁春翁处道喜。归，为兰检阅酌前序，晡时毕。汪家亲戚李万松来夜饭。步月至厂市。过周鹤舲，复留饮数盏，酒极佳，从朱霞峰借的。

十六日 （11月7日）早过张世兄粗处一话。到馆午正后始饭。出城访张润农不值。归，晚赴李晴川席。散后，倪梅生处一话。

十七日 （11月8日）早不出，写大字多。午后一出，到厂，归。琴隝携乃郎子寿来拜，新获隽也。夜话苏赓堂处。

十八日 （11月9日）早到东头拜客。饭刘佩泉处。归夜饮。刘小竹司马寄禅院，秋多月色，健甚，宜□醉也。

十九日 （11月10日）早上馆人极多。因新选协修者俱到也。拜奕相国、王篆友、许吾田。出城到誉侯处，为阁学丈传事也。归，祖母郑太夫人冥寿，上祭。夜仍饮小竹处。有度曲者，主人颇有闲趣，春酒甚佳也。他客止寿臣耳。

廿日　　（11月11日）早未出，剃发。早间到才盛馆，丙申公请刘蘅洲太守，缑鹿仙大令也。未正后归。晚至姚石甫处谈，因留饭。亨甫、伯言均在座。归过郑小珊处。昨夜子正，子愚得一女，大小平安，可喜。

廿一日　　（11月12日）早未出。饭后，到东头张润农处话。回拜数客归。写大字多。夜饮苏松龛处。

廿二日　　（11月13日）早到东安门内。磨对覆试卷，幸无参错。顷刻而毕。伯厚来早酌。招云侄女三朝也。天宁寺王师母处开吊。归，约刘蘅洲、缑鹿仙、谢方斋、朱霞峰、王介铭、翁玉泉饭。客来参差错落，殊可叹也。

廿三日　　（11月14日）早上馆，撰成蒋阁学丈传即归，未及饭也。无客来，甚静。得子敬九月朔杭州书。

廿四日　　（11月15日）作九老图记并诗，又文待诏秋庭读画图诗，皆为李季云作也。午间天和馆拜陈栗堂同年慈寿，未坐而出。晤周介夫观察，谈甚久。归，夜翁玉泉处餐，菊饮甚畅。

陈宽，字栗堂，直隶安州（今河北安新）人。

廿五日　（11月16日）早静。午间，文昌馆毛苇村侍郎前辈娶妇道喜。归作小楷。黄寿臣、孙兰检来便饭。夜雨。

廿六日　（11月17日）雨未住，不甚大也。早到馆。午刻出城，拜徐似樵年伯寿于文昌馆，饭后归。晚请方酉山运使、董柯亭观察、易念园、杜兰溪、黄正斋、郑小珊饭。得湖南榜信。

廿七日　（11月18日）早过海秋处。归夜饮条三处。子遇、伯厚同坐。

廿八日　（11月19日）早到秋曹，与牛镜翁话。即留早饭。归阅孟襄阳诗。夜饮徐似樵年伯寿酒，甚醉。子愚与根云饮晓川处。归更迟矣。

廿九日　（11月20日）早上馆。人多而饭迟，不及待。归来，未初始饭。夜约姚石甫、王箓友、牟一樵、赵伯厚、朱伯韩饮。石翁阅历宦海，兼综学术，谈次口如悬河，意气甚壮也。张亨甫因病不到，为送酒一壶去，根云归亦同坐。

卅日　（11月21日）早到王艧轩处一话。归，至夜不复出，而客来未歇。连日阴寒，不见日矣。子愚与根云饭寿臣处。夜风。

十月

初一日　（11月22日）早看张亨甫病，神清气定，
　　　　当可渐愈，殊慰藉也。归饭后，写大字多。
晚饮赵伯厚处，与王篆友共三人耳，清谈甚乐，他客多为
赓堂拦去矣。

初二日　（11月23日）早拜数客，归饭。杨蔼庭请
　　　　同庆楼陪篆友，回思从前饮此楼，忽忽十余
年矣。方酉山请文昌馆，归仍赴朱霞峰约消寒第一集。席
间，因星伯戏语，甚感愤愤。学道惟治怒字难。然此是性
情中所应有，顾发之得当与否耳。

初三日　（11月24日）早过天顺□局买酒。即上馆。
　　　　午刻出，送篆友行。哭秀楚翘丈。介轩之子
中式道喜。西垣留小酌，酒甚佳。归，天风召寒，菊俱入
屋。

初四日　（11月25日）伯母寿辰，内外俱客。寿先
　　　　堂清音。天气太冷，幸无风耳。

张际亮，字亨甫，
号华胥大夫，清
中后期著名诗
人。

初五日　（11月26日）早到周华甫处饭。晤周杏农，殊有才藻。各处谢寿归。傍晚复出谢。从厂市归，夜得石梧书。即到苕珊处话。为换照耳。

初六日　（11月27日）早由顺城门进城到馆。阅《河渠志》初修四本，殊难仿照。午正出，过墨林竹屋小饮，作书。仍拜数客。归已暮矣。郑小珊来，夜话。

初七日　（11月28日）早过李义门处，看所造水雷缺引并说帖。晓川处菊尚可。亨父病殊未退也。归，饭后仍出。吕尧仙处坐。拜数客归。义门及其弟子□、潘德畬之弟子兴，同来饭。刘世兄骧适来，亦同坐。谈夷务竟席。

初八日　（11月29日）竟日未出。检理请寿筵客单，甚冷。

初九日　（11月30日）早晤易念园，下大冰帖归。未时赴园，谒潘师相未见。往根云处吃满月酒。兰检、槐江、椒生俱同往。踏月，与庄卫生谈于诵孙池南山馆。

初十日　（12月1日）卯初起，卯正齐集太后宫。辰初圣驾至，齐班行礼叩万寿。回至根云处即归。饭后到张润农处。张亨父于昨日酉时病逝，可叹。因往松筠庵看殡殓哭之。一切身后事，皆姚石甫为料理，同人俱集。临没之日，自订诗草八本，去取现看遗嘱，皆朱伯韩听而录之，可谓神明不散矣。

十一日　　（12月2日）早，拜周伯恬丈仪暐。晤世兄韬甫。答拜数客归。写大字多，因天色颇和也。夜饮梁矩亭处，消寒第二集。菊花尚好，白而大者味尤甘。

十二日　　（12月3日）早到报国寺，木叶脱尽，竹光透青。饭后为吕尧仙写古砖册诗，是乙未夏旧作也。翁玉泉约至煤市街公昌号尝酒，其实请客耳。主人胡薇史学正，清江，系甲午同年。归，过黄寿臣话，月色佳。

十三日　　（12月4日）未出。检理房屋桌凳。写黄公万祖母挽联，潘德畬母挽联，张亨父挽联。傍晚游厂市，过陈颂南话。黄寿臣处小饮，写对联。今日颇受煤熏，头脑冬烘不适。食生萝卜似好些。

十四日　　（12月5日）晴和可耐。祭张亨父于松筠庵，与姚石甫一话。黄公万祖母处奠。王若溪夫人奠毕归。写大字，墨不冻，可喜也。王咲山处道满月喜。刘小明处饮。

十五日　　（12月6日）早送李义门行。因托带信，致潘德畬，和隆一项托其代催。兼寄挽联，德畲丁内艰也。归，料理喜事。申初，大冰始到，过礼过庚，同日行也。黄琴隖、郑小山大冰，黄黻卿、徐问斋作陪，孙兰检亦来坐。女客三席，为卿卿开容。

黄辅辰，字琴隖（鸥），贵州贵筑（今贵阳）人。

十六日　（12月7日）辰正发轿。午初因婿到门成礼时，约午正矣。天气晴和，人事顺遂，深可喜慰。晚席，外七内四。夜月佳，贺客散颇迟。

十七日　（12月8日）早送李石楼行，仍不值。到松筠庵，与石甫一话。归，会亲约午筵，而华甫亲家，同卢姑爷到已迟，何小峰更迟。兼约条三来，共酌。

十八日　（12月9日）东安门内朝房磨勘山东、山西、陕甘卷，屋向北甚寒，砚冻矣。未初始毕。与伯厚同赴墨林席，园景萧然，登高瞭远。颂南、季卿、鲁川先至，汪心兰后到。饮颇乐，归已暮矣。复与晓庭共酌少许。夜阴。

十九日　（12月10日）早到馆。午正后饭，出西长安门，谒穆师相，因师母仙逝也。一路谢客，归。夜赴寿臣席，与槐江谈甚洽。内子病复发，一日而可。

廿日　（12月11日）招云侄女满月。各处谢客全完。晚约魏条三、曹西垣、黄黻卿、黄寿臣，吃满月酒。杨介亭亦来。

黄兆麟，号黻（绂）卿，湖南善化（今长沙）人。

印云十月廿五日南中书，子敬尚未到省也。晚请戴世兄廷
玑、郭小袁、孙翘江、赵静山饭，刘晓川、郑小山作陪。

廿二日　　（1月11日）早祝荀伯处道喜，令弟中举也。
　　　　　海秋处话。伯厚、石洲俱未起。归，饭后写
字会客。寄唐印云书，中有与子敬书。晚饮王唉山仪曹同
年处。消寒第六集。

廿三日　　（1月12日）早到馆，砚冻甚。午刻与许信
　　　　　臣先生到杨墨林处饭，酒极佳。腊梅盛开。
申刻始散。汤敦甫丈处拜寿。出城少憩。夜饮陶问云处。
信臣言：薛曜小楷《金刚经》，可以见赠一分，又龙门造
像百余种。

薛曜，字异华，
唐代书法家，用
笔纤细险劲，开
"瘦金体"先河。

廿四日　　（1月13日）早写字。午间略游厂肆。晤蔡
　　　　　树百，归。夜汤海秋、易念园请，席设介夫
太守处。归甚早。

廿五日　　（1月14日）早至龙兰簃处谈。归写大字多。
　　　　　复出拜数客归。根云来饭，邀兰检、寿臣同坐。

龙元禧，字兰簃，
广东顺德人。

廿六日　　（1月15日）黎明，到东安门内朝房，磨勘
　　　　　江南、浙江、江西、福建、湖北、湖南乡试卷。
每人分十五套，可谓多矣，幸天不甚冷耳。出城至才盛馆，
与矩亭、新斋，三年请得差外伍同年也。归与根云、晓亭
同饭。

廿七日 （1月16日）早看范书。饭后出至南海馆，看种第二次牛痘。杨铁庵处阅董画。由厂肆归。蔡世兄来，为钟曾种痘，琴隝处两婴亦来种。海秋来，围棋一局而去。

廿八日 （1月17日）早未出，午间送郭、孙两兄行。赴庄卫生、方墅堂请文昌阁席。夜饮朱伯韩侍御处。

陈功，字叙斋，福建侯官（今福州）人。

廿九日 （1月18日）早上馆。饭后出城。归，为陈叙斋前辈题跋黄、米、赵三卷子。夜饮毛寄云处，食山东菜殊佳。

黄焯，字恕皆，湖南善化（今长沙）人。

卅日 （1月19日）早看范书《马文渊传》。早饭后回拜王秋卿、陈梅庄。归，客来不歇。陈叙斋来，谈及新得黄石斋先生泼墨山水幅，恨不得即见也。夜赴易念园、黄黻卿、恕皆、邹云阶公请，在念园处。孙兰检请根云、晓庭，借庖斋，我不及与。过石洲、雨三，俱已睡。

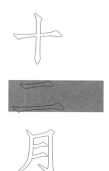

十二月

初一日 （1 月 20 日）过郭雨三、曾笛生、邓简臣、陈秋门，为房屋事。简臣、征三先后来，事不谐矣。归，午刻始饭。作大字。申刻，赵伯厚、庄卫生请陪叙斋廉访前辈。散后，过条珊话。

陈光亨，字衡书，号秋门，湖北阳新人。

初二日 （1 月 21 日）晨颇极冷，午间始和。到东头回拜。由厂肆归，遇子愚，同寿臣、小竹浏览，未能有所得也。夜约梅伯言、马湘帆、吴虹生、甘石安、刘宽夫、陈淮生、张石州、赵伯厚饮。

陈兰第，字淮生，江西新城（今黎川）人。

初三日 （1 月 22 日）早上馆。至东华门，值圣驾至风神庙、云神庙拈香，恭迟久之。至入午初，同伯厚至杨老六处饮酒，后为子言写大条幅十二张，横扁两大字，归已申刻矣。夜饮徐新斋处，消寒第七集。天太暖，想将有雪矣。

初四日 （1 月 23 日）早阴可喜。过朱建卿未起。到寿臣处共饭。两宜轩看字画归，有龚半千卷，

龚贤，字半千，明末昆山人，工诗文，善行草。

长二丈余，极朴厚可爱。板桥兰竹亦佳。傍晚进城，住杨子言处。一日阴云，盼雪不得。

初五日　（1月24日）晴天。辰刻午门前坐班。出城，拜赵兰友年伯寿，归。今日四十五初度，老毅若在，合为九十岁矣。怆叹怆叹！早面后，与新斋往厂肆。晚席，黄寿臣给谏、赵伯厚宫赞，龙兰簃、徐新斋、庄卫生三编修，王咲山仪曹同坐。蒋鹤庄、周寿山两倩婿俱至。复石梧中丞书。天大暖。

初六日　（1月25日）早上馆。饭后始出，已未正矣。谢昨日步数处。至黄征三给谏处看屋即回。过□翁。又到老墙根看屋。过刘小竹处话。归，雪意奇浓，可喜。兰检、根云来共酌。雪至子刻止。

黄赞汤，字莘农，号征三，江西庐陵（今吉安）人。

初七日　（1月26日）早到容伯处看雪。城边一带，雪已被风吹将净矣。回拜数客，归。饭后，到龙翰城殿撰处。潘师相处未见。文昌馆同年俱集，赵子丹、杨简侯、徐稼生三典试，李少峰学使请也。申刻归。夜赴袁学三席。仍过心泉处话。许信臣索书与李石梧。

初八日　（1月27日）早剃发。到翁玉泉处。归，至晚未出，风太大。写大字多。夜冷。

初九日　（1月28日）早上馆。进东华门，忽大风起，尤冷。饭后未初出城。才盛馆黄琴隝请陪陈梅庄。归，独酌后，到陈岱云、何根云、黄正斋三处话月。

何桂清，字丛山，号根云，云南昆明人。

初十日 （1月29日）早拜邓嶰筠丈。李少峰、杜蕉林均因早不得晤。归，写大字多。夜饮路小舟处。杨介亭之令郎吉礼，复往贺，又饮，听钧天乐曲三折。大月，归。晤树百，言及再种洋痘，人愈多愈妙。

十一日 （1月30日）早到秋曹看牛镜翁，因留面饭，看帖，久谈。过焦笠泉处，见吴天章字，颇潇洒。赠山西风洞石经一套。许信臣同话，亦得一分。出城，李芝稜师处、邵又村处俱道喜。归写大字。徐霁吟来话，为乙未乡榜同年齿录事。晚请陈梅庄直牧、刘小竹司马，彭松屏、高镜洲两大令，杜蕉林给谏，林章浦铨曹饮，皆己卯福建世兄。镜洲则世兄之子也。

焦友麟，字子恭，号笠泉，山东章丘（今济南）人。

十二日 （1月31日）早过仙露话。看寿臣寒感未愈。博古斋携衡山《赤壁胜游图》巨幅归。夜饮赵心泉处，坐客止余与若溪、玉泉并主人而四。花间痛饮，入无功乡矣。

十三日 （2月1日）早微雪。上馆，不甚冷。午正出拜李梦韶前辈。到会文堂，同年八人公请，客十人。食鲜柑佐酒颇佳。归，仍饮根云处。伯厚、伯韩夜来坐。余未归，桂儿陪话。

十四日 （2月2日）早出门拜数客。晤陈世兄长墉。

归饭，复出。还杜兰溪银，与李少峰同话。归，又出。至文昌馆，吊丁诵孙兄丧。看叶东卿，归。根云、昆峰来。夜月佳，昨今俱甚暖。

十五日　（2月3日）早回拜数客，归。饭后写大字多。得子敬长沙书。与绍濂弟道州来书，俱言及义田事，料理难得清楚，可叹也！夜翁玉泉处，消寒第八集。

十六日　（2月4日）早上馆。午刻与根云同出。余至杨子言处饭。出城晤易韫斋。归，与石梧书。立春节与子愚饮春酒。夜晤刘仲实，游厂市，得月归。

刘清华，字仲实，山东德州人。

十七日　（2月5日）早回拜数客。唁丁篆生。归饭，午静殊难得。未时为钟曾再种牛痘，因前次未出也。文昌馆践陈梅庄约。梅庄旋与松屏同来。并邀寿臣赏三朵花，饮殊畅。月大佳。

十八日　（2月6日）早，东安门内朝房，磨勘广东、广西、四川、云南、贵州、河南六省乡试卷。每人十四套。余于午正毕。到穆师相处，送石吾信，归。

十九日　（2月7日）早上馆。不复灸砚矣。未初饭出，回拜瑞芝生前辈令弟四兄同年。拜杨简侯尊翁年伯。出城至厂肆，遇周朗山，陪同至其家，看董字《天马赋》卷、马远《溪山无尽图》卷、王石谷《惠崇春晓图》卷、唐六如《渔家乐图》卷，又六如小画册，俱静妙之至。

王翚，字石谷，江苏常熟人，清代画家。

归，拜坡公生日。因留兰检、晓庭、条珊饮。

廿日　　（2月8日）晨未出。饭后，看石州病，已愈。携其近作《虢季子盘考》归。据长历定为宣王时物，快甚。刘□瞻据《史记年表》，项羽曾都江都，作考一篇亦妙。归写小楷十余行。伯厚、石州拉同游报国寺亭林祠。复共饮朱伯韩侍御处。散后至寿臣处话。风大沙起。

廿一日　　（2月9日）早写小楷数十行。饭后，潘中堂师处拜寿。回拜张纯斋太守淳。归，沈世兄敦寿处。夜邀陈颂南、苏耕堂、朱伯韩三侍御，魏条珊农部、罗椒生侍读、张石州同年、赵伯厚宫赞便饭。风益大且冷。

廿二日　　（2月10日）早风愈劲矣。进城，陈伟堂师处道喜，新升大宗伯也。出城至翁玉泉处，拜邬赓南，又周芸台得侍郎，赵蓉舫得阁学，俱道喜。曾涤生处话，知王而农先生书已刻成印本来矣。归饭，未刻复出，朱伯韩处看诗，看周介夫病益愈矣。归，作书致叶东卿丈，为公祭事。夜，杨介亭、子朴、桑子英、慎符卿、吴玉泉、康子锡、江竹书、陈云洲、陈砚农、汪竹侯、王心兰、张乐轩，消寒度曲，系子朴、子愚作东。余呼杯静听而已。

廿三日　　（2月11日）早看范书数页，写小楷十余行。

陈官俊，字伟堂，山东潍坊人，官至礼部尚书。

早饭后，往东头拜客归。写大字。风定，不甚冻矣。夜与子愚饮条三处，赏新买花也。

廿四日 （2月12日）早，带王而农先生书，交同文堂做套。归，写小楷十余行。饭后写年对。钟曾牛痘已出一颗，可喜也。夜饮王翰乔处，剥橙饱啖，佳。

廿五日 （2月13日）早还郑小山处银。至玉泉处，回拜贾同年、张比部。过刘宽夫新造船屋，甚佳妙。寿臣处早饭。归，送牛雪樵丈年事。写大字多。徐季芳从南来，带得子敬信。未刻赴孙纪堂、方子箴席。丁薇生处吊。

牛树梅，字雪樵，号省斋，甘肃通渭人。

廿六日 （2月14日）算各铺年帐。未刻到树百处、琴鸿处话。归，写大字。夜作《潘师相重游泮宫》诗。

廿七日 （2月15日）早得沅师书，并眉寿图，石刻眉寿老师与张叔□解元，二老共谈齐侯罍，及寿贵砖也。午刻，司徒芷邻、苏庚堂同请，在芷舲处看砚，佳。徐樵生处话。归，与兰检、白八、白九、子愚、根云畅酌。今日复讯制军丈、陆立夫前辈、赵兰友丈书。

陆建瀛，字立夫，湖北沔阳人。

廿八日 （2月16日）早，作《吴鉴庵先生重游泮宫》诗。早饭后吊吕锡田。各师处送节敬。归，会数客。晚复出。买得稼书先生诗幅，归。夜酌后，根云、

陆陇其，字稼书，浙江平湖人，清初理学家。

伯韩、海秋来话。

廿九日 　（2月17日）早写小楷十余行。饭后到海秋
　　　　　处，取默深所寄到《圣武记》，共四十二部，
分得十部。归，客来不歇。申正到条珊处。归，上祭后，
吃团年饭，接灶，辞岁。天气奇温，几不容裘，不知明年
春节如何矣。海秋携《阁帖》来看。